contents

the golden experience point

希爾斯王國地圖

Kingdom of Hillus

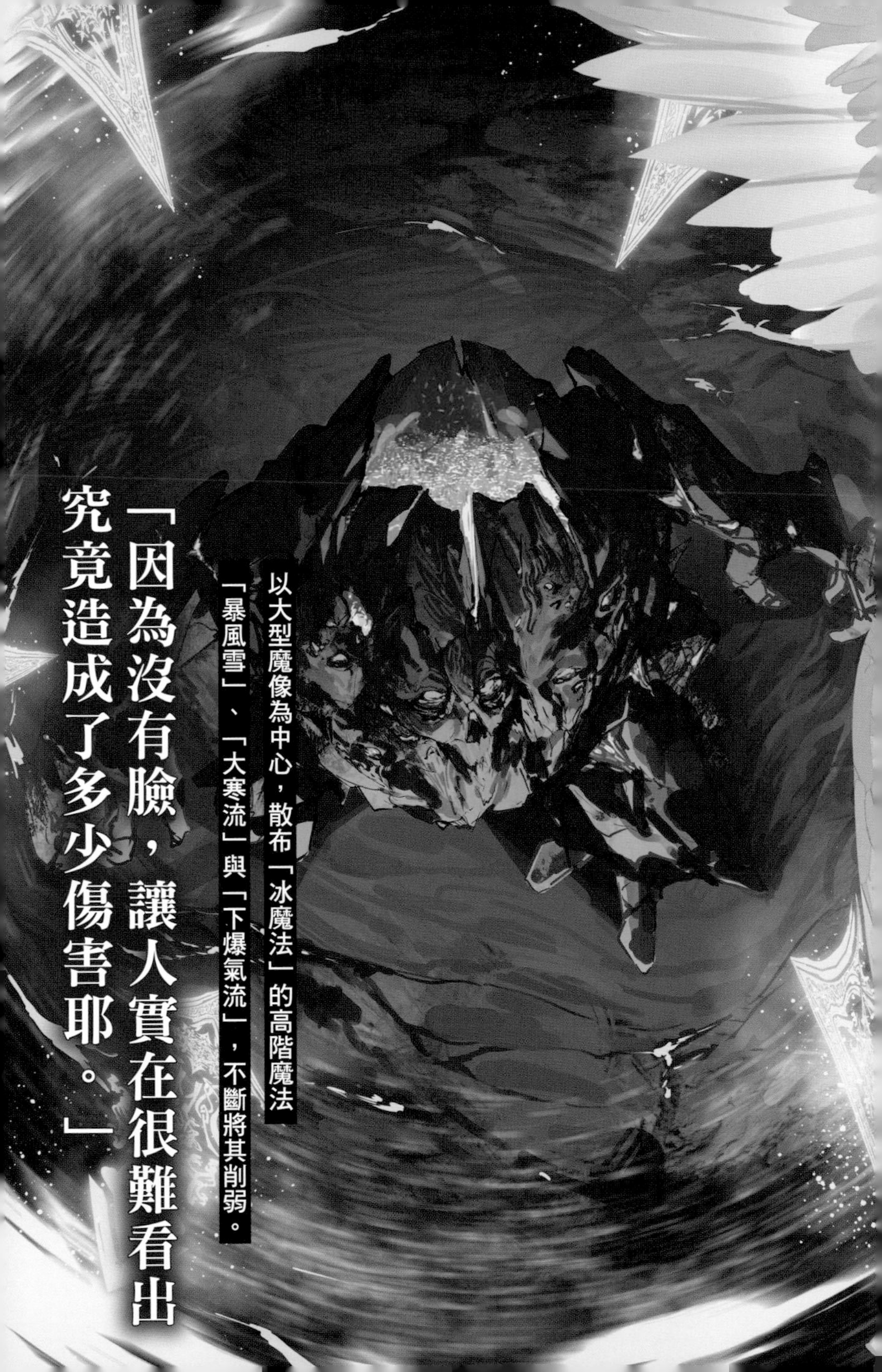
以大型魔像為中心，散布「冰魔法」的高階魔法
「暴風雪」、「大寒流」與「下爆氣流」，不斷將其削弱。
「因為沒有臉，讓人實在很難看出
究竟造成了多少傷害耶。」

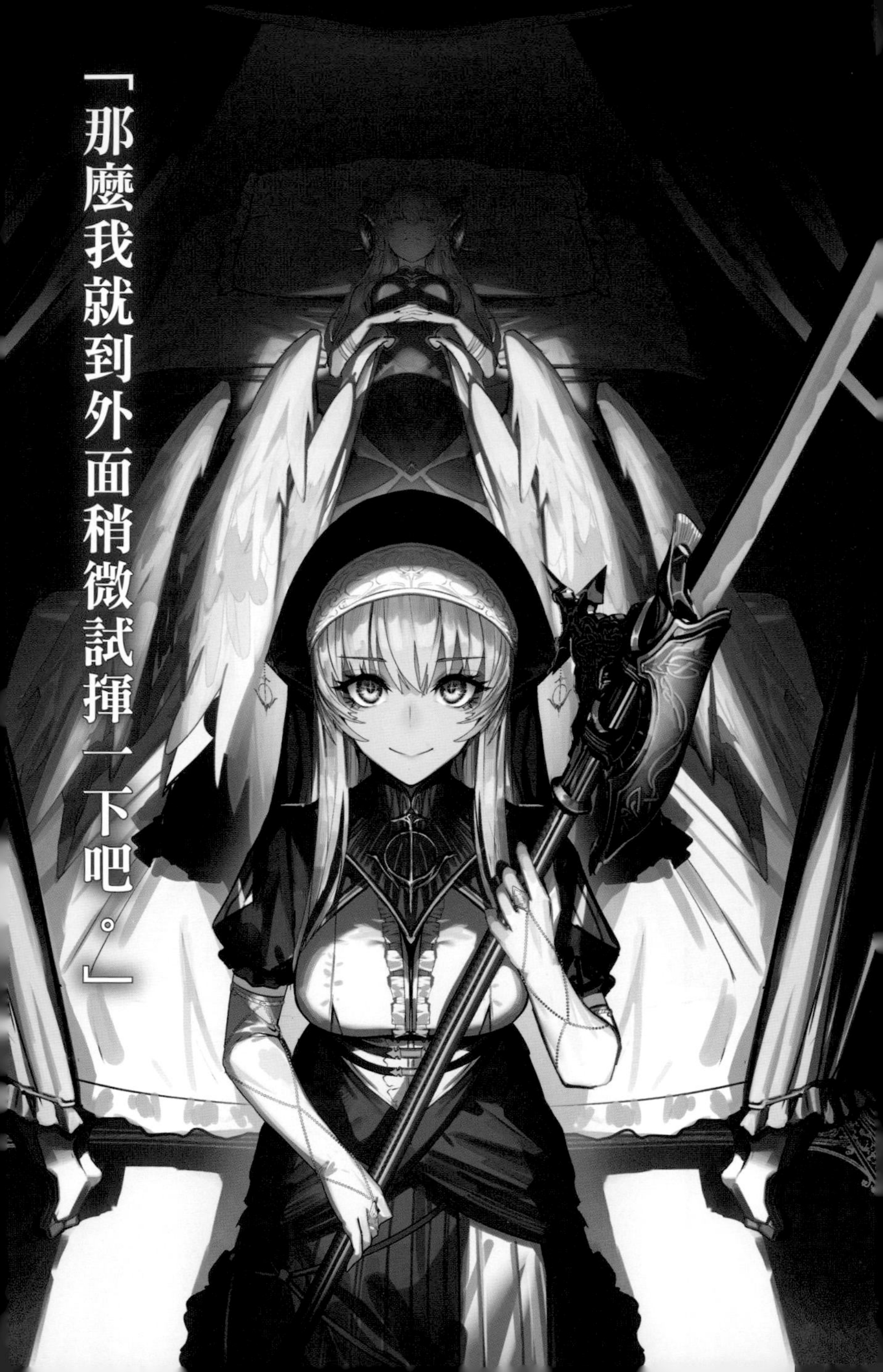
「那麼我就到外面稍微試揮一下吧。」

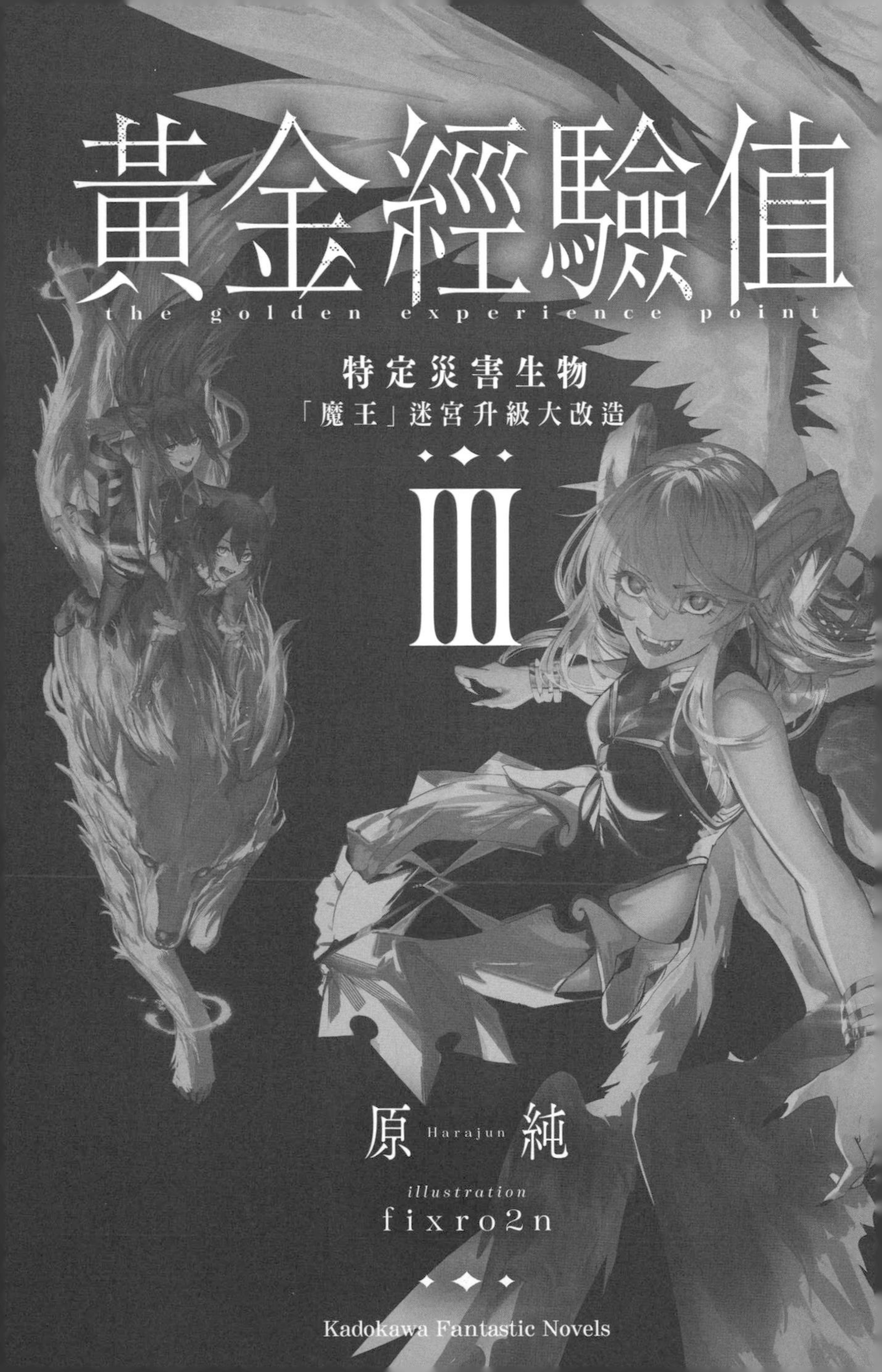

黃金經驗值

the golden experience point

特定災害生物「魔王」迷宮升級大改造

III

原純 Harajun

illustration fixro2n

Kadokawa Fantastic Novels

MAP

the golden experience point

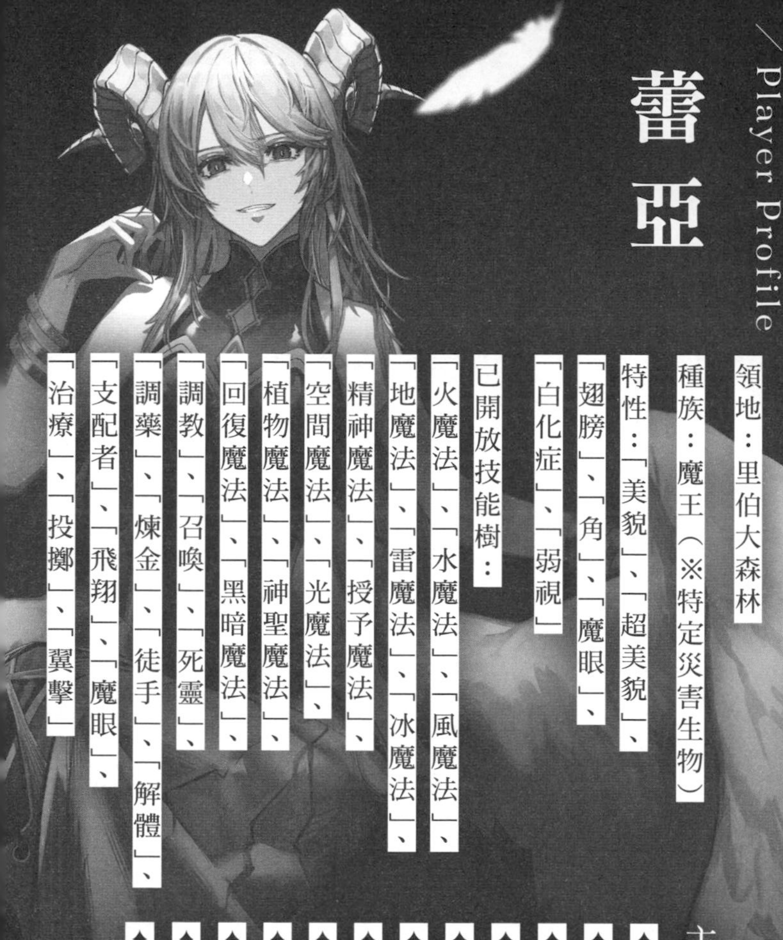

Boot hour, shoot curse

／Player Profile

蕾亞

領地：里伯大森林

種族：魔王（※特定災害生物）

特性：「美貌」、「超美貌」、「翅膀」、「角」、「魔眼」、「白化症」、「弱視」

已開放技能樹：

「火魔法」、「水魔法」、「風魔法」、「地魔法」、「雷魔法」、「冰魔法」、「精神魔法」、「授予魔法」、「空間魔法」、「光魔法」、「植物魔法」、「神聖魔法」、「回復魔法」、「黑暗魔法」、「調教」、「召喚」、「死靈」、「調藥」、「煉金」、「徒手」、「解體」、「支配者」、「飛翔」、「魔眼」、「治療」、「投擲」、「翼擊」

主要眷屬：

◆凱莉／獸人（山貓盜賊團）

◆瑪莉詠／獸人（山貓盜賊團）

◆芮咪／獸人（山貓盜賊團）

◆萊莉／獸人（山貓盜賊團）

◆白魔／斯寇爾

◆銀花／哈蒂

◆史佳爾／女王蜂

◆鎧坂先生／神聖要塞

◆劍崎一郎～五郎／神聖武器

◆憤怒的迪亞斯／不死者之王

◆悲嘆的齊格／不死者之王

◆世界樹

※此為目前已知的情報。

序章

『致各位玩家：

誠摯感謝您一直以來對敝公司《Boot hour, shoot curse》的支持。

託各位的福，第二屆官方大規模活動「大規模攻防戰」在盛況中圓滿落幕了。實在非常感謝各位的參與。

今後敝公司也將陸續規劃各種令玩家們滿意的精采活動。

請各位下次也務必踴躍參加。

今後還請繼續支持《Boot hour, shoot curse》。』

◆◆◆

『維護通知

誠摯感謝您一直以來對敝公司《Boot hour, shoot curse》的支持。
敝公司將於以下日期，進行大規模活動結束後的系統維護。
另外，此次維護將針對部分系統的舉動進行修正。
．當角色揹著角色時，會被暫時視為裝備狀態的舉動。
敝公司將修改裝備狀態的判定標準，並且針對角色裝備角色的判定採取較為嚴格的條件。

今後還請繼續支持《Boot hour, shoot curse》。

維護日期
某月某日：上午十時～下午七時（※有可能延長）。』

◆◆◆

『常見問題

以下收錄顧客提出的「常見問題」與「麻煩的解決方法」。因為有可能可以解決您的疑問和問題，還請在諮詢之前先確認一次。
另外，像是和遊戲內容相關的問題和部分規則相關的問題等，有些問題恕敝公司無法回答，這一點還請見諒。

Q：官方網站上的六大國被修改成五大國了，這是為什麼呢？

A：很抱歉這麼晚才發出公告。由於遊戲內國家「希爾斯王國」已判定為滅亡，因此進行了修正。

Q：國家滅亡的判定基準是什麼？

A：滿足下列條件一項以上的國家會判定為滅亡。這項規範僅適用於初始大陸，其他大陸和其他島嶼則不在此限。

・喪失一半以上的國土
・喪失一半以上的國民
・王室滅絕

Q：我有想要攻打的地區，可是安全區域太遠了，很難前往。請問該怎麼辦呢？

A：敝公司預計設置一種道具，該道具可以在與其他安全區域有一定距離，而且確保安全的情況下，能製造出暫時性的安全區域加以使用。實際設置時間預計會在維護之後，不過製作程序和其他道具一樣無法公開，還請玩家至遊戲內確認。

今後還請繼續支持《Boot hour, shoot curse》。』

◆◆◆

『致各位玩家：

誠摯感謝您一直以來對敝公司《Boot hour, shoot curse》的支持。
敝公司欲針對有可能設置的新服務進行問卷調查。
還請各位務必協助填寫。

．關於課金道具
敝公司正在考慮販售部分道具作為課金道具。
在遊戲內可以取得性能完全相同的道具，至於在遊戲外購買的道具則無法轉讓，也無法從背包中取出，屆時將以例外的形式從背包中直接使用。
考慮販售的道具如下：
．可轉生成各種初期選擇種族的道具（共七種）
．可設置快速安全區域的道具
※發動時，最多可供已完成登記的五人使用。

・刪除已取得技能的道具
※用來取得的經驗值不會恢復。

・關於常設轉移服務
此次活動實驗性地運用了轉移服務。
由於有可能會破壞遊戲內世界的流通，敝公司並不打算像活動期間一樣運用在所有都市。
基於有些地區的情勢因活動而產生巨大變化，敝公司為了服務剛開始遊戲不久的玩家們，預計將設置轉移服務。
預計設置的轉移服務設定如下：
・基本上可從所有安全區域移動前往，但是為單向通行且目的地固定。
・目的地的詳情尚在討論中，不過預計會設置在介於剛開始遊戲的玩家到目前玩家的平均實力值之間，可望有所成長的區域。
倘若您對這些服務有任何意見，歡迎透過以下專用表單提出。
今後還請繼續支持《Boot hour, shoot curse》。』

◆◆◆

『玩家名稱【布朗】

誠摯感謝您一直以來對敝公司《Boot hour, shoot curse》的支持。

此次非常感謝您參加第二屆官方大規模活動。

關於今後遊戲的運營，由於營運方想請求玩家【布朗】的協助，特此來信徵詢您的意見。

您所在的前希爾斯王國西北部的艾倫塔爾、亞多利瓦以及維爾岱斯德這幾座城市，現在都在您的勢力之下。

因此，營運方希望您能夠允許我們協助其他玩家們襲擊這幾個場域。

主要是因為前希爾斯王國的情勢產生了巨大的變動，導致目前剛開始遊戲不久的玩家們的遊戲環境很難稱得上舒適。

於是營運方考慮在難度適中、由單一勢力支配的地區，設置限定傳送志願玩家的轉移服務。

該轉移為單向通行，無法返回。

同時營運方也預計將該場域內的安全區域，集中移動至該場域附近的地點，並且將轉移服務的目的地設定為這個安全區域。

假如可以，希望您能夠理解，同時幫忙協助新手玩家們成長。

倘若您願意協助，像是變更您的角色在該場域內死亡時的死亡懲罰內容等，營運方將考慮在區域的經營上給予您支援。

還請您考慮一下。

※另外本訊息會發送給支配該場域的所有玩家。

《Boot hour, shoot curse》開發／營運一同敬上。』

◆◆◆

「這是什麼啊……」

維護結束，一天沒上線的布朗登入之後，發現營運方傳來了大量訊息。

她將所有訊息隨便瀏覽了一遍，不過其中一則訊息附上了前往回覆表單的橫幅圖片，必須回覆才會顯示已讀。

而那則訊息就是這個。

「支配該場域的所有玩家……意思是蕾亞姊也收到這則訊息了嗎？

不過為新手安排的場域啊……蕾亞姊的領地真的適合新手嗎……

唉，算了。等蕾亞姊來了，再找她商量吧。」

布朗收到了蕾亞，應該說蕾亞和萊拉的留言，說她們會有幾天沒辦法登入。

大概是為了家裡的事情吧。

雖然對於姊妹和好足以大大改變家庭狀況這件事感到懷疑，布朗並不清楚她們在家裡的影響力，所以也無法多作評論。

儘管好奇，既然她們已經和好，應該就算喜事一件。對布朗而言這是唯一的重點。

「總之，姑且先把營運方的信件擱在一邊。

既然活動也已經結束了，不如我就去見伯爵前輩一面吧。

反正蕾亞姊把甲蟲女王借給我了，還說她不在的時候可以儘管使喚牠，我就拜託牠幫忙在艾倫塔爾留守好了。」

「那麼，我們要前往伯爵大人居住的古堡嗎？」

「說古堡會被前輩罵喔？」

「只會被咬而已。」

於是布朗只帶著杜鵑紅三人，利用「飛翔」前往伯爵的城堡。

◆◆◆

「我回來了！」

「哈哈哈！看妳的樣子，事情似乎進行得很順利呢！妳壓制了幾座城市啊？」

布朗感覺自己很久沒有見到伯爵了，但是看在伯爵眼裡似乎不是這麼回事。可能是他已經活了非常久，因此體感時間和布朗不一樣吧。

又或者兩人的體感時間差距，是來自於這約莫十天的體驗密度也說不定。畢竟這段時間真的發生了很多事。

「說到我壓制的城市，大概是三座吧？至少現在受我掌控的城市有三座。先不管那個了。前輩，你聽我說，這些日子發生了很多事喔。」

「反正本大人時間多得是，妳就儘管講到滿意為止吧。」

◆◆◆

布朗離開伯爵的古堡後，勢如破竹地壓制人類的城市，一轉眼就將三座都市攻打下來。

雖然她後來又順勢突擊了瓦礫城市，豈料那裡竟有一群連最終頭目都要大吃一驚的可怕精銳敵人。說到瓦礫什麼的，一般都會想到最終地下城，因此就某方面而言，會有這樣的發展也是理所當然。

正當布朗做好心理準備，心想自己的冒險就要到此結束時，她彷彿命中注定般遇見了魔王蕾亞，並且因為蕾亞的活躍表現而得以保住一命。

之後意氣相投的布朗和蕾亞兩人，一起到位於大陸中央的古都休傑卡普來了一趟小旅行，結果沒想到治理休傑卡普的人居然是和蕾亞分開生活的親姊姊。於是在布朗的貼心撮合下，兩人上演了感人的重逢戲碼，並且在歐拉爾王國發起革命以作為和好的象徵。

◆◆◆

「……等等，本大人都不曉得該從哪裡吐槽了。妳剛才說……魔王？」

「是啊，我和她成為好……朋友了喔。她人超好的……儘管不到超好的程度，她這個人還算不錯……呃～總之她是個超級可愛的女生。」

蕾亞對布朗很溫柔，但是對萊拉的態度就有些強硬。對待其他玩家的態度更是高傲，如果是ＮＰＣ則根本就只把對方當成路邊的石頭。

一般應該不會說這種人是好人吧。

可是，若是單論外表的可愛程度就無可挑剔了。

「這樣啊……妳這傢伙還是一樣教人無法預測妳的行動耶。

聽好了，說到魔王啊，那可是被視為和我等盟主真祖吸血鬼（True Vampire）同等級，對我等而言遙不可及的存在。

雖然她才剛誕生不久，現在應該還不至於達到那種程度……

她就算有一天成長為足以支配這片大陸的存在也不奇怪。」

「是喔～好厲害。」

布朗之前只是隱約覺得蕾亞很厲害，沒想到她居然強到那種地步。

儘管如此。蕾亞的超群實力確實一目了然，而且就連和蕾亞一起行動的布朗，能力也堪稱不斷地直線上升。

「不過四大天王啊……原來她已經擁有如此優秀的下屬了啊。」

「我也是其中之一喔！」

「……原來她已經擁有三名如此優秀的下屬了啊。」

「咦？」

「話說回來，因為魔王並不適合支配下屬，這個種族通常不會擁有下屬。然而她的手下卻有好幾名強大的下屬，而且除了那四大天……除了那三人以外，她還有許多下屬對吧？

說起建構如此龐大的勢力，應該是邪王或聖王比較擅長那麼做才對。」

「有什麼不一樣嗎？」

「差別在於起源的種族吧。魔王的起源種族本來就不擅長『使役』。相比之下，邪王和聖王則多半是進階種族藉由『使役』低階種族以獲得成長的種族演變而來。其中的差別就在這裡。」

「……這麼說來，擁有超多下屬的魔王不就……」

「就本大人所知，那是相當危險的存在。我想總有一天，她最終或許有能力對抗被封印在極地的黃金龍吧。」

初次聽聞的存在接連出現。不曉得蕾亞是否知道這些事情？不對，之前好像就曾經聽過黃金龍這個詞。

「黃金龍……」

「那是來自這個世界之外的存在，完全超乎我等的常識。不過也因為如此，黃金龍反而對封印的抵抗力很低，於是我等便姑且將其封印在少有變化的極地。

本大人記得當時的聖王從全世界向各方勢力募集協助者，才總算將黃金龍封印起來。我等盟主也有參加喔。不過由於本大人當時年紀還小，只是聽說而已。」

「那位聖王現在人在哪裡啊？」

「他已經不在了。他在那次的行動中喪命，印象中後來也沒有新的聖王誕生。

至於邪王則沒有參加。因為聽我等盟主說，他是個不愛拋頭露面的傢伙。他恐怕有很長時間甚至沒有來到地上吧。就連本大人也不清楚他的近況。」

無論如何就目前來看，似乎有好幾名和將來的蕾亞同等級的存在。

「對了，還有一個叫做大天使的人物對吧？那傢伙是什麼樣的人？」

「大天使啊……他是最近才誕生的，大概是在從前支配這片大陸的精靈王死去的時候吧。他以驚人的速度成長，而且不曉得從哪裡拿出名叫天空城的玩意兒，隨興地襲擊這片大陸的各個都市。本大人沒見過他，因此不曉得他的目的，不過至少這座城堡從來沒有遭受過攻擊，於是本大人就放著他不管了。」

「若是遭到攻擊，前輩就會反擊嗎？」

伯爵蹙起眉頭，露出非常不悅的表情。他難得有這麼大的表情變化。

「……雖然令人氣憤，憑本大人恐怕力有未逮。」

「啊，我已經會飛了喔！」

◆◆◆

「——呵！本大人的力有未逮不是那個意思啦。哈哈哈。」

「還有，我還參與政變，打倒了人類國家的政權！」

聽到這句話，伯爵訝異地眨眨眼，望向洋紅等人。

「請允許在下發言。

呃，主人說得沒錯，她確實幫助名為萊拉大人的人類貴族，打倒該國國王，而且樹立了由萊拉大人主導的傀儡政權。

那位萊拉大人也是主人方才提到的蕾亞大人的朋友。」

「——哈哈哈！居然有這種事情！這麼說來，就表示從前這片大陸的人們對精靈王所做的事情，報應在現在的王族身上了！真是大快人心啊！」

伯爵感覺心情大好。

儘管從伯爵的言詞之間感覺不出他和精靈王交情甚篤，由於他們兩人似乎認識，伯爵大概才會因為熟人遭到殺害，而對這片大陸的國家沒有好感吧。

說到這裡，之前布朗表示想要襲擊城市時，伯爵確實比以往來得興致高昂。

「哎呀～見到前輩這麼開心真是太好了，可是計劃整件事的其實是那位名叫萊拉的貴族，還有魔王蕾亞姊啦。

伯爵不直接攻擊人類國家嗎？」

伯爵慢慢收起笑意，遙望著遠方說：

「這個嘛……是啊。因為本大人被禁止直接出手。

限制本大人的是古老的盟約……

不過照這個情況來看，或許在不遠的將來，本大人也會到地面上吧。」

「真的假的？意思是人類即將滅亡嗎？」

「這個嘛，事情應該不至於那麼嚴重，但是或許會發生足以令盟約失效的狀況。到時，妳就自由決定自己要怎麼做吧。因為妳是世界上少數憑一己之力成為吸血鬼的人。」

聽完伯爵的話，布朗一頭霧水。她明明是受到伯爵「使役」，由於抵抗失敗才成為吸血鬼。雖然最後並沒有被「使役」，那完全是因為布朗是玩家的關係。

布朗含糊地這麼說完，只見伯爵笑著回答：

「結果就是一切。世上大致所有事情皆是如此。」

◆◆◆

「總之，因為這十天來發生過那樣的事情，所以很抱歉，枉費前輩還替我準備房間，不過我打算到那邊的城市居住……」

「嗯，說得也是，這樣應該比較好。好了，妳就別在意本大人了。本大人是自己想做，所以才那麼做。」

再說離家獨立本來就是這麼回事。」

布朗鬆了口氣的同時，內心也湧現一絲難以言喻的落寞。

仔細想想，她和伯爵從遊戲開始的第一天就相處到現在。雖然並不是這輩子再也不會見面，布朗能有今天無疑都是託伯爵的福。

「那個，縱使我覺得不太可能，要是有什麼事情，請儘管跟我說喔。我應該會在艾倫塔爾城待一陣子。」

「就算告訴本大人現代的城市名稱，我也不知道那是哪裡。沒關係，妳就別放在心上了。」

「啊，我想到了！」

布朗從艾倫塔爾「召喚」了一具骷髏。

「我會偶爾以牠為目標，『召喚』自己過來玩的！」

「……妳到底在說什麼啊？」

「請等一下，我示範給你看！」

布朗跑到房間外面，從那裡以「召喚施術者」出現在寶座前方的骷髏身旁。

「……這是怎麼回事？轉移魔法？不，不對，妳是怎麼辦到的？」

原來有轉移魔法這種東西啊？

可是現在的氣氛好像不適合多問。就算可以問，也得先回答完伯爵的問題才行吧。

雖說簡短，由於布朗這個人比較笨拙，還是花了一點時間才把需要的前提技能等知識解釋給伯爵聽。

「……哦？原來有這種技術啊？這可真有意思，呵呵呵。」

伯爵一副克制不住笑意地呵呵發笑。他大概真的很開心吧。

「哎呀，呵呵，真是沒想到，本大人居然會從妳身上學到東西。哈哈，活得久果然有好處。那麼……」

伯爵往旁邊瞥了一眼。執事隨即點點頭，然後走上前來。

「本大人就讓這傢伙跟妳走吧。這麼一來，本大人也能隨意前往妳的城市。」

「咦？伯爵可以出去嗎？應該說，我可以收下執事嗎？」

「只要本大人不直接從事戰鬥行為就沒問題。再說本大人並沒有要把這傢伙送給妳，只是交給妳保管而已。」

「可是這樣誰來照顧你的生活起居呢……」

「本大人本來就都是自己處理啦！」

執事向伯爵行了一禮，並且站到布朗身旁。

杜鵑紅等人一副渾身不自在的樣子。

「等到哪天妳們的能力成長到超越他了，就到這裡來吧。到時本大人會要他向妳們幾個好好學習。」

設想得真是周到。

雖然布朗不太熟悉，以遊戲來說，這大概是所謂同行的非操作角色吧。

（算了，我這個對遊戲不熟的人還是別瞎猜了。不管怎麼樣，這一定是伯爵的一番好意。）

因此布朗決定誠摯道謝。

「謝謝伯爵！」

◆◆◆

「呵呵，妳要好好珍惜他喔。本大人基本上已經吩咐他要聽從妳們的話，可是提出太過分的要求，他有可能會反抗。」

「布朗大人，今後要麻煩您照顧了。還請您多多指教。」

執事說完望向杜鵑紅等人，面露微笑。

然而杜鵑紅等人覺得執事在對自己嗤之以鼻，全都露出忿恨的表情。

「對了，你叫什麼名字啊？」

「妳來重新替他命名好了。雖然他一樣還是本大人的眷屬，這麼做能夠讓他也和妳之間產生連結。」

「嗯……白色吸血鬼……白色……德古拉……啊，眼睛是紅色……紅眼白色德古拉……？」

儘管執事不時露出苦悶的神情，仍舊姑且默默聽下去。

「啊，對了，叫做外斯如何？我忘記是什麼語言，不過確實是白色的意思沒錯！」

「謝謝您請多指教！」

執事有點像要打斷布朗說話似的低頭致謝。他渾身散發出一股氣勢，彷彿在說必須阻止布朗想出其他更古怪的名字。

就連杜鵑紅等人也對他投以同情的目光。

這個名字有那麼難聽嗎？

「呃，那麼……」

「嗯，歡迎妳改天再來。」

「是！我會再來的！」

布朗第一次來到這座城堡，是從地底的神祕洞窟開始。

她原本覺得這裡很破爛，如今才明白根本不是那樣。

當時伯爵曾經對說這裡是遺跡的布朗發火，可是現在要是有人對布朗這麼說，她恐怕也會大發脾氣吧。

這裡已經成為讓布朗能夠如此確信的重要地方。

沒有必要從城堡的正面玄關，或是地下水脈的洞窟走出去。現在的布朗可以直接從這裡的窗戶起飛。

另一方面，她其實也想讓伯爵見識自己的成長。

「那個……」

可是就在布朗把腳踏上窗戶時，外斯開口叫住她。

「不好意思，我不會飛……」

「我真的是太粗心大意了！」

後來布朗拜託伯爵讓外斯也取得「飛翔」，五人才一同飛上天空。

即使距離已經遠到布朗快要看不見，伯爵始終都站在窗邊目送他們。

第一章　新的早晨來臨

蕾亞好久沒登入，一上線就發現系統傳來好幾則訊息。
雖說好久，其實也不過幾天沒上線而已。由於之前每天都會玩遊戲，才短短幾天就感覺過了非常久。
系統訊息裡有不少有趣的內容。
蕾亞姑且回覆了個別寄給她的訊息，並且從床上起身。
仔細想想，她上一次在這款遊戲裡面確實躺在床上登出，大概是封閉測試的時候吧。自從搶先體驗開始，她便一直都是在洞窟的岩石寶座上醒來。
她原本以為翅膀會很礙事，其實只要捲在身上躺著就沒有那麼不方便。
「嗨，蕾亞，一會兒不見了。不，好像應該跟妳道早安才對呢？我猜妳應該差不多快醒了，於是就過來找妳了。」
「……早安，萊拉。妳也至少敲個門吧。」
這裡是歐拉爾王城的客房。
由於倖存的王族和負責經營國家的主要貴族都已經受到萊拉控制，蕾亞自然也沒有必要再隱身。當今政權和「第七災厄」為合作關係這一點，在城內已是眾所周知的事實，不過蕾亞還是不能在被「使役」束縛的ＮＰＣ以外的人面前現身就是了。

「蕾亞，妳看過系統訊息了嗎？」

「看過啦。儘管我不曉得妳指的是哪一則訊息。」

「就是國家滅亡的條件已經確定了。照這則訊息來看，好像只要讓王族活著就可以隨意處置文物呢。」

「大概是吧。不過如果是這樣，究竟要如何將王族定義為王族呢？果然還是憑藉王位繼承權來決定嗎？」

「……假設是這樣的話，就表示只要逼當今政權賦予我王位繼承權，我也可以成為王族的一分子吧。」

若真如此，未來的可能性就會越來越寬廣，不過還是無法輕易嘗試。因為如果要實證，就得逼迫對方承認萊拉的王位繼承權，之後還必須殺死現存的所有王室成員；然而要是失敗了，到時就會無可挽回。

「……妳說的或許沒錯，可是嘗試的風險太高了。而且話說回來，他們都已經成為妳的眷屬了，應該不會死掉吧？」

「如果要解除眷屬化……噢，好像要由成為眷屬的那一方寫信提出申請耶。這麼說來，若是讓ＮＰＣ成為眷屬就無法解除了？」

雖然關於這一點，有必要向營運方進行確認。

「考慮到有可能會被放到官方的ＦＡＱ中，還是不要輕易發問比較好吧。即使現在還有其他像我們一樣的玩家，畢竟在社群平臺上並沒有看到那種人，所以對方說不定只是默默地在思考類似的問題，又或者在假裝NPC。」

抑或是對方是個和布朗一樣什麼都沒在想，不習慣在社群平臺上發言的人也說不定。

「……對了，我得向布朗打聲招呼才行。她應該也收到個別的系統訊息才對。」

「個別訊息？蕾亞，妳也收到那種訊息了嗎？」

「咦？」

萊拉好像沒有收到個別寄給她的訊息。

經過確認，蕾亞收到的訊息和萊拉收到的訊息並不相同。

蕾亞收到的訊息簡單來說，內容是關於營運方將協助經營地下城；至於萊拉收到的訊息內容，則與經營人類種國家有關。

「這也就是說，因為滿足遊戲內的特定條件，我解鎖了國家經營模擬模式，而蕾亞則解鎖了地下城經營模擬模式，是這樣子嗎？」

從遊戲的角度來說應該是這樣沒錯。

以蕾亞來說，恐怕只要她身在這則訊息中提到的里伯、埃亞法連、盧爾德、托雷、拉科利努以及前希爾斯王都內，死亡懲罰就會替換成其他東西。假使不希望因死亡而損失經驗值，就要以頭目身分待在地下城裡生活。

「我姑且答應這個條件了喔。畢竟這對我而言只有好處，況且我還是能像之前一樣外出遊玩……簡單來說，儘管我和一般玩家不一樣，就算待在領地裡還是會遭受襲擊，在那裡遇襲並不會損失經驗值。」

這個名為地下城的新系統，很顯然是以玩家發動攻擊為前提進行設計。

反過來說，也就是以地下城作為領地的玩家遭遇襲擊這件事，堪稱是營運方在背後指使操控的結果。

「這樣啊。這下我要怎麼辦呢？儘管我對於經營都市有一定的經驗，國家的話就……我的都市原本是商業都市，可是因為主要的交易對象希爾斯已經滅亡，今後勢必得轉換方針才行。必須思考的事情好多啊。」

「妳沒有和其他國家交易嗎？」

「有是有，可是沒有那麼頻繁。因為銷路有限，風險又很高。」

再來新鮮度也是一個問題，萊拉如此總結。

「說得也是。對了，好像也有玩家在當國家之間的行商人喔。因為只要把貨品放進背包裡面就很安全。」

「畢竟國家之間的流通管道太少，又沒有關稅的概念嘛。所以只要投資方向沒錯，就能輕鬆賺翻。」

社群平臺上提到過，活動期間有許多玩家利用轉移從事類似的行為。

可能是因為這個緣故，芮咪的藥水銷售額並沒有當初預期的那麼好，不過她也已經培養出判斷市場行情的眼光，所以收支上還是有不少盈餘。

「再加上人類種國家之間也起了紛爭，大概也有玩家想要藉此大賺一筆吧。無論是金錢還是經驗值都是。」

「……萊拉，我問妳，妳沒有插手干預那件事嗎？」

那件事指的是佩亞雷王國和謝普王國之間的對立。根據社群平臺上的消息，佩亞雷王國的諾伊修羅城和謝普王國的艾恩帕拉斯城毀滅一事，是造成兩國對立的關鍵因素。

依照官方說法，那場活動的主題原本應該是人類和魔物的衝突，人類國家卻在活動期間彼此產生對立，這一點實在讓人覺得不太自然。

蕾亞只有在希爾斯王國和歐拉爾王國活動，這點布朗也一樣。這麼一來，最可疑的人就是萊拉了。

「我才沒有呢。雖然那件事情的確很不自然，感覺像是在某人的引導下發生，可是那個人不是我。再說我也沒有和謝普進行交易。況且，那個時候我們兩人不是正在休傑卡普搗蛋嗎？」

「……要是那個某人是玩家就麻煩了。」

「ＮＰＣ也很麻煩吧？之前我也說過，會產生非比尋常想法的ＮＰＣ危險至極。」

確實如此。可是現在就算想破頭，也不會知道那個人是誰。

假使有人故意誘導戰爭發生，那個人的目的究竟為何？

「無論對方是誰，總之目前可以確定的是，那個人應該不像我一樣在國家中樞握有權勢。可疑事件全部都是以都市為單位發生。如果想要對那個諾伊修羅城的信鴿內容動手腳，只需要和那座城市的領主有一定的親近程度即可。畢竟當時情況混亂，又或者只要把負責放鴿子的人殺了再偷天換日，應該也行得通。

還有，那裡是叫做黎賽亞嗎？諾伊修羅城的領主逃跑一事，也只要故意誘導那位領主，或是他身旁的親信產生那種想法就好。就像我對希爾斯所做的一樣。

至於那群展開襲擊，呵呵，血氣方剛的年輕獸人們就最好搞定了吧。既然他們的個性本來就是那樣，那麼只要在酒吧還是哪裡說些有的沒的就好。」

「那種事情沒辦法同時做到吧？再說諾伊修羅淪陷的直接原因是受到魔物襲擊，所以只要不曉得那件事……」

「既然如此，把發動襲擊的魔物和接近諾伊修羅鴿子的人物、讓領主逃往黎賽亞的人物，以及唆使獸人的人物，只要將這些人都全部想成玩家，而他們利用聊天功能互相聯絡完成這一切最簡單。」

倘若這件事從一開始就被設計好，的確也只有這種可能性了。

更重要的是，這裡就有一對姊妹以相同手法實際取得希爾斯和歐拉爾——儘管她們並沒有從一開始就聯手。

「唉，我知道妳心裡可能有一些疑慮，不過我想這一切應該幾乎只是偶然吧。至於對方的目的，八成只是覺得發生戰爭就能賺大錢之類的。尤其對方是玩家的話。」

「……也許吧。」

可是，那些哥布林攻陷了諾伊修羅。假設操控此事的魔物是玩家，對方肯定已經轉生成能夠取得「使役」的進階種才對。既然攻陷了一座城市，那麼就足以稱為災害級。

「啊，對了，萊拉。」

「什麼事？」

「這座城市裡面有沒有類似教會的地方？比方說宗教相關的設施或組織。」

之前蕾亞在希爾斯一鼓作氣摧毀了一切，然而神諭這個神祕技能的存在無法忽視。

蕾亞的存在有可能正是因為那個神諭而被全大陸，甚至是全世界知曉。又或者可以反過來在精靈王那類屬性的大人物出現時，當成警報使用也說不定。

「宗教組織嗎？有啊。我的……休傑卡普裡也有教會，名字叫做歐拉爾聖教會。那裡的負責人曾經招待我參加過幾次餐會。他們相當低調簡樸、愛好清貧，因為給人的印象還不差，我並沒有特別對他們做什麼。

妳該不會要復仇吧？因為身分曝光的關係？」

「我怎麼可能會因為那點小事就復仇啦。

我只是想要弄清楚他們是怎麼知道我……應該說知道魔王誕生而已。如果那是一般可以取得的技能，我也想看看有沒有辦法取得。另外像是災害生物的定義、有無冠上特定二字存在的差異等，我有好多想要驗證的事情。」

萊拉露出不懷好意的笑容回答：

「哎呀，出現了好多我沒聽過的詞呢～

蕾亞，妳是魔王啊？」

蕾亞愣住了。這麼說來，她好像沒有提過這件事。

「我沒告訴妳嗎？原來我沒說啊……我還以為說過了哩。」

蕾亞之前是向布朗自我介紹嗎？因為就人物介紹這層意義上，實在沒必要向萊拉自我介紹，她完全忘了這回事。

「蕾亞，妳可以寫一下遊戲日記嗎？姊姊很感興趣耶。」

「我才不要。不過，好像的確有必要交流彼此的情報……」

當然只是進行某種程度的交流就是了。假使被萊拉知道ＮＰＣ和背包的關係，到時不曉得會發生什麼事。

可是除了這一點外，蕾亞連「使役」也都已經說出來了，應該沒有其他內容好說了才對。

雖然和賢者之石有關的內容令人不安，既然要說明魔王的身分，那麼無論如何都迴避不了這個話題。

「我應該說明過，我可以把戰力召喚到這座城市對吧？其實除此之外，我還擁有名為世界樹的戰力，又或者說勢力——」

◆◆◆

「——我就是這樣轉生成為魔王。然後……」

「所以，妳還有那個叫做Great的道具嗎？」

雖然蕾亞自認沒有萊拉那麼嚴重，她也很不喜歡別人打斷自己說話。

她有些不悅地回答：

「……有是有，可是妳不聽我說話，我就不給妳。」

「只要聽妳說話，妳就願意給我嗎！我還以為妳會提出更嚴苛的條件呢！

唉……我當初可是費盡千辛萬苦才得到『蒼藍之血』……結果那個東西完全就是上位互換的道具嘛……」

蕾亞之前曾經被迫聽萊拉長篇大論，所以知道她取得的過程有多辛苦。

可是，也許是萊拉的說話方式，又或者是萊拉的個性所致，蕾亞並不覺得她有自己說的那麼辛苦。應該說，蕾亞實在很難想像萊拉會為了什麼事情吃苦。

「我確實還有，不過妳要使用嗎？話說回來，妳現在還剩下多少經驗值？假如尊貴人類和高等精靈同等級，使用賢者之石Great時可能會被要求支付四位數的經驗值。」

既然要讓她使用，蕾亞自己心中也有盤算。

她打算讓自己或某個下屬取得和神諭相對應的技能，之後加以利用。

雖然不確定萊拉會成為什麼種族，從萊拉「使役」的公主也是尊貴人類來看，那恐怕是依循正統途徑從人類轉生而來的吧。既然不是像精靈中的黑暗精靈那種不正常途徑，只要使其繼續轉生下去，應該會成為和精靈王陣營接近的種族。

若是蕾亞有神諭類技能說不定那瞬間就會知道，這麼一來之後就能測試那項技能了。

「四位數的經驗值！咦？我順便問一下，妳成為魔王時付了多少？」

「三千。」

「好貴！妳是不是被騙了啊？真的沒問題嗎？」

誰會沒事做那種詐欺勾當啦。

「順帶一提，世界樹是五千，另外消費一千的有兩人，還有一人也消費了三千。」

「……到底要怎麼做才能賺那麼多啊……？」

「大概就是經營遊樂園吧。在上軌道之前，我靠著牧場慢慢賺取經驗值，可是自從那裡是為新手安排的官方服務，這種誤會擴大之後，客人就開始絡繹不絕地上門了喲。」

不過蕾亞其實也是後來才知道，原來大家有這樣的誤解。

「我看自己也來認真考慮經營國家好了……」

「等妳賺夠了再跟我說，我會便宜讓給妳。然後，在我成為魔王之後——」

蕾亞接著說出她被公告的「特定災害生物」和史佳爾的「災害生物」，以及受到支配的角色似乎不會被廣為公告的事情。

「所以考慮到強者從我們以外的勢力中誕生的情況，我很想得到神諭之類的技能，或是與其相對應的技能。」

「原來如此。既然如此，妳不如就讓這個國家的聖教會總主教成為下屬，讓他信奉妳吧？我也會入教。」

「等等，我不懂妳在說什麼。」

蕾亞本來覺得萊拉又在說傻話，不過後來客觀地想想，只要不讓外界知道信仰對象＝災厄，這個點子其實並不差。

為避免被外界得知，應該要禁止崇拜偶像，並選擇更加抽象簡單的象徵來當作心靈寄託，而要是順利的話，說不定可以讓間諜散布整個大陸。

「我覺得這個提議還不錯，不曉得妳覺得如何？當然，我會這麼說並不是別有居心喔。而是假如妳肯跟我合作，想必也能對我經營國家帶來很大的助益。」

「說到底，妳就是別有居心嘛。」

坦白說，蕾亞實在無暇去管那種事情，如果萊拉願意在經營國家之餘幫忙處理，交給她似乎也是個好方法。

「……好吧，我就接受妳的提議，把這個國家的總主教找來『使役』好了。之後再從王國各地把主教級地位的人找來，讓那位總主教使役他們。」

「妳不是會隱身嗎？妳使用那個能力飛去找他不就好了？那個技能也能讓我消失嗎？」

「因為使用對象是自己一人，我想應該沒辦法。」

「反正妳要用飛的過去，得把另一個人揹在身上才行，難道那種狀態下無法一起隱身嗎？」

這是個好問題。

根據系統訊息的內容，將背負狀態視為裝備狀態的設定應該已經被修改了才對，不太可能有漏洞可鑽。

「……還是別那麼做好了。沒關係啦，我一個人去就好。」

「嘖！算了，既然如此，那也沒辦法。那妳自己路上小心。妳知道地點嗎？」

「要是從上空找不到，我再用聊天功能問妳。」

蕾亞用房間的鏡子稍微整理儀容，並且從窗戶起飛。

這時，她是第一次見到自己的模樣。

外表一如凱莉所言非常神聖莊嚴，不過因為是以自己的長相為基礎，感覺並不會太奇怪。

頂多讓她回想起小時候拿母親的化妝品來玩，結果因為用了太多粉底和蜜粉，使得整張臉變得很白時的回憶。當時她連睫毛和眉毛都變得白茫茫，母親因此臭罵了她一頓。

◆◆◆

從上空眺望歐拉爾王都，市容整體的感覺比希爾斯王都來得粗獷許多。

希爾斯王都的街道像是以王城為中心畫圓似的層層向外擴散；歐拉爾王都則是方方正正，街道如棋盤一般井然有序地排列，然後沿著筆直的街道興建建築。

整座城市呈現十字形，又或者說「＋」的形狀。外牆不是圓形而是呈現稜角的原因，大概和現實世界的星形要塞相同吧。可能是為了在那個稜角部分，部署可進行長程砲擊的兵器或兵種。

假如從這樣的觀點來看，這座都市的防禦能力可以說高於希爾斯王都。

這次是從內部發動政變，所以才能成功攻陷，然而要是想要正面攻打，恐怕不會像希爾斯那樣順利。

從空中眺望的蕾亞很快便找到像是大聖堂的建築。

位於城市中央最大的建造物是王城，至於在城市南側與王城相對的應該就是大聖堂。

從這樣的位置關係，可以強烈感覺到聖教會並不打算討好國家權力。

蕾亞隱身降落在大聖堂後，貼在一面最大的窗戶上窺視內部。裡面是一座空間挑高，空間非常寬敞的禮拜堂。可以看見下方有好幾個巨大物體鎮座在那裡，以及正在向那個巨大物體祈禱的幾名人物。

從衣著打扮來看，那些人的地位似乎相當高。據萊拉表示，他們這個教派愛好清貧，既然他們身上的服飾品質那麼好，地位肯定不同凡響。

「……可是沒有方法可以進去耶。考慮到之後的事情，我實在不想引起騷動。」

既然無法從窗戶或屋頂入侵，那麼只好另覓他法。

隱身的她一度來到地面上，尋找後門等其他出入口。

沒多久她便找到出入口，前面卻站了一個男人。雖然那個人正在掃地的樣子，很顯然在警戒四周。

因為嫌麻煩，蕾亞利用「自失」讓男人瞬間失去意識，並且趁機入侵。要是門上了鎖，可能就得「魅惑」這個男人操控他，幸好門並沒有鎖上。

蕾亞入侵建築內部，一邊在腦中浮現剛才從上空見到的建築整體位置關係，一邊循著印象朝禮拜堂而去。

當她抵達禮拜堂時，先前那些人還在跪地祈禱。

「……你們的虔誠令人佩服，不過從今天起，你們的祈禱對象要改變了。」

蕾亞解除「迷彩」，將翅膀完全展開後發動「識翼結界」。

察覺蕾亞飛散的羽毛，神職人員們同時望向這邊，然而一切已經太遲了。

「『魅惑』、『支配』……好像生效了。既然這樣，下一個應該也能成功。」

她一一「使役」那些人，並且完成壓制。

受到「美貌」、「超美貌」以及「角」補正的「魅惑」，連國王等級也抵抗不了。基於「使役」的性質，他們的身分應該比一般人更容易獲得經驗值。既然連那樣的他們優先提升了自己的抵抗值卻還是抵抗失敗，這個國家裡想必沒有任何角色抵抗得了。

為了保險起見，蕾亞確認了一下，結果這群人果然是總主教及其追隨者。

「——所以說，你們幾個從今以後要崇拜我。不過目前的話，我希望你們能聽從支配這個國家的王族……名叫萊拉的貴族的話行事。」

「明白了，我的主人。」

他們極其自然地跪在地上低頭回應。如此流暢的舉動反而令蕾亞感到不安。

為了以防萬一，蕾亞一邊提升總主教的INT(智力)，一邊確認技能。

總主教似乎是人類，而不是貴族。從這一點也能窺知他和國家之間沒有權力關係。

蕾亞將總主教所擁有的技能全部記起來，讓他們幾個站起身。

「那麼為了以防萬一，我就把這個給你們吧。只要你認為有必要，可以儘管使用沒關係。」

她從背包取出賢者之石，在現場人數之外又多加了幾個，先交給他們。雖然蕾亞之前交給了齊格，因為他已經用完所需的量，於是又還了回來。

蕾亞本來很猶豫要不要讓他們取得普通規格的「使役」，後來想想還是先成為一般的尊貴人類就好。

她安撫完對自己的施捨感激到想要五體投地的總主教之後，只讓他們轉生和取得技能便返回城堡。

蕾亞之所以返回城堡只是為了交代始末，沒有其他要事。

她向萊拉報告大聖堂裡主教級以上的人都已受到支配，而且已經都轉生成尊貴人類，另外就是自己已經交代他們要聽萊拉的話，所以之後要請萊拉負責照顧。

「咦？由我來照顧他們嗎？好吧，既然出主意的人是我，這也是沒辦法的事……總之，我可以把他們當成手下使喚吧？」

「那當然。應該說，他們對我已經沒有什麼用處，妳就儘管使喚他們吧。之後要是有時間，我會再來看看情況。」

這麼一來，在王都該做的事情就全都辦完了。

終於可以去向布朗打招呼了。

「啊，對了，萊拉。」

「什麼事？」

「妳要隱藏長相生活喔。」

「為什麼！」

「哎呀，因為我和玩家們作戰時被看見長相了啊。要是有人看見妳的臉，無論是誰都一定會發現我們有關係吧？我們都是假扮成ＮＰＣ在玩遊戲，所以兩個人都必須隱藏長相。既然我的長相已經曝光，妳也只能把臉遮起來了。」

「怎麼這樣……算了，也沒辦法。不過就算哪天不小心曝光，妳也不能生氣喔。

……對了，到時我就宣稱自己離散的妹妹被殘忍的死靈法師人體改造成奇美拉活屍，才會變成災厄好了。」

「隨便啦。」

那種人是要怎麼成為別人的信仰對象啊？可是，要是能夠編出那部分的隱藏劇情加以掩飾，這個點子其實意外地還不賴。在臨場把話講得煞有其事這方面，恐怕無人能夠贏過萊拉。

「那麼，我去艾倫塔爾找布朗嘍。」

「等一下。」

「……什麼事？」

「我沒有說要把這座城堡寶物庫裡的東西全部給妳吧？妳把東西放下再走。」

◆◆◆

「好久不見了，布朗。抱歉我好幾天不在，妳好嗎？」

「歡迎回來！妳的事情已經辦完了嗎？」

「辦完了。接下來好一陣子應該都能上線。」

蕾亞利用「召喚」移動到艾倫塔爾的領主館，設定的目標是迪亞斯。

她從那之後就請迪亞斯一直待在艾倫塔爾。

「陛下，歡迎回來。政變似乎進行得很順利呢。」

「我回來了，迪亞斯。」

看在迪亞斯眼裡，由於這場政變是讓打倒精靈王的反叛者之一徹底屈服，他內心想必格外感慨吧。

蕾亞本來也想帶他一起去，可是因為他太醒目，最後只好作罷。況且他也有可能又為了什麼事情而勃然大怒。

「啊，對了，蕾亞姊，妳看過營運方寄來的訊息了嗎？」

她應該是指個別寄給本人的訊息吧。

看來布朗果然也有收到。

「看了啊。雖然我想內容應該一樣，總之我姑且答應了。畢竟好像也沒有什麼壞處。」

「那我也……回覆ＯＫ好了。」

以布朗來說，那個該場域應該會是艾倫塔爾、亞多利瓦和維爾岱斯德吧。

「可是這麼一來，比方說廢人？要是那些人使用這項服務轉移過來就傷腦筋了。就算已經調整成適合新手的程度，那些人來了還是會遭到蹂躪吧？」

「這要怎麼說呢，到時候也沒有其他辦法啦。就和普通的ＰｖＰ一樣，我們總不可能老是單方面挨打，再說要是對方很強，打敗我們也是理所當然的事。」

說到這裡，雖然蕾亞剛才沒有和萊拉討論到，其實她也很在意販售轉生道具這件事。

當然，這個道具對蕾亞、萊拉和布朗而言毫無意義。

只能自己使用就表示無法對眷屬使用，而且無論蕾亞她們轉生成哪個種族也只會降級。

可是如果是尚未轉生過的玩家，事情就不一樣了。

假設有一人直到昨天都還是矮人，隔天突然變成精靈現身，周圍的人——尤其是ＮＰＣ，還會把他視為同一人嗎？

換句話說，玩家有可能可以用真實貨幣作交換，將其當成品質絕佳的變裝道具使用。

只不過這麼做也有問題。

首先是沒辦法對知道該道具存在的玩家使用好幾次。對方恐怕很快就會想到，並且被識破。即使對方是ＮＰＣ，訊息中也寫到這些道具在遊戲內也能取得。這麼說來，或許也有ＮＰＣ知道道具的存在。

不僅如此，即使是正當的使用方法，也有令人在意的地方。

比方說，假設有玩家像萊拉一樣轉生成尊貴人類後使用課金道具變成精靈，之後又轉生成高等精靈，接著再轉生成矮人。只要像這樣成為不同的進階種族，說不定就能保有好幾項各種族的「使役」和特有技能。

身為取得「神聖魔法」的魔王，蕾亞也覺得自己恐怕是相當稀有的存在，然而要是使用這些道具，說不定就能刻意打造出那種技能配點。

只不過，要是把預計同時販售的技能刪除道具也放進來思考，營運方應該只是想把這當成用來重組技能配點的解救措施，而且也不確定那種雜技式的使用方法是否可行。

轉生的瞬間，就算取得的種族特有技能全部被還原成經驗值也不奇怪。

按常理來思考，如果蕾亞轉生成矮人，應該就無法任意使用「翼擊」了。

儘管蕾亞很想驗證看看，這麼做的風險太高，能夠得到的好處也很少。

「對了，蕾亞姊，妳接下來打算怎麼做？妳已經做好活動之後的規畫了嗎？」

「我還不曉得耶。既然玩家會來攻打我的支配地區，就有必要做好準備等待他們前來，可是那應該是過一陣子的事情……因為里伯大森林南方有火山地帶，我應該會先攻略那邊吧。」

「妳不壓制希爾斯王國的其他城市嗎？還有很多城市沒被攻陷耶。」

「要那麼做也可以……不過仔細想想，我本來的目的是要消滅六大國。

我原本以為要達成這個目標，只要讓魔物領域吞沒所有城市就好，可是沒想到國家滅亡的條件比想像中來得寬鬆。既然只要解決王室就可以，這樣就快多了，而且玩家們應該也比較不容易心生怨懟。」

「我還以為蕾亞姊不是會在意那種評價的人。」

「與其說在意，我只是覺得要是全大陸的城市都消失了，人類方玩家想必不會坐視不管。然後要是所有人類玩家和所有魔物玩家因此形成對立，那就麻煩了。

如果只是從有六大國的狀態變成有無數都市國家的狀態，我想影響應該就不會那麼大。縱然國家有義務保護國民不受魔物威脅，這一點其實就連領主的騎士和玩家也辦得到。」

「……呃，意思是當身為對魔物戰力的玩家大量出現，國家的存在意義就會逐漸薄弱嗎？」

「這麼說也沒錯，不過我想對這片大陸來說，現在正是時代的轉換期。」

「轉換期？」

布朗一臉不解。這也難怪了。

該怎麼說明才好呢？

「這個嘛……首先來思考大陸的貴族制度和各都市的統治好了。

從萊拉變成貴族的經過來看，起初任命或者說製造出治理各都市的貴族祖先的人，無疑是各國的王族。」

「唔嗯、唔嗯……」

「這片大陸的國家可以說越往地方去，魔物的領域就越大，危險度也隨之增加。

對在當地進行開墾或前往當地的人賦予土地支配權，並且提拔成為貴族，然後從該貴族手中收取部分稅金當作回報。

如果是這樣的支配體制，那就和中世紀的歐洲、日本一樣，是所謂的封建國家。

只不過以希爾斯王國為例，儘管他們這次成功從全國召集並組成了大軍，感覺這麼做卻反而帶來了反效果。

他們為了對付我而派出那支軍隊，結果因此沒有餘力出兵支援地方。

看在這次成功守住的地方都市眼裡，他們會覺得自己即使沒有中央的援助也能勉強撐過去，然後這種在全大陸一片混亂下甚至無法給予援助的中央，就算沒有也沒差。

而且實際因遇襲而毀滅的城市，幾乎都是我和布朗造成，再說讓中央集結起來的大軍全軍覆沒的人也是我。說起來，這等於證明了面對災厄，即使國家傾盡全力抵抗也沒有意義，人們對於國家的信賴度自然就跌停啦。」

「跌停！雖然我不懂這是什麼意思，下墜感好強烈啊！」

「不過嘛，因為沒有幅度限制，嚴格說起來應該會跌得更深。

總而言之，實際上王都淪陷到現在都已經過了遊戲內時間大約兩星期，可是前希爾斯國內沒有特別混亂，發生內亂或都市崩壞之類的事情對吧？

我想這是因為大家很快就發現，即使沒有中央，也幾乎不會對都市造成巨大影響，然後只要貴族和民眾的意識繼續產生變化，從前那種社會便會再也無法維持下去。

就是因為這樣，我才會認為現在正是時代的轉換期啦。」

雖然社群平臺上偶爾會提到某個地方的領主在鬧獨立，事實上前希爾斯國內的所有都市都堪稱處於獨立狀態，因此那樣的聲明毫無意義。

以貿易作為經濟來源的都市還是照常和周邊城市進行交易，靠著和他國做買賣賺錢的城市也是如此。由於他們就如萊拉所說的沒有關稅概念，即使沒有國家這個架構作為代表也沒差。

這片大陸上的國家，甚至讓人懷疑只剩下大事發生時有效使用文物的功能。

不對，說不定六大國正是因為那項功能才有辦法存續到今天。若非如此，照理說時代早該產生變動了。因為文物和中國古代的玉璽或日本的三種神器不同，也是擁有明確力量和目的的戰略兵器。關於這一點，實際吃過虧的蕾亞再清楚不過。

倘若這片大陸正處於封建社會的末期，看待佩亞雷和謝普戰爭的觀點也會有些不同。

獸人們之所以會說要為諾伊修羅報仇，還有矮人貴族們會如此憤慨，比起愛國心，恐怕單純只是源於種族內的同儕意識及對其他種族的對抗心理吧。

「不過這也只是我個人的想法啦。」

「……妳們果然是姊妹耶。」

「咦？為什麼這麼說？」

「都喜歡說明這一點真的好像……

總之，妳們能夠和好真是太好了。」

◆◆◆

「對了，難道沒有表揚之類的嗎？」

「咦？啊？什麼意思？」

布朗有時會突然說出莫名其妙的話。

可是蕾亞在這短暫的相處過程中已逐漸明白，布朗只是沒有把話說完整而已，並不是在說什麼莫名其妙的事情。大致上是如此啦。

「蕾亞姊，我記得妳好像說過，上次活動時得到了什麼吧？」

「……啊啊！妳是說ＭＶＰ之類的東西？」

「沒錯、沒錯！像是努力獎之類的！」

雖然ＭＶＰ和努力獎的意思完全不同，蕾亞明白她想說什麼。

「可是我想自己這次應該拿不到耶。」

「為什麼？因為妳輸了嗎？」

翅膀「啪」的一聲拍動。

蕾亞不記得自己有把那件事具體地告訴布朗，可是她曾經在布朗面前和萊拉聊過。如果布朗知道詳情，那麼她應該是從萊拉那裡聽說，或是在社群平臺上看到的吧。

算了，反正如今那段回憶也已經沒有那麼痛苦了。雖然要是見到那些玩家，蕾亞還是會殺死他們。

「……不，和那件事沒有關係。我反倒希望營運方把ＭＶＰ頒給打倒我的那些人哩。因為我現在已經完全不在意了，真的。

先不說那個了，其實我這次是受到營運方的要求，又或者說提議，以魔物方勢力的身分參加活動喔。

所以說，既然我答應了邀約，那麼比起玩家方，我應該更接近是以營運方人員的身分參與。ＭＶＰ是Most Valuable Player的縮寫，就如同字面一般，意思是最有價值的玩家，一般都會頒發給表現最優秀的玩家。

假如從這個觀點來看，我想自己應該會排除在評選對象之外。」

「原來如此～那麼我也會被排除在外嘍？」

「不，妳從頭到尾都是作為玩法作風的一環，投入魔物方參加活動，所以只要表現優秀，就有可能被選上。」

蕾亞原以為這件事已經在她和萊拉沒上線的這段時間落幕了，看來得獎者似乎還沒公布。

「如果侵略方和防衛方是分開評定，我想自己應該有達到水準才對！因為我憑自己的力量攻陷了兩座城市。」

「嗯，就是啊。能把兩座城市攻下來的人大概只有妳了……畢竟之前發生過許多不尋常的狀況，營運方可能需要一點時間計分和評選吧。

先不說那個了，妳接下來打算怎麼做？妳要回伯爵那裡去嗎？妳的領地在那裡對吧？」

「啊，我已經把領地移到艾倫塔爾了喔。這個領主館就是我的領地！

我向伯爵前輩暫時告別，然後他把執事當成餞別禮物送給我了！」

這時，在房間一隅待命的白髮執事朝這邊走來，然後行了一禮。

「還請您多多指教。」

由於蕾亞之前完全沒注意到，應該說她還以為那是背景的一部分，稍微嚇了一跳。

「喔，好。我才要請你多多指教。哎呀，我就想說怎麼好像有個陌生人在，這麼說來，他是妳的新下屬嘍？」

「正確來說不是那樣。我的支配者依然是德．哈維蘭伯爵大人，但是因為我現在稱布朗大人為主人，有任何需要還請儘管吩咐。」

這麼說來，應該算是派遣員工吧。

◆◆◆

蕾亞曾經讀過很久以前，某個時代曾經出現租借人才派遣的服務業務。在甚至接受在VR上舉辦官方活動的現代，那種制度完全沒有存在的必要，然而在其他時代，像是必須攜伴參加的活動等，人們似乎就會利用出租伴侶之類的服務。

當蕾亞在想其他事情的時候，布朗仍繼續說著她和伯爵之間發生的事情。

「——就是因為這樣，前輩才會把外斯交給我保管喲。」

雖然布朗說得一副沒什麼的樣子，這位執事恐怕是來看管她，或者應該說負責監視她，以防她失控吧。

「如果是這樣，那我也要拜託你好好照顧布朗。因為她的言行偶爾會令人感到不安。」

「我明白。」

「明白什麼啦！」

暫且不管布朗的吐槽，這下總算可以無所顧慮地遠征火山了。就算玩家來攻打這座城市，反正蕾亞打算把迪亞斯留在這裡，也預計會讓甲蟲女王繼續留下來。再加上還有外斯這個看似能幹的角色，想必應該不會出什麼大差錯。

「迪亞斯，你留下來看家。布朗她們就拜託你了。至於我嘛——就一如之前計劃的，帶凱莉四人和在當地等待的白魔牠們去吧。」

迪亞斯本來微微蹙眉，但是一聽到凱莉她們也會跟去，便一副放心地低頭致意。

只要從這裡飛去白魔牠們所在的地方，並且從那裡呼叫凱莉等人就好。

好久沒有和這些成員一起行動了。上次大概是一開始狩獵野豬的時候吧。

✦✦✦

「那麼布朗，再見啦。妳隨時可以跟我聯絡喔。
等到一切穩定下來後，妳、我還有萊拉就一起聊聊吧。因為其他玩家之中，說不定也有魔物玩家和人類玩家合作行動的勢力，我們也該思考一下，如何透過合作獲得更大的利益。」
「ＯＫ！別看我這樣子，我畢竟也是四大天王！啊，那萊拉小姐是什麼？顧問嗎？」
「……顧問給人一種好像是外人的感覺耶。不過這樣也挺有趣的，下次見面時我就這麼告訴她吧。因為我也想看看她的反應。」

◆◆◆

韋恩、基諾雷加美許，以及明太清單這三人在活動中期之前遲遲都無法會合。會合之後，由於明太清單提議比起資金，應該以賺取經驗值為優先，儘管韋恩仍不及其他兩人，至少也成長到足以和他們並肩作戰的程度。至於三人賺取經驗值的地方，則是基爾和明太清單作為據點的國家威爾斯。
此時，這三名男子正在城市名為卡涅蒙提的旅館休息室裡，靜靜地喝茶。
卡涅蒙提是威爾斯國內也相當大的都市，由於鄰近魔物領域，對玩家來說算是很方便活動的城市。
因為維護結束了，於是他們各自登入，然後走出客房。
「我說韋恩啊，你的裝備感覺快不行了耶。那是鐵和魔獸的皮吧？真虧你居然有辦法穿著那玩意兒跟到現在。不只是技能和能力值，我看你的玩家技能應該也提升不少吧？」

「呃，我的裝備會這麼寒酸，明明就是因為你要我等以後再換吧？坦白說，要是我用這身打扮在其他團隊活動，肯定會發生成員紛紛說『有人找我，我先走了』的情況。」

韋恩抱怨過好幾次，然而明太清單每次都只回他裝備的事情等以後再說，沒有理會他。

不過，因為明太清單每次戰鬥時都會特別支援韋恩，況且身為團隊成員的明太清單和基爾都不介意了，韋恩也不好意思多說什麼。畢竟他很清楚自己是個拖油瓶，再說過程中他也反而有種受人提拔的感覺。

「不過，你也差不多該告訴我們，你在想什麼了吧？你會讓韋恩穿得這麼破爛，應該不是沒有理由的吧？」

聽了基爾的話，明太清單喝完杯中的飲料站起身。

「說得也是。那麼接著就去我的房間吧。」

韋恩和基爾分別從自己的房間拿來椅子，在明太清單的房內圍坐在小桌子旁。

「好了，一開始先來確認一下。與災厄結束團體戰之後，我們沒能回收掉落道具的金屬塊。這一點已經老實告訴參加成員，也取得了大家的諒解，然後所有人都同意不收取報酬。是這樣沒錯吧？」

這對韋恩而言是一段苦澀的記憶。要是有在災厄再次出現之前盡可能回收就好了。由於前希爾斯王都已經落入災厄手中，那些金屬塊恐怕也已經被災厄收回去了。

◆◆◆

「沒有錯……我到現在還是覺得很抱歉。」

「那也是沒辦法的事啊，再說那又不是你一個人的責任。話說回來，明太，你不是說你撿了好幾個嗎？」

「我是說過啊。現在東西也還在我手裡。」

一瞬間，韋恩興起了「既然這樣，不如分給大家」的念頭，不過那是明太清單自己從王都內撿回來的東西，和團體戰的掉落物意義不同。那應該是屬於辛苦撿拾的明太清單的物品。

「你可真是精明啊，真有你的。所以，那個金屬到底是什麼？是魔鐵之類的東西嗎？你該不會打算用那個來替韋恩製作裝備吧？」

「差不多就是那麼回事，不過我要訂正一點，這個金屬不是魔鐵。」

明太清單從背包取出一個金屬塊擺在桌上。

「這是我請這座城市的打鐵店幫忙打造的鑄塊。因為我之前去過的小城市，每間打鐵店都跟我說他們沒辦法處理。即使在這座城市，也只有靠近市中心的老字號打鐵店才願意接手。」

「真的假的。這到底是什麼啊？」

「這好像是名為Adamas的金屬。」

Adamas。韋恩曾經聽過這個詞。記得沒錯，那是最早出現在古希臘人赫西奧德的著作《神譜》中的單字，從文脈來推敲應該是表示鋼鐵之類的東西。其語源的意思是不可征服，總之就是讓人感覺堅硬的詞彙。

「那個金屬在這款遊戲裡是什麼樣的存在？基爾，你聽說過嗎？」

「沒聽說過耶。如果是其他遊戲，可能相當於精金或亞德曼合金吧。原來有這種東西啊。」

「好像真的有喔。我聽打鐵店的師傅說，這在一般金屬中格外堅硬且堅固，性能甚至比魔法金屬還要高上許多。然後他還說什麼傳說中的——應該是山銅吧，總之他說這個金屬和那個相比還是比較遜色啦。」

居然調查得這麼清楚。

可是如果真是如此，這就是相當稀有的金屬。

然後還掉落在王都內。

「不會吧……掉落物超稀有的災厄。要是這件事傳出去，玩家應該會蜂擁至前希爾斯王都吧？因為這表示，只要打倒那座城裡的活屍，就會掉出這個吧？」

「可能……會吧。不過我並不打算公開這件事。」

「……這樣啊。抱歉，明太清單。」

基爾對道歉的韋恩露出納悶的表情。

「什麼意思？」

「基爾，雖說所有人都接受了，說到底還是因為我的失誤，害大家沒能得到災厄的掉落物。事到如今，如果這其實是昂貴金屬塊的事情傳了開來，到時不曉得會發生什麼事。明太清單是因為擔心這一點才會隱瞞到現在，而且只告訴我們兩人。」

「原來是這樣……不對，我明明說了這不是你一人的錯。

不過啊，也有可能只有活屍才會掉出這個金屬，災厄的掉落物則是不一樣的道具吧？」

「如果是這樣就更糟糕了。因為大家已經知道災厄會掉出金屬塊，不會有人相信那個素材會比下屬活屍的掉落物還差。真要說的話，說那是更高階的道具還比較自然。」

站在韋恩的立場來說，他其實很想對那場團體戰的成員坦誠以告，向大家謝罪。可是這麼做的話，基爾和明太清單大概會主張自己也有責任。再說，雖然不曉得是不是同一個東西，明太清單手中確實握有金屬塊，因此到時很有可能會爆發激烈衝突。

「那麼，既然不打算公開，你為什麼現在還拿出來？自己偷偷賣掉不就好了？」

「我想你們應該已經猜到，我打算用這個為你們兩人製作新裝備啦。畢竟這玩意兒隨便流入市場，很可能會帶來麻煩。」

「……你覺得應該怎麼辦，韋恩？」

老實說，韋恩的內心很煎熬。他對於拋下其他團體戰成員、自己獨享掉落物一事感到內疚，更何況那本來就是明太清單的所有物。

可是提議的人是明太清單本人，而且韋恩的差勁裝備拖累了整個團隊也是事實。韋恩可以想像明太清單是基於提升團隊整體戰力的判斷才作出這個提議，假使韋恩以內疚為由拒絕，屆時他想必就會這麼說吧。

不僅如此，他還同時提議幫基爾製作新裝備，設想得真是周到。

因為以戰鬥風格來說，基爾使用的金屬量顯然會比較多，如此一來也能減輕韋恩自身的心理負擔。

明太清單可說是確實掌握兩人的個性之後，才作出這樣的提議。

「……我真慶幸你不是敵人，明太清單。」

「能夠得到首領的稱讚，我實在深感榮幸。那我就當你答應嘍？」

「嗯。儘管很抱歉，就拜託你了。」

韋恩決定改變想法。既然他的目標是有朝一日再次打倒災厄，那麼到時再報答團體戰成員就好。至於這個金屬，則是為此先借用的物品。韋恩如此告訴自己。

「太好了！那我們要現在就去那間打鐵店嗎？」

「說得也是。因為對方大概也很急切地等我們過去，還是早點去比較好。」

「那位鐵匠對工作這麼有熱情啊？」

「不，好像是因為Adamas在這座城裡也很罕見，很難有機會經手這麼多的數量。」

「原來是這樣啊。」

三人接著前往的打鐵店師傅，是在這個國家很難得見到的矮人。

和看似沉默寡言又難相處的外表相反，他其實為人開朗又直爽。只不過因為嗓門非常大，不太適合與人平靜地交談。

「很～好、很好、很好！那麼我就立刻開始動工嘍！你們在那邊等著！我馬上就會……雖然不會那麼快，一定會在今天之內完成！」

這麼說著，他抱著所有金屬塊和韋恩等人現在的裝備，進到工作室裡了。

「……意思是我們要在這裡等一整天嗎？」

「喂，人家會聽見啦，基爾。既然現在的裝備也被他拿去測量尺寸了，我們沒辦法出去狩獵，這下該怎麼辦？」

「還能怎麼辦？偶爾在街上走走晃晃不是也很好？比方說逛書店之類的。反正我也有想找的資料。」

明太清單平常也會在驗證討論串出沒。另外他在活動統整討論串也發表過不少留言，所以大概也有在調查國家的起源吧。

「書店啊～我對那種地方不太感興趣耶……韋恩，你覺得呢？」

「我應該會陪明太清單去吧。因為我不曾在遊戲裡去過書店，對於那是什麼樣的地方還挺好奇的。」

如果是能夠在書店得知的資訊，應該就算是一般大眾知曉的資訊。之前韋恩第一次從宰相口中聽說六大——七大災厄的事情。可是，這則情報也有可能其實是一般人都知道的常識。

「既然被一個人留下來也無事可做，我還是跟你們去好了。不過，雖然我把之前不用的舊裝備全都賣掉了，還是有訂製的裝備，我想待會兒還是一起帶去比較好。」

韋恩對這一點表示贊同。

反正玩家有背包，不需要擔心會占空間。

「這段期間要是被無賴或ＰＫ（Player Killer）攻擊就糟了，可是這個區域離市中心很近，比起回旅館，在這裡消磨時間反而要安全許多。

◆◆◆

再說我的裝備也沒有被拿走，要是遇上緊急狀況，我會用魔法保護你們，放心吧。」

他們向打鐵店的女性櫃檯人員詢問書店的位置，準備前往該處。她似乎聽見了韋恩等人的對話，於是告訴他們一條會行經大馬路、人潮較多且好找的路線。

那間書店相當大，有著一扇看似堅固的門。沒有窗戶，乍看有如一間倉庫。要是沒有掛上招牌，大概會找不到吧。

門一如外觀地沉重，沒有投注太多能力值在ＳＴＲ（肌力）上的明太清單推起來似乎有點辛苦。真虧他那雙纖細的手臂居然有辦法回收那個金屬塊。

原本以為店內會很昏暗，沒想到卻意外地明亮。像是魔法照明的東西到處散發光芒。

「……價格……沒有很貴耶。是因為有印刷技術的關係嗎？」

韋恩也注意到同一件事，對明太清單點頭附和。

韋恩早就知道紙張在這個世界有一定的流通程度，而且從傭兵公會的告示板存在，也能得知有相當程度的識字率。如此說來，這裡或許算是容易取得書本或類似物品的環境，並且已經出現堪稱生產關鍵的印刷技術吧。

「……怎麼，你們覺得書本很稀奇嗎？該不會是鄉下來的吧？排放在那裡的是用『複製魔法』增加的書。如果想看原書，就到王都的大圖書館去。」

看似是老闆，臉上掛著眼鏡的老人歪著嘴巴這麼說。

他和剛才的矮人鐵匠不同，外表看起來是一名性格古怪的老人，而他說的話也確實證實了這一點。

韋恩心想這個人應該和基爾合不來，一回頭卻發現基爾好像一開始就不打算理會老人，自顧自地拿起手邊的書翻閱。

「『複製魔法』……！原來有那種東西啊！老闆，不好意思，可以請你詳細說給我聽嗎？」

另一方面，明太清單則是忘了本來的目的，跑去追問老闆。

反正本來的目的就是打發時間而不是書，所以說起來也沒有錯。

無可奈何之下，韋恩只好獨自進行調查。雖然基爾好像也正在那麼做啦。

他在店內晃了晃，發現書本似乎是依照內容進行分類，整理得比想像中還要井然有序。

韋恩不知為何感到好奇的，是關於災厄這類的民間故事，不曉得那是何種分類？

「是在這附近嗎……？」

他從像是和傳說、民間故事有關的書籍架上取出一冊。

書名是《大發現！災厄並非只有六具？被埋葬在黑暗中的龍傳說！》。

大略翻閱之後，發現有幾頁用清楚易懂的粗體字寫上大大的標題，還有幾頁用感覺微妙的插圖畫出像是災厄的六具魔物。因為那個插圖實在太微妙，不曉得究竟有幾分可信度。

韋恩為了尋找插圖，姑且快速翻閱到最後，結果沒有關於龍的資訊，甚至沒有想像圖。

「這是什麼跟什麼啊……」

儘管完全無法作為參考，說到他唯一的收穫，就是得知災厄似乎是一般大眾都知道的事實。

若非如此，這樣的書也不會被寫出來了。

「也是啦，既然聽說波多利那邊還有人會在街頭說書，那麼大家應該都知道吧。」

◆◆◆

「喂！如果要看那麼久，就把書給我買回去！」

因為老闆罵人了，韋恩急忙把書放回架上。

說得也是。要是所有人都為了打發時間在這邊看書，店家就沒辦法做生意了。記得這種行為好像叫做立讀？由於書店在現代也已經只存在於虛構小說之中，韋恩只是隱約記得這件事。

「有發現什麼好情報嗎？」

是明太清單。既然老闆警告韋恩，就表示他已經和明太清單結束對話了。

「你呢？」

「我得知了一個很有意思的事實喔。」

明太清單從老闆口中打聽出來的，是關於「複製魔法」的詳情。

首先要準備想要複製的現有物品，以及從零開始製作該物品所需的所有素材。如果是書，就要準備所需張數的紙和用來裝訂的繩。假如有需要，就還要準備封面用的皮革和五金，再來就是墨水。

對現有物品發動「複製魔法」，藉由消費作為成本的MP(魔法值)和準備好的用品得到效果，完成想要複製的東西。

只不過「複製魔法」無法製造出一模一樣的東西，即使效率再高也只能複製出等級低一階的物品。

「品質會下降啊？啊，難道是因為這樣，字和圖畫才會這麼微妙嗎！」

假使字和圖畫都比原書來得差，那麼確實可以說品質下降了。雖然也覺得書本的價值不在那裡，既然遊戲系統如此判定，那麼應該就是這樣了吧。

「總之就是因為這樣的原因，經常會不敷成本……畢竟只要有技能就能縮短生產時間，要是有材料，還不如以正常方式製作比較好，所以聽說這項技術幾乎都只會被使用在書本上。」

「原來如此……啊，我已經大概了解自己想知道的事情了。不過，明太清單，你原本是來書店找什麼的啊？」

「系統訊息裡面不是有嗎？我是為了那個『轉生道具』來的啦。」

這麼說來，之前曾經收到是否贊成將其當作課金道具設置的問卷。韋恩當然是回覆贊成。由於他必須上班的日子忙到連玩遊戲的時間都沒有，如果能用真實貨幣解決的選項增加了，無論內容是什麼他都會贊成。

「然後呢？」

「根據訊息的內容，雖說是課金道具，基本上都是能在遊戲內取得的東西。所以我想既然如此，不如就試著自己找出一個。」

也就是說，他是為了得到那方面的資訊才來書店。確實如果是已經存在的道具，有文獻紀錄也是很合理的事情。

「這個點子不錯耶，我們來找找看吧。」

「對吧？我們也把基爾叫來一起幫忙吧。」

之後三人在書店待了好幾個小時，直到被生氣的老闆趕出去為止。

雖然不知道如何取得，他們找到看似描述了那類道具存在的書籍。

◆◆◆

結果，他們來書店打發時間的收穫，就只有證實明太清單的假設而已。

「——結果被迫買下……這本微妙的書。」

因為生氣的老闆氣勢實在驚人，受到震懾的韋恩於是買下那本內容微妙、描述災厄和龍的書。不管怎麼樣，由於他在店內試讀時幾乎只有確認插圖，也不完全算是白花錢。

明太清單購買的是描述轉生相關道具的書籍。由於他也沒有全部讀完，裡面說不定也有關於如何取得的內容。

至於基爾則意外購買了一本料理書。雖然和他的長相完全不搭，他好像還算擅長下廚。

「男人做的料理啊……」

「什麼啦，誰做的還不都一樣。」

韋恩並沒有像明太清單那樣有特殊的堅持。再說，平常在攤販購買的食物也大多都出自男性之手。

「先不管那個了，因為裝備說不定已經完成了，我們還是先回去看看吧。考慮到在書店打發的時間和移動時間，我想已經完成的可能性很大。」

即使還沒有完成，現在也已經快要傍晚了。因為也很難再找地方消磨時間，之後只能在打鐵店繼續等待。

回到打鐵店，只見矮人師傅站在櫃檯。

既然如此，那應該表示作業已經完成了吧。雖然照常理來看，這樣的板金加工速度實在太快了，擁有生產技能就是這麼方便。

師傅咧嘴一笑，抬起下巴指著後面的房間。

跟著師傅進到房內後，在工作區一般的空間正中央，佇立著一副散發淡淡光芒的全身盔甲。旁邊還有一副用皮繩將許多小金屬板串連做成的札甲。

全身盔甲應該是給基爾，札甲則是給韋恩使用的吧。

兩人立刻試穿。

師傅親自調整皮帶和零件，使其符合韋恩二人的體型。

基爾的全身盔甲沒有想像中厚，似乎是利用敲打出來的形狀製造出結構上的強度。記得好像是叫做溝槽盔甲嗎？多虧那些溝槽，實際上沒有外表看起來那麼沉重，ＳＴＲ和ＶＩＴ（體質）高的基爾可以輕鬆穿著活動。

可是防禦力似乎是之前的裝備所無法比擬，就憑韋恩今天早上為止配掛在腰間的鐵劍，完全傷不了它半分。

韋恩的札甲則反而感覺比外表來得沉重一些。雖說是小金屬片，可能是因為使用的數量很多，再加上皮革也有重量的關係吧。不過防禦力比外表要來得好，對於單純的斬擊和突刺的防禦力，幾乎和基爾的盔甲不相上下。

這套札甲為了方便活動，在腋下、胯下、手肘和膝蓋後方做了比較大的開口，雖然在打鬥時需要小心，現在的韋恩應該有能力順利閃避攻擊。

「……這個好讚耶。」

「……就是啊。」

韋恩一邊讓師傅幫忙微調尺寸，一邊同意基爾的話。

真可謂是一流素材與一流技術的結晶。

「哎呀，要是忘了這個就傷腦筋了！」

師傅用大拇指指著放在工作臺上的劍和盾牌。

兩把劍之中，有一把是比較小的闊劍。那是單手使用的劍，用來和盾牌搭配使用。這應該也是基爾的吧。

另一把則是長劍。儘管也能單手使用，因為刀柄較長，也可以兩手握著。是又被稱為混種劍的類型。

盾牌是名為長盾，外觀如扭曲的四方形的大型款式。本來都是木頭或皮革材質，若是像這樣完全以金屬打造，就會重到沒辦法拿。可是這個世界的傭兵和騎士的ＳＴＲ、ＶＩＴ都很高，所以能夠靈活運用。當然，這是給基爾用的。和剛才的全身盔甲一樣，鐵劍絲毫無法對盾牌造成任何傷害。

雖然兩人也想試試新劍有多銳利，這裡沒有適合的標的。

「如果要試砍，大概只能去砍附近的魔物了。」

「就用那邊的木柴吧！只要你們砍直的，我就能省去劈柴的麻煩！」

好為難人的要求。縱然的確有可能劈得開，木柴這種東西本來就不應該用劍來砍。

「要直劈的話你自己來啦。如果是橫劈……」

基爾將劍高舉過頭。接著師傅拿起木柴，呈拋物線拋出。

照理說浮在半空中的木柴被劍擊中之後，應該頂多只會產生傷痕而不會被砍斷，然後就這麼被重摔在地。

可是劍以連基爾本人也瞬間面露詫異神色的程度被無聲揮落，木柴則沒有被重摔在地，而是很正常地掉落。

落地的木柴從正中央被分成兩半。

「……唔喔喔，我都起雞皮疙瘩了。」

在一邊旁觀的韋恩也說不出話來。直到前天，應該說系統維護之前，他每天都看著基爾這樣揮劍。基爾的本領並沒有現在突然變好。

「韋恩，你也來試試吧。」

基爾呈拋物線拋出掉在地上的木柴。由於木柴已經被基爾砍成一半，現在的難度比他剛才試斬時還要高。

韋恩和基爾一樣將劍高舉過頭，估算揮劍的時間點。

「唔！」

由於劍毫無阻力地就通過了，他必須拚命阻止，以免劍尖觸碰到地面。

幸虧他的ＳＴＲ也已經提升到一定程度才沒有露出醜態，然而要是不小心，搞不好會砍到自己的腳。事到如今，他可不能再犯下這種菜鳥才會犯的失誤。

「……這個好厲害啊……」

◆◆◆

掉在地板上的木柴再次被截成兩半。儘管確認了一下刀刃，上面沒有任何欠損，真不愧是奇幻金屬。

有了這個，大概可以一口氣將魔物連骨頭也砍斷吧。

「看樣子好像沒問題呢！哎呀！真是謝謝你們給了我這麼好的工作機會！」

「謝謝你，師傅！這個裝備真是太棒了。」

「就是啊！我們原本還以為自己已經變得很強了，但是這下看來還得再多多鍛鍊，才不會輸給裝備。」

韋恩和基爾向師傅致上最大的感謝，同時也拿回了舊裝備。雖然師傅有詢問基爾要不要用舊裝備折價換新品，至於韋恩的裝備則是直接處理掉，兩人為了避免再發生這次的事情，因此拒絕了他。

一旁的明太清單見狀，一臉滿意地作結尾。

「好了！既然你們兩人都很滿意，那真是太好了。那麼，關於費用方面……」

「關於這一點啊……」

因為你這次交給我的材料還有剩，要是你不介意，只要你願意把那些材料留在我這邊，我就不跟你們算工錢了。」

韋恩和基爾望向明太清單。那原本就是屬於他的東西。

「……比方說宣稱是你自己透過管道偶然取得的，只要你不把從我們，應該說從傭兵手中收購一事洩漏出去就無所謂。」

「喔，這點你不用擔心，因為很少有人會問那種事情！畢竟就算有素材，無法加工也沒有什麼意義。」

「好吧，只要我們的事情不會傳出去就好。話說回來，這樣真的可以嗎？我感覺你似乎運用了相當高超的技術。」

儘管作業時間實際上只有半天左右，交期短到不可思議，出來的成品品質絕佳。他應該利用了生產類技能之類的奇幻能力，不過一般要在維持品質的前提下縮短交期，成本勢必會提高。

「因為是師傅自願要提升品質，您就不用顧慮那些了。況且考慮到收購剩餘Adamas的金額，兩者其實差不了多少。」

櫃檯的女性來到工作區並這麼回答。會計工作似乎是由她負責。好像是因為門半掩著，她才聽見他們的對話。

「既然如此，那我就心懷感激地接受了。」

就這樣，韋恩和基爾完成了裝備的更新。

雖然被裝備牽著走的感覺大概還會持續一陣子，仍應該盡可能努力縮短那段期間。

而且這次的費用到頭來全是由明太清單一人出資。

從那位櫃檯小姐的話聽來，素材本身似乎相當值錢，所以韋恩就不用說了，恐怕連基爾都得花上一段時間才能把錢還清。

「哎呀，你們不用那麼在意啦。因為我從在王都的時候，就已經打定主意要和你們組隊行動了。我會撿拾掉落物也是為了這個團隊才那麼做。

假使你們無論如何都想做些什麼，那就拿實物來還給我吧。」

「……我明白了。既然現在裝備已經齊全，那麼是時候去攻打希爾斯了。

一開始我看就先試試水溫，先以艾倫塔爾城為目標好了。記得沒錯，那裡應該也已經被災厄的下屬毀滅了才對。」

「那裡有殭屍和紅骷髏對吧？然後還有巨大的鍬形蟲。」

「從簡易地圖上來看距離不遠，可是如果從威爾斯出發，就必須繞過那座高地才行。儘管得繞一大圈，這也是沒辦法的事。」

正好這座城市周邊的難度，也已經差不多讓經驗值的增加來到瓶頸期。

為了適應新裝備同時賺取經驗值，他們決定往前希爾斯的方向移動，同時等到那個轉移服務設置好之後，再用那個直奔目的地。

韋恩等人將攻打前希爾斯王都作為新目標，開始擬定旅行計畫。

第二章　邪道之人

『首領，我在此等候您許久了。』

決定遠征火山的蕾亞以白魔為目標，利用「召喚」移動過去。

蕾亞有事先交代白魔，要牠先去目的地旁邊。可是抵達之後環顧四周，卻發現這裡是一座森林。雖然氣溫似乎偏高，看起來沒有火山地帶的感覺。

「這座森林好熱喔。白魔，你們不會不習慣嗎？『召喚』。」

她一邊呼喚凱莉等人，一邊關心地詢問。

白魔笑著搖頭。

牠在轉生成為斯寇爾時，似乎得到了相當強的熱耐性。斯寇爾是傳說中會在天上奔馳追逐太陽的生物。大概是怕熱就沒辦法這麼做了吧。

身為哈蒂的銀花也得到了相同的耐性。這麼說來，這個遊戲世界或許不是把哈蒂解釋成追逐月亮，而是跑在太陽前面的生物。既然如此，就有可能另外存在追逐月亮的瑪納加爾姆。

雖然這只是一般論，朋友很少的年輕人大部分都對北歐神話很熟悉。蕾亞也不例外。

「好了，我們走吧。話雖如此，我也不知道去哪裡會遇到什麼東西。」

「首領，您不帶鎧坂先生同行嗎？」

「其實我本來也有點猶豫要不要帶牠來。不過我已經請牠以災厄第一形態的身分在王都坐鎮了，再說有妳們在應該不會有問題。這次全靠妳嘍，凱莉。」

凱莉神情淡定地微微低頭，她的耳朵卻動個不停，尾巴也翹了起來。

這副模樣可愛是可愛，說不定蕾亞的翅膀看在旁人眼裡也是如此。所謂「見不賢而內自省」正是這個意思。蕾亞暗自對凱莉表達感謝。

『首領，目的地的火山是在那個方向。』

銀花用鼻尖指引方向。雖然只看得見樹林，既然銀花這麼說，那麼應該沒錯吧。

一行人以由銀花打頭陣，再來是凱莉和萊莉，中間是蕾亞，後面是芮咪和瑪莉詠，最後由白魔殿後的隊伍開始前進。

話雖如此，以在森林中行進來說，銀花和白魔的身形實在太大了。正當蕾亞心想，幸好有路可讓這支隊伍通行時，就看見樹木被推倒的痕跡。也就是說，這應該和從前里伯大森林的外層一樣，是白魔牠們強行製造出來的獸徑。

『之前有魔物會跑出來攻擊人，不過我們已經成功反擊，甚至找到巢穴把首腦給吃了。瞧，從那邊的小路往前走就是首腦之前的巢穴。』

確實有一條比現在走的獸徑更荒涼，感覺只有通過幾次的岔路。

「……此行原本的目的，是壓制這座火山周邊的領域。假如白魔你們打倒的魔物就是這一帶的魔物頭目，那麼任務可以說已經結束了。」

『啊啊，沒有那回事。因為我們吃掉的是活屍。大概是之前那個什麼活動時出現的吧。』

◆◆◆

吃掉活屍真的不要緊嗎？

不，那說不定是骷髏類的魔物。即使是蕾亞，也具備狗狗喜歡啃咬、吸吮骨頭的知識。

「這麼說來，新出現在這個領域的活屍頭目，和原本就在領域的頭目沒有起衝突嘍？這是為什麼呢？」

同樣的例子讓她想起托雷森林。

那座森林裡的長老樟腦樹人和齊格也沒有起紛爭。其中的原因是因為雙方的活動時間不同，再加上契合度極差，莫非這座森林也有相同的問題？

「無論如何，總之還是得親眼見過才知道吧。雖然我們現在正姑且朝著火山前進，不曉得領域原本的頭目是否在火山上。」

『我們之前曾到火山那邊看過，但是沒有靠得很近，所以不知道。』

『白魔本來想要再靠近，是我阻止了牠。因為我擔心任意行動會讓首領不開心。』

雖然蕾亞並不會為了這點小事就不開心，由於銀花不停地抽動鼻子，好像很希望蕾亞誇獎牠的樣子，於是她便踮起腳尖撫摸牠的下巴。

既然頭目不在森林裡，那麼判斷是在火山上應該很合理。

蕾亞一行按原定計畫前往火山，再次開始前行。

可是仔細想想，魔物領域裡面一定有頭目其實也算是一種先入為主的觀念。畢竟蕾亞所知道的例子，就只有里伯大森林和托雷森林。

若要再勉強舉其他例子，大概就是布朗生成的地點阿布翁梅爾卡特高地了，不過住在那裡的頭目是吸血鬼伯爵。單從聽說到的內容來推測，那位伯爵恐怕和其他頭目的等級不同。

不久樹木開始零星散去，可以看見火山出現在前方。

來到這裡之後氣候變得相當炎熱。多虧瑪莉詠從剛才開始便利用魔法讓周圍降溫，否則所有人都會大汗淋漓。

「假如頭目真的在火山……」

蕾亞仰望眼前全由岩石構成的山。

「那麼會在這一帶的哪裡呢……」

這裡看起來一點都不像有生物在此生存。

她們改變隊伍順序由凱莉等人帶頭，開始攀登火山。

假如可以直直地往上攀登就乾脆許多，由於途中還有陡峭的岩石，必須不時往旁邊走蜿蜒地避開岩石，慢慢地往上爬。

雖說是登山，幸虧能力值很高，因此走起來和平地無異。

話說回來，如果只有蕾亞一人就能直接飛上去，根本沒必要走路。

這時，蕾亞忽然靈光一閃，觀察白魔和銀花的技能。

之前讓牠們轉生時，因為後面還有別的事情趕著處理，再加上主要目的是希望稍微強化牠們對環境的耐受力，所以並沒有確認得很仔細。

不過現在仔細查看之後，果然在裡面發現了飛天系統的技能。考慮到牠們的種族起源，這也是理所當然的事情。

那個名為「天驅」的技能，正確來說是能夠在天上奔馳的技能。由於「飛翔」這個神奇的技能沒有特殊條件，取得後就算把翅膀收起來還是可以飛，然而「天驅」的效果是「能夠在天上奔馳」，所以要在天上飛恐怕需要腳。

蕾亞想了一下為什麼會有這樣的區別，最後她想到的是說不定「天驅」也有能夠在空中定住不動的效果。假設現在的蕾亞在「飛翔」過程中打算從空中直接發動攻擊，這時以一般方式毆打肯定會讓自己的身體旋轉。

這麼一來，之後在讓下屬取得飛天系統的技能時，就必須特別留意這方面了。畢竟接下來應該會有越來越多其他玩家也取得這類技能，況且ＮＰＣ之中也已經確定有天使這種會飛的敵人存在，未來空戰勢必無法避免。

『首領！這個好厲害啊！』

『雖然需要習慣在空無一物的空中踩踏的狀況，這份力量真棒！』

「真高興見到你們喜歡。」

斯寇爾和哈蒂是跑在太陽後面和前面的狼。若是無法在空中奔馳，就有負這個稱號了。

如此心想的蕾亞立刻讓牠們取得。

儘管一開始還有些戰戰兢兢，大概是託野性直覺或某種能力值的福吧，牠們很快便習慣，開始在空中來回奔馳。

由於蕾亞自己會飛，就讓走在前面的銀花載著凱莉和萊莉，讓跟在後面的白魔載著芮咪和瑪莉詠，決定從空中進行探索。

傳說中跑在太陽前面的哈蒂，以及追逐太陽的斯寇爾。不曉得白魔牠們是不是意識到這一點才組成這樣的隊伍，若真如此，那就表示牠們將蕾亞比擬成太陽了。

「火山上只有岩石耶。沒見到會動的東西。」

視力良好的萊莉報告，打斷蕾亞的胡思亂想。

「那個魔物會不會是無法從上空確認的類型呢？可是這一帶又沒有會飛的魔物，似乎沒必要擬態以提防來自上空的視角。」

由於也有少數魔物的生態十分奇妙，也許未必事事都能有個合理的解釋吧。

「為謹慎起見，還是不時降落尋找吧。雖然費事，總比一直走路要來得快。」

◆◆◆

「……傷腦筋，真的什麼也沒有耶。」

後來她們探索火山好一陣子，然而別說疑似的魔物了，甚至連會動的東西都沒看見。

雖然她們沒有調查火山口部分，由於熱度和氣體的關係，導致一行人無法接近。需要有更強大的耐熱技能，以及不需要呼吸的技能才行。

「即使火山口有東西，我們也沒辦法立即採取行動呢。」

就算那裡真的有東西，對於能在蕾亞等人甚至無法接近的環境中自在生存的魔物，她目前也

想不出任何有效的攻擊手段。

蕾亞決定暫時降落在地表上，詢問其他成員的意見以決定接下來要撤退還是繼續搜尋。

她姑且站在一塊格外顯眼，一開始步行登山時特地繞遠路避開的岩盤上。

「好了，接下來要怎麼辦呢？繼續在這裡探索會有好處嗎？」

「不知道耶。雖然現在瑪莉詠、白魔以及銀花利用魔法讓周圍的氣溫下降，繼續這麼做，他們三人的ＭＰ將持續減少。可是不那麼做，所有人的ＬＰ（生命點數）有可能都會受到影響，因此我認為還是避免長時間在這座山上活動比較好。」

凱莉說的很有道理。蕾亞沒有料到會這麼熱。不可否認的，就整體而言，蕾亞確實小看了這片大陸。這一點有必要深刻地反省。

雖說是初期大陸，可能也有些難度較高的區域會在遊戲中期之後被開放，要不然就像這個火山周邊一樣，直到周圍的森林為止難度都很正常，可是從這個岩山區開始適當等級就突然暴增。

「……是不是應該等公認地下城的系統建置完畢，賺取更多經驗值之後再來呢？」

雖然蕾亞身為被稱為災厄的種族，考慮到布朗的監護人伯爵的反應，以及她曾經完全無法抵擋前精靈王的文物之力而死亡，她實在不認為現在的自己有足夠的能力。

剛完成轉生的她恐怕還只是個小嬰兒吧。

「……好吧，不如今天就——」

「首領！有東西要來了！」

今天一直很安靜的芮咪大喊。白魔和銀花也繃緊全身。

✦◆✦

既然他們有這樣的反應就表示——

「有聲音！」

下一刻，連蕾亞等人也能聽見的聲音傳來。

由於那個聲響充滿震撼力，彷彿連地面都在跟著搖晃。

「不是彷彿！地面是真的在晃動！」

直到現在蕾亞才終於察覺，腳下的巨大岩盤隱約帶有魔力，而且那份魔力的濃度還正在逐漸升高。

「原來這傢伙不是岩石，而是魔物嗎！」

她立刻要白魔和銀花載著凱莉等人，往上空避難。沒一會兒，下方的岩塊變成顯然帶有魔力之物，並且發出轟隆地鳴站了起來。

「巨人……不對，這是魔像嗎！我還是第一次見到……」

蕾亞一直很懷疑是什麼樣的生物能夠在如此嚴苛的環境中生存，結果原來根本就不是一般的生物。

宛如在呼應這具大型魔像的動作一般，周圍的岩石也接連起身。

縱使並非視野中的所有岩石都是魔像的樣子，數量依然相當地多。

「在這種情況下，白魔和銀花也沒辦法近距離戰鬥吧。」

牠們背上揹著不能掉落的行李。

假如可以騎乘戰鬥，那麼還另當別論，然而現在既沒有騎乘戰用的裝備，也沒有那方面的知識技巧。

雖然只要待在上空，應該就不會遭受攻擊，但是我方的攻擊手段也會被局限為只能以魔法發動砲擊。

「要是把航空兵和砲兵找來，或許就能蹂躪敵人……可是也不能把牠們找來之後，在這裡組成隊伍。」

有什麼魔法對岩塊有效呢？

記得沒錯的話，能夠得到「地耐性」的是「冰魔法」。

「我記得蟻群很怕冰吧。既然螞蟻硬要說的話，算是地屬性比較強的種族，那麼或許可以試試看。」

「那就由我來吧。」

瑪莉詠從白魔背上降下好幾個冰塊。原以為是單一魔法，結果看起來更像是那種形式的範圍魔法。

可能是大小差太多的關係，冰塊並未對大型魔像造成很大的傷害，不過對周圍的小型魔像倒是效果超群的樣子。雖說是小型，其實也比普通人類要大上許多。

儘管岩石不比冰來得柔軟，魔像被冰砸到的部分會碎裂，受到很大的損傷。

瑪莉詠在等待再次使用時間結束的同時一邊觀察傷害，發現攻擊有效之後便斷斷續續地繼續施展那個魔法。在她等待再次使用時間結束的時候，白魔和銀花也會施展相同的魔法。照這樣來看，應該沒多久就能將小怪收拾掉。

能夠從上空單方面攻擊這一點占了很大的優勢。

「不，敵人不可能會這麼輕易地放過我們……！

暫時停止攻擊！散開！」

才見到大型魔像抓起腳邊的岩石，接著牠便將其拋向上空。

速度相當快。要是被砸中，八成會重重墜落地面。

「連對空攻擊的能力也有嗎？牠該不會是區域頭目吧？」

無論如何，目前的情況實在讓人很懷疑一般玩家是否有能力與之對抗。牠肯定至少是副本級別的頭目。

蕾亞要白魔和銀花逃往更上空，自己則單獨與魔像對峙。

她至今從未正式進行過空戰。儘管對手站在地面上，既然使出對空攻擊，再考慮到對手的體型，說這是空戰應該也不為過。

為了應付將來可能又會來臨、與玩家們之間的團體戰，蕾亞也必須進行隻身作戰的訓練。

「白魔，你們負責打周圍的小怪，這個頭目由我來對付。」

「首領……」

「沒事的。我今天幾乎什麼事情都還沒做，況且情況危急時我還有『王車易位』這招，所以死不了。」

為了死亡時刻預留經驗值的庫存固然重要，然而在那之前也必須預作準備讓自己不會死去。

「王車易位」便是專門為此準備的技能。為了能瞬間使用，她已經設定對象為歐米納斯。一旦使用這個技能，就表示蕾亞遭遇可能喪命的攻擊，因此代替蕾亞的歐米納斯必死無疑。雖然對牠感到很抱歉，實際沒有其他更適任的人選了。畢竟其他人大致都有職責在身。

「好了，那麼首先是『冰魔法』的——唔哇危險！」

以些微之差閃過的投石忽然生出手腳，害得蕾亞差點遭受攻擊。

大型魔像投擲的是牠腳邊的岩石，可是裡面似乎也有一定的機率混雜了魔像。投石的危險性可以說又增加了。

「如果魔像是故意這麼做，就會非常棘手。實際情況究竟如何呢？沒辦法判斷耶。」

蕾亞一邊利用「冰魔法」加以牽制，同時思考有效的應對手段。

「『羽毛格林機槍』。」

魔像的身體被打出無數極小的孔洞。大概是沒有痛覺的關係，魔像絲毫沒有退縮的樣子，可是因為洞穿得很深，導致投石的軌跡偏移了。不過同樣的情況反覆幾次之後，一開始打出的洞在不知不覺間消失。看樣子是透過自動回復被修復了。

「這款遊戲的高LP大型頭目還真麻煩……要是不從一開始就決定打短期戰，或者說針對弱點全力猛攻，戰鬥就會遲遲無法結束。」

頭目怪物的LP會依比例自動回復這一點很棘手。儘管這是所有角色或多或少都擁有的基本能力，當對手是副本頭目時，就會令玩家感到受挫。

只要連續擊發「羽毛格林機槍」，應該遲早可以將魔像刨削殆盡，可是那樣不曉得要花多久時間。再說那麼做消費的成本是LP。雖然最壞時只要一邊作戰一邊使用藥水應該就沒問題，可是魔王邊喝補給飲料邊打消耗戰這件事要是傳出去，實在不太體面。

蕾亞從「魔眼」串連魔法使出「黑暗內爆」。在王都也使用過的這招，是能夠將範圍內所有角色、物體一併捏扁，使其消失在黑暗中的「暗黑魔法」。儘管ＭＰ消費量很大，再次使用時間也很長，可是至今沒有人遇到這個魔法還能夠存活下來。縱使具體的傷害量不明，卻堪稱是目前蕾亞的手牌中攻擊力最強的招數。

「奇怪？」

然而最終沒有成功。明明眼看即將消費ＭＰ，卻沒有進行到之後的發動階段，給人一種像是沒有滿足某種發動條件，於是工程就此停擺的感覺。由於這是範圍魔法，發動對象會是指定的範圍，看樣子似乎只要有東西超出範圍，魔法便會無法生效。好像沒辦法只擷取該物的一部分使其內爆。

「果然沒有那麼好的事情嗎……」

既然如此，那麼只能乖乖地利用「冰魔法」或與其相近的魔法，踏實勤懇地刨削了。蕾亞以大型魔像為中心，散布「冰魔法」的高階魔法「暴風雪」、「大寒流」，以及只有在取得「風魔法」和「冰魔法」的高階範圍魔法後才會解鎖的「下爆氣流」，不斷將其削弱。

「唉呀？」

可是這麼做的效果出乎意料。

造成的傷害顯然比預期中來得大。

「難道說，雖然體型龐大的角色有ＬＰ的紅利，相對也有不耐遭人以範圍魔法多段攻擊的缺點嗎？」

在等待再次使用時間結束的同時，蕾亞一面用「羽毛格林機槍」削去敵人自然復原的部分一面思考。

確實要是沒有那種程度的缺點，人類體型的角色就很難對抗巨大的敵人。

「因為沒有臉，讓人實在很難看出來，究竟造成了多少傷害耶。」

這款遊戲無法透過數值看見對手的傷害量，所以大致都只能憑藉表情或損傷程度來推測。

又或許這個世界其實有能夠透過數值或視覺情報得知傷害量和ＬＰ的技能，只是蕾亞目前還不知道。

下方的大型魔像的動作已經變得相當遲緩。然而不知是氣溫下降造成的狀態異常，抑或是累積下來的傷害使得牠行動力低下。

「既然如此，那應該表示牠的ＬＰ還有剩了。虧我還以為多段攻擊已經帶給牠相當大程度的傷害了。」

ＬＰ的數量之多固然令人驚奇，但是作為敵人仍不足為懼。

既然已經知曉有效的攻擊方法，接下來就只要避開投石、散布魔法這麼簡單。當然也不能忘記在空檔加以牽制，阻礙對方復原。

由於蕾亞可以一直滯空，才有辦法限制對手以投石作為攻擊手段，並且像這樣輕鬆地應戰，然而如果是在地上作戰，事情恐怕就會更麻煩了。敵人的體型如此龐大，就連踐踏之類的一般物理攻擊都會成為難以閃避的範圍攻擊。

敵人的動作看起來沒有很快，是因為牠和蕾亞之間有一段距離。憑牠那種體型，動作還能看起來很正常，就表示牠的速度無疑是人類的幾十倍。

假使不會飛，屆時恐怕只能設法使其陷入絕境，然後單方面進攻；不然就是好好鍛鍊自己，否則大根本無力對抗敵人吧。

後來又過了一段時間，大型魔像總算跪下來了。

「假使還有餘裕，好像也可以試試看其他屬性的魔法是否有效，可惜從這傢伙的臉上完全看不出受了多少傷害耶。算了，既然用冰就有效，那就先這樣吧。」

大型魔像還沒有死亡。應該說，其實根本不確定牠算不算活著，不過牠的ＬＰ並沒有歸零。這一點從牠儘管跪著仍使勁用手臂和腳撐地，試圖站起身就能得知。

「既然都做到這種地步，好像不能說牠已經屈服於我了耶。好了，你就放棄抵抗，成為我的人吧。『使役』。」

「精神魔法」無法直接對魔像類發揮作用。蕾亞本來也曾考慮利用「魂縛」，使用靈魂庫存發動「精神魔法」，可是她決定以確認自身的戰鬥能力為優先。

「精神魔法」的用途已經獲得實證，但是蕾亞對於其他攻擊魔法的戰鬥力還不是十分了解。當遇上抵抗「精神魔法」的高手時，她想要避免自己完全束手無策。

之後如果又遇到能夠賺取經驗值、強化蕾亞自身的機會，到時應該要逐次嘗試才對。

雖然蕾亞感覺到魔像還有些許抵抗的念頭，那份抵抗在「角」的紅利面前顯得虛弱無力。既然魔像在這種狀態下仍然保有些許抵抗力，那麼「使役」在牠處於正常狀態時就起不了作用也說不定。牠的MND（精神力）相當高。

「種族名是……長老石頭魔像啊？那麼周圍的小傢伙是石頭魔像嘍？」

兩者似乎並非使役關係，即使讓長老石頭魔像成為眷屬，蕾亞也沒有感覺周圍的魔像們變成了自己的下屬。話說回來，長老石頭魔像並沒有「使役」的技能，周圍的小型魔像也已經在白魔和凱莉等人的攻擊下，大部分都化為普通的岩石。

蕾亞隱約記得在社群平臺上看過有人留言，說魔像的掉落物不是屍體而是道具，可是她實在無從判斷散落在地面上的岩石究竟是屍體還是掉落物。

「長老的意思是，魔像會隨著年齡增長自然而然變得巨大嗎？這種生態好像毬藻喔。」

又或者類似鐘乳石和珊瑚礁。

「世界樹是在被精靈使役之後誕生的……不曉得這傢伙是如何。會不會被矮人使役之後就滿足轉生條件呢？」

雖然也可以使用賢者之石強制使其轉生，要是又被要求支付高達四位數的經驗值就傷腦筋了。蕾亞身上現在沒有那麼多經驗值。

「就算要讓牠轉生，也還是等之後再說吧。明明連收入來源都還不曉得在哪裡，預定支出卻一直增加。」

縱然前希爾斯王都和拉科利努一直都有玩家零零星星地前來攻打，卻不是每天都如此。

在利用轉移服務振興地下城的計畫正式啟動，或是製造快速安全區域的課金道具開始販售之前，恐怕賺不了多少經驗值吧。

「算了，總之你就照之前那樣繼續在這裡生活吧。雖然我也想支配周邊的小魔像們……你說除非有什麼特殊理由，否則同種之間不會起衝突？既然這樣，應該可以放著不管吧。」

這個種族的性格看來意外地敦厚。既不會為了生存去捕食其他生物，即使放著不管也會自己長大，所以沒必要互起爭執。

牠們平常似乎也什麼都不做，就只是模仿岩石動也不動而已。

簡直就像為了攻擊來到這座山的玩家而存在的魔物。

儘管沒有什麼敵意，畢竟還有許多魔物沒有服從自己，這樣實在稱不上已經完全壓制火山地帶。可是既然已經支配這個大型魔像，應該姑且可以算是達成目的了吧。

「好了，回去吧。我們可得在問卷完成回收統計之前，好好準備在各領域開店才行。希爾斯王都、拉科利努、托雷，以及里伯。我要決定各個領域的頭目人選，讓那位頭目負責經營。」

◆◆◆

蕾亞將白魔和銀花送回里伯大森林。這裡現在由女王蜂接任史佳爾的位子，使喚蟻群管理牧場。小不點們則在牧場擔任類似牧羊犬的工作。聽說牠們最近變得聽話許多，而且開始有了想要幫忙做事的念頭。真高興見到牠們成長得如此順利。此外還有幾具甲蟲女王和蜘蛛女王也在此研習，同時幫忙生出下屬及管理森林。

同樣的研習活動也有在托雷森林舉行，而且那邊也有幾具女王級。從領域的寬廣度和原本的難度來看，這些森林的戰力算是有點過剩。

「甲蟲的熱耐性比螞蟻來得高，就算不進入火山，應該也能管理那座山腳下的森林。要是有甲蟲女王在里伯完成研習，到時就派牠過去那邊吧。」

蕾亞交代下屬，將大致完成研習的甲蟲女王送往火山地帶的森林——因為連地圖上也沒有標註名稱，不曉得可不可以這樣擅自命名——築巢並增加下屬，負責管理森林。

接著她來到拉科利努，向史佳爾確認狀況。

『首領，這邊一切都進行得很順利。』

如今瓦礫山丘的印象已完全消失。

這裡成長為一座綠意與廢墟彼此調和，感覺如夢似幻的森林。上空不時還會有巨大的蟲子飛過。那看起來既不像甲蟲，也不像螞蟻和蜘蛛，究竟是什麼呢？

『那是名為Magathairos的種族。由於沒有女王種，必須由我直接一個一個生出來，不過也因為如此，戰鬥力比其他要來得高。』

要是用一句話來形容其外表，大概就是身體是蜈蚣的黃石蛉吧。從名稱來看，應該是以古代昆蟲Mazothairos作為範本，可是長相幾乎不像。

「這麼說來，拉科利努也有幾具女王級嘍？」

『大致上每一種都有，而且已經到了交給牠們也沒問題的程度。我想樹人應該也是如此。牠們似乎正盡可能增加數量當中。

為了作為蟲類魔物的食物，航空兵們從里伯大森林運來容易繁殖的老鼠類魔物，並且也已經繁殖成功了。至於老鼠的食物則是樹人們的果實，而這些果實因為可以靠消費ＬＰ生出來，不會有問題。』

既然如此，即使史佳爾不在應該也不成問題。

於是結束確認之後，蕾亞便和史佳爾一起飛往前希爾斯王都。

◆◆◆

「其實我一開始並不打算以王都作為據點，但是考量到地理位置和地下城的經營，把這裡當成據點好像並不壞。」

雖然這番話並非謊言，卻也不是真話。

最主要的原因，其實是因為蕾亞在見到布朗的領主館和萊拉的王城之後，覺得有點羨慕。

不過一方面當然也是基於利益的考量。

在蕾亞支配的領域之中，玩家眼中最重要的攻擊目標應該是這座王都。況且將壓制王都的原委也考慮進去，這裡堪稱是蕾亞身為第七災厄最具象徵性的場所。

儘管玩家可能也會先去攻打拉科利努試試水溫，那裡如今也已具備十足的戰力。畢竟那裡有三具女王級，戰力可以說超越從前的里伯大森林。更何況形成森林的樹木還幾乎都是樹人。

「其實我也想在王都外圍種滿樹人……只可惜樹人們和活屍的契合度極差。」

雖然也可以像托雷森林那樣將工作職責分成白天和夜晚，晚上活屍變活躍時，樹人並不會消失，牠們只是受到瘴氣的影響而休眠。

「我實在不想逼下屬在如此惡劣的環境下工作耶。

算了，還是和布朗的艾倫塔爾一樣，白天請蟲子多多加油吧。」

『那麼，我待會兒就再生出幾具女王級好了。』

「麻煩妳嘍。經驗值真的不管有多少都不夠用耶。」

創造女王級所消費的經驗值比其他都來得多，實在非常傷荷包。

蕾亞也好想把經驗值用在自我成長上。

「接下來只能努力賺錢以平衡收支了吧。」

蕾亞跳也似的坐上寶座。

這張寶座其實是鎧坂先生的腿。儘管椅面比以前的寶座高出不少，除此以外都變得更佳舒適好坐。鎧坂先生似乎遵照蕾亞的指示代替椅子，一直坐在這裡不動。

由於鎧坂先生嚴格來說並非生物，即使維持不動，身體也不會僵硬，而且牠本人似乎也並不覺得辛苦。

「那麼我來替你蓋上毯子吧。」

蕾亞從背包取出大型魔獸的毛皮，蓋在鎧坂先生的腿上。

這麼一來，蕾亞坐在上面時，屁股就不會痛了。

「……好了，接著來思考『神諭』這項技能吧。」

終於有時間進行考察了。

她叫出此刻應該身在歐拉爾王都的總主教的技能畫面，一邊思考。查看下屬的技能這件事不會受到距離影響，只要從自己的下屬名單中選擇想要查看的角色，在腦中打開專用視窗即可。

根據從總主教口中稍微打聽到的消息，其實他並不曉得自己是透過哪項技能取得神諭。

這是因為，嚴格來說名為「神諭」的技能並不存在，而且這次也是他第一次聽見公告。

只不過在蕾亞看來，有一項技能相當可疑。

那就是「靈智」。

經過確認，技能樹「靈智」的第一個技能「人智」的效果，是「能夠接收被發送給全世界的部分公告」。

從內容來看也肯定是這個沒錯。

既然是「部分」公告，應該就表示能夠聽見的情報有特定傾向。

假設這個傾向是由某種東西來決定，那恐怕就是「人智」之後的「真智」。

這項技能無法單獨發揮效果，而是屬於解鎖其他技能的性能類型。感覺類似只有「魂縛」的附加效果。

其內容是直接「擴大『靈智』中所能接收的公告」。

由於總主教的技能樹「靈智」只開放到「真智」為止，不曉得其作用和認定是否為災厄一事有無關聯。

「……莫非姑且可以得知災害級存在誕生，可是要不要認定對方為人類之敵，是由聽見的人自行考量嗎？」

這片大陸從前的支配者是精靈王。

他出生時，聽見公告的人應該是宗教相關人士。只要之後精靈王支配大陸，就會知道公告中提到的人物是精靈王。

假設從前的宗教相關人士是透過公告得知精靈王誕生。

精靈王是人類國家的支配者，而且似乎統治大陸很長一段時間。

在他統治的過程中，經由公告獲悉的「精靈王誕生」這則消息，應該被認為對人類不是件壞事才對。

可是當統治結束時——假使布朗從伯爵那裡聽說的消息屬實——大天使誕生了。而根據社群平臺上的情報，大天使和精靈王似乎是相近的陣營。

從這件事情可以推測，當時發布的世界公告，精靈王和大天使的內容可能一樣。至於公告內容不會提到具體的種族這一點，從ＮＰＣ從來沒有稱呼蕾亞為「魔王」即可得知。

然後只有大天使被認定為「災厄」這件事，代表著即使公告內容相同，人類仍認為這兩個個體的危險度不同。

儘管如此，他們卻一下子就認定蕾亞是「人類之敵」。

從社群平臺上各國玩家的發文也能看出，各國明明沒有特別經過討論，卻都一致提出相同的意見。

「……這下有必要確認實際聽見的內容了。」

蕾亞原本覺得，只要能夠得到技能就好，因此將總主教等人納為下屬後就丟給萊拉去管，不過現在看來似乎不能這麼做。

◆◆◆

利用好友聊天功能和萊拉約好、確定沒問題之後，蕾亞便將總主教「召喚」到前希爾斯王城的謁見廳。

這本來應該是「使役」當時就該完成的事情，但是因為那天是蕾亞睽違好幾天登入的日子，諸如和布朗打招呼等，她還有其他事情想做，結果就拖到了現在。

「主人啊，我明白了。您是問我聽見神諭時的內容對吧？因為那也是我第一次聽見，我記得非常清楚。

——步入邪道的副本頭目在希爾斯王國的里伯大森林中誕生了——

這便是我所聽見的內容。

因為我以外的主教們似乎沒有聽見部分字眼和地點，每個人聽到的內容可能有所差異。」

假使精靈王他們那時的公告是使用類似「步入正道的副本頭目」的措辭，而且這件事被記錄在代代相傳的文獻上，那麼蕾亞確實極度可疑。

「……你既然身為歐拉爾聖教會的總主教，那麼在歐拉爾王國裡，將那個『步入邪道的副本頭目』認定為人類之敵又或者說災厄的人應該是你，不過你為什麼要這麼做？」

「非常對不起！」

「不，你現在用不著道歉。」

「在聖教會從不外傳的古老文獻中，存在一段關於『副本頭目』的描述。

根據文獻記載，『副本頭目』有時是引導人類的慈悲指導者，有時則是仇視人類的可怕災厄。就和人一樣，有的善良，有的邪惡。

正因為如此，儘管這是我第一次實際聽見神諭，我仍舊認為有必要仔細確認那個『副本頭目』是屬於何者。可是即使想要確認，倘若對方真是災厄，光是與之接觸便會演變成攸關國家存亡的事態，因此不能隨便和對方見面。

只不過，這次的神諭中附上了『步入邪道』的形容。由於這個形容在歐拉爾聖教會裡就只有我一人聽見，我想這或許是自己經由修行所得到的『真智』發揮效果，讓我即使不確認也能辨別其真偽吧。」

蕾亞並不覺得他很愚蠢。

畢竟這也是沒辦法的事吧。這裡又不是現代的法治社會，對有罪嫌者不加以處罰，而是直接採取毀滅行動才合乎道理。

可是這下總算掌握住世界公告的概要了。

各個陣營的技能並無不同。

只是對聽見的公告加以解釋的人不一樣罷了。

「可是邪道啊……」

這也就是說，人類勢力是正道，而魔物勢力是邪道嗎？

「縱然不是不能理解，心情上好難接受啊。」

蕾亞並不打算談論倫理方面的問題，不過就拿人類和哥布林為例，將其當成一個生物來看時，這兩者之間並無多大差別。

再說創造人類和創造哥布林的都是開發／營運方，他們會將不同的種族分成「正道」和「邪道」，這一點實在讓人感到非常奇怪。因為和玩家不同，NPC無法選擇自己的種族。

要是他們可以選擇，頂多也是轉生後的種族，而且只要照一般正常方式成長下去，基本上也都是依循正規途徑——

「嗯？正規途徑……正道……」

蕾亞再次思考聽見世界公告的例子。話雖如此，由於蕾亞沒有那種技能，只能思考和自己有關的部分。

首先是蕾亞本身的「魔王」。轉生時的公告應該有提到「已滿足特殊條件」。當時蕾亞被告知是「特定災害生物」，消息傳遍人類國家也是在這個時候。

從總主教的話來看，魔王應該是「步入邪道的副本頭目」。

接著是迪亞斯和齊格的轉生。雖然這時只有提到「已滿足條件」，按常理來思考，活屍因情緒激昂而滿足條件的這個狀況實在很奇怪。由於迪亞斯兩人原本就是有感情的活屍，可以說從誕生那一刻起就很特殊。

那樣的他們轉生時的公告也是「特定災害生物」。只不過他們是活屍，而不是生物，所以這樣的分類應該只是用來作為某種區別。

然後是史佳爾轉生成為節肢動物女王。這時只有使用賢者之石Great和經驗值進行轉生。既然沒有特殊條件，應該算是依循正當的途徑吧。然後公告內容是「災害生物」。

「所謂正道的意思難道是指依循正規途徑轉生的人，至於以特殊條件轉生的種族全部都是步入邪道嗎？」

假如是這樣，那麼就算被分成正道、邪道也姑且可以接受了。如果這兩個詞的意思是正規途徑和支線，那麼就還在容忍範圍之內，再說選擇邪道是那個人自己作出的決定，因此心情上也能夠理解。

「這麼說來，假使史佳爾轉生時有發布公告，內容就會是『步入正道的副本頭目』嘍？」

由於在讓萊拉使用賢者之石時，有可能也會出現同樣的公告，之後也許可以驗證一下。

換句話說，事實上並不像一開始蕾亞所以為，有人類方、魔物方以及中立方這樣的區別。

「可是既然那方面的技能只有一個，就沒必要現在急著取得了。畢竟這裡就有擁有那項技能的眷屬。」

到頭來，蕾亞還是不確定解鎖條件是什麼。即使詢問主教們，他們也只會自豪地說那是自己修業的成果，因此完全不曉得什麼是解鎖條件。

「啊啊，對了，難得有這個機會，我就只告訴你一人吧——」

蕾亞讓總主教學會使用背包和好友聊天功能之後，將他送回萊拉身邊。總主教驚訝得目瞪口呆，感激到又想要五體投地跪拜，結果被蕾亞阻止了。蕾亞嚴格告誡他不可洩漏出去，因為還是不放心，又投入了一些經驗值來提升他的ＩＮＴ和ＭＮＤ，並且再三叮嚀他絕對不能讓別人看見自己正在使用好友聊天功能。

蕾亞再次坐在鎧坂先生腿上陷入沉思。

之前她一直沒有好好思考過自己的事情。

蕾亞是從精靈轉生成高等精靈，之後跳過黑暗精靈與魔精，最後成為魔王。

考慮到賢者之石Great的效果是「讓對象的等級提升兩級」，那麼黑暗精靈應該和高等精靈同等級，然後再高一級是魔精，再高兩級是魔王。

也就是說，在可以轉生成為黑暗精靈的訊息出現的當下，蕾亞就已經步入邪道了。「那個條件是什麼呢？我完全沒有頭緒耶。」

要是蕾亞沒有滿足那個不明條件，現在的她大概就會是精靈王，而且恐怕也不會和希爾斯王國正面衝突。

儘管襲擊希爾斯王國的行動應該不會改變，可能就不會和那群玩家打團體戰了。因為那是為了對付蕾亞這個災厄而組成的團隊。

「這一點線索太少，沒辦法進行驗證耶……」

理由很難想像是技能組成。縱然蕾亞現在很常使用「黑暗魔法」和「暗黑魔法」，當時並未擁有那種技能。

是因為下屬之中有很多活屍嗎？假使真有什麼原因，這個的可能性感覺最高。

可是根據透過布朗從伯爵那裡打聽來的情報，魔王這個種族很少會有下屬，如果是這樣，條件恐怕就不是下屬的數量了。

「……算了，無所謂。既然不知道，就表示以後也不會出現。」

萬一哪天出現蕾亞的後輩，到時只要把那個人抓起來，尋找和蕾亞的共通點就好。

第三章 轉換地下城

◇

第二屆官方活動的正式結果發表了。
「……好吧，其實我早就料到會這樣了。」
在防衛點數——雖然是第一次聽說這個詞，好像原本就有設定這種點數作為隱藏資料——獲得量的部門，ＭＶＰ的第一名是基諾雷加美許，第二名是amatein，第三名則是名叫ＴＫＤＳＧ的玩家。
儘管沒有公布之後的排名，似乎會個別向本人通知。
蕾亞也收到了「不在評選對象之內」的結果。
另一方面在侵略點數的部門，第一名是布朗，第二名是萊拉，第三名則是名叫邦卜的玩家。
蕾亞在這方面也是「不在評選對象之內」。
「因為發起政變的關係，萊拉的名字被清楚列在侵略方這邊了啊……」
活動完全是以身為防衛方、侵略方所獲得的點數計算排名，和本人的種族沒有關係。萊拉和布朗即使說是和蕾亞聯手推翻歐拉爾王國也不為過，而且現在歐拉爾的國家元首還是萊拉的下屬。她大概是因為這樣才賺到點數，並且擠進前三名吧。
「不只是長相，這下也得讓萊拉隱姓埋名生活了……我記得ＮＰＣ好像稱呼她為休傑卡普卿吧？既然這樣，只要我們不在人前叫她的名字，應該就沒問題。」

布朗也一樣。假使她的玩家身分曝光，事情恐怕也會變得無趣起來。

「這一點得好好叮嚀她才行。這個名叫邦卜的玩家是壓制那座城市的哥布林嗎？如果是，我還以為他賺的點數應該至少會比萊拉多……」

蕾亞所指的是活動中期，大批哥布林攻擊佩亞雷王國的諾伊修羅城使其毀滅的事情。由於萊拉的政變幾乎接近無血革命，蕾亞以為派遣哥布林下屬去毀滅城市所獲得的點數會比較多。

「既然那是別國的事情，還是先放著不管好了。反正最壞時只要在上空『召喚』烏魯魯，命令牠連同城市一起摧毀，大概就會知道對方是誰了。」

烏魯魯是蕾亞替那個長老石頭魔像取的名字。因為只有一具，其實像世界樹一樣用個體名稱叫牠也可以，可惜牠的種族名實在太長了。順帶一提，「烏魯魯」是澳洲著名的巨大岩塊，據說在舊世紀又被稱為「艾爾斯岩」。

可是如果要進行那項破壞工作，或許還是先讓烏魯魯轉生比較好。即使讓現在的烏魯魯降落在城市中央，可能也會落得遭人討伐的下場。

◆◆◆

先不管那些了，更重要的是報酬。

蕾亞收到的特別報酬，大概比受到公開的三位活動ＭＶＰ的報酬略少一些。考慮到她並非評選對象還能收到報酬，這樣回報算是過於豐厚，然而想到她要是參加，說不定能夠拿到第一名，蕾亞心裡不免還是覺得有些可惜。

「……這種想法好像有點自我意識過剩了。」

特別報酬是三條「魔法金屬祕銀的鑄塊」。

話雖如此，事實上蕾亞完全不知道這個東西大概有多少價值。她知道自己經常使用的精金是等級相當高的金屬，但是不曉得這兩者相比孰優孰劣。

不過話說回來，對根本不打算和外界進行交易的蕾亞而言，市場價值毫無意義，能否使用才是一切的價值標準。

「還是先收起來，等我想到怎麼利用再說吧。」

無論如何，和幾乎沒有報酬的第一屆活動相比，光是有報酬這一點就已經很好了。

然後對蕾亞而言，有一件比報酬更令人期待的事情。

那就是限定轉移服務的設置，也就是公認地下城的開放。這個已經確定將於短期維護結束的明天正式上線。

這一天，蕾亞登入後隨即收到的系統訊息中提到了具體設定的說明，並且針對玩家意願進行了最後確認。

所謂具體設定，主要是死亡懲罰的變更內容。

該內容為「若在自身支配的場域內死亡，將無法在遊戲內的三小時內重生」。

坦白說，這個懲罰很重。從某方面來看，扣除一成經驗值反而還比較好。

遊戲內三小時等於現實世界的兩小時，這一點倒無所謂。

可是如果說不能登入也就罷了，無法重生就代表這三小時都要一直維持死亡狀態，因此手下的眷屬將維持死亡狀態四小時。

倘若維持死亡狀態這麼久的時間，會留下屍體的螞蟻、樹人們的素材恐怕會遭人任意取用，活體怪物們則會讓掉落素材留在原地，空無一人的區域完全呈現門戶大開的狀態。

這樣不僅需要花費大量時間來復興支配區域，要是蕾亞復活時眼前有玩家集團就更糟了。只要重生點曝光，玩家們大概會在這三小時內做好準備、找來人手，然後有如作業一般持續展開狩獵吧。畢竟玩家們無論從哪裡都可以轉移過來。

「這下我絕對不能死掉了。」

若要再補充一句，對象區域是「自身支配的場域」這個部分也很討厭。比方說王都是地下城但里伯不是，如此一來就無法進行這種個別設定。

如同蕾亞之前所料，一旦答應了便再也無法製造領地，地下城頭目沒有安歇之處。

儘管如此，蕾亞還是答應了。

因為蕾亞無法捨棄肥羊自己湧進她所支配的城市這個優點。

只要身在自己的支配地區，就不需要擔心因為死亡懲罰而損失經驗值。

為此，蕾亞投入剩餘的所有經驗值，盡可能提升女僕、屍妖，以及運輸兵蟻等頭腦類下屬的INT和MND。

「儘管我讓女僕和屍妖成為頭腦類的負責人，一起提升了數值，可是冷靜想想，女僕好像沒必要那麼聰明耶。」

聽了蕾亞的喃喃自語，一旁服侍的女僕亡靈露出大受打擊的表情。

然而蕾亞知道，這其實是演技。看來女僕只學會了不必要的事情。

「反正事情做都做了，也只能這樣了。既然眷屬沒有死亡懲罰，就表示已經給予的經驗值不會減少，所以眷屬的成長基本上不會走回頭路。」

另外在維護之前，蕾亞曾經將眷屬們聚集在王城的舞會廳裡，和他們仔細地進行討論，並且讓各負責人互相交換好友卡。

在此之前都是蕾亞單方面地交出卡片就結束了，如果想讓眷屬彼此交談就不能這麼做。要是每次都要透過蕾亞，那麼當蕾亞登出時，恐怕就會無法應對狀況。

螞蟻類魔物只要斷斷續續地，而且每次只需要幾分鐘的睡眠時間即可活動。

蕾亞指派具備那種生態的史佳爾為總監督，並且在各區域部署史佳爾的直屬下屬。當有事發生時，史佳爾可以利用「召喚」前往現場直接指揮，或是直接作戰。這一點蕾亞同樣也能辦到，至於作為召喚目標的眷屬則規定由史佳爾的下屬和蕾亞的下屬兩兩一組，隨時一起行動。

雖說如此，考慮到風險問題，他們幾乎沒有預設蕾亞、史佳爾和齊格直接參與作戰的情況。因為要是這三人倒下，屆時蒙受的損害將會超乎想像。唯有除此之外的女王級、活屍以及樹人全部被打倒時，這三人才會被允許直接上場作戰。畢竟要是演變成那種情況，只有蕾亞等人留下來也改變不了什麼。況且下屬全數死亡，結果自己卻逃跑，這樣實在不成體統。

話說回來，蕾亞最擔心的其實是布朗。

一如事前所作的說明，蕾亞曾經提醒過她風險很大，所以要小心，不過那是蕾亞已經答應營運方條件之後的事情。

◆◆◆

布朗甚至還說過「死亡懲罰是三小時的休息時間，真幸運～」這種話。

蕾亞本來打算直接衝過去跟她好好解釋，不過她那裡有迪亞斯又有甲蟲女王，另外還有名為外斯的智囊，看來只能交給他們了。

「與其擔心別人，我還是先擔心自己吧。既然從哪裡都可以轉移，就表示沒有距離上的問題，比起布朗，來我這裡的玩家應該會比較多。」

◆◆◆

短期維護依照預定時間結束之後，轉移服務終於正式上線。

由於蕾亞心想應該會有許多玩家大舉湧來，讓歐米納斯飛到王都上空借用牠的視野，此刻卻不見玩家的蹤影。

「……沒有人來耶？我的其他場域……同樣沒有人去……？」

話說蕾亞直到現在才發現，她沒有確認因轉移服務而開放的轉移地點是哪裡。雖然事到如今，實在很難想像蕾亞的支配地區沒有被列入其中，或許有其他對玩家來說更具吸引力的遊樂園也說不定。

「真糟糕，我忘記要確認了。不過話說回來，我好像也沒辦法確認耶……？說明中提到，利用轉移服務前往主要為新手安排的區域，可是那裡是哪裡啊？」

既然蕾亞本身沒辦法確認，如今也只能問其他人了。

可是布朗應該也遇到相同的狀況，萊拉則恐怕正在忙著經營國家而沒空管那些。
這麼一來，以顧客視角偷窺社群平臺是最快的方法。

◆◆◆

【更新】你們要去哪裡？【地下城上線】

001：薩莫斯
地下城上線紀念討論串
你們要去哪裡的地下城啊？
因為好像從每座城市都能前往任何地方，這個討論串也可以用來配對。
以下是出現在轉移地點清單中的地下城，
因為有很多，歡迎大家筆記推薦。
…
…
【佩亞雷王國】
諾伊修羅城　☆☆☆☆
…

…

【其他】

前希爾斯王都　☆☆☆☆☆
里伯大森林　☆☆☆☆
拉科利努森林　☆☆☆☆☆
托雷森林　☆☆☆☆☆
艾倫塔爾城　☆☆☆
亞多利瓦城　☆
維爾岱斯德城　☆

002：諾基司
數量超多的耶……
>>001　辛苦你了。
對了，這個☆符號，是什麼意思啊？

003：阿隆森
>>002　難度。
根據營運方的說明，那指的不是攻陷地下城的難度，而是姑且能夠在地下城內行動的戰鬥力

等級。

還有，聽說難度也有可能會無預警地變更喔。

不管怎麼樣，還是只有去了才會知道。

004：amatein

依現狀來看，作為難度基準的，應該是災厄所在的前希爾斯王都吧。

至於能夠在那個災厄所在的王都作戰的等級，我想肯定是之前活動中在防衛方排名前三的那些玩家。

005：鄉村流行樂

前希爾斯的難度落差好大啊。

話說，地區【其他】是什麼啊？那不就是希爾斯嗎？

006：薩莫斯

>>005　因為轉移地點清單上是這麼寫的，我就直接轉載了。

會不會是因為國家已經滅亡了，才變成其他地區啊？

007：馬尼赫

>>004　難度基準是最大值的5顆☆，這是什麼鬼啦！
這根本不具任何參考價值嘛。
這樣哪裡適合新手了……

008：堅固且不易脫落
假如說最多就是5顆☆，那麼前希爾斯王都有可能「實際上難度還要更高，只是因為最多只能到5，所以才是5顆☆」喔。
坦白說，我一點都不覺得只憑幾個人組成的團隊，有辦法在災厄所在的區域隨意狩獵。

009：無名精靈
因為之前先行上線的里伯大森林也是只要在地下城內待太久，就會遭遇神祕攻擊而死亡，如果這次是以更具遊戲風格的方式重現那種系統，那裡恐怕也有只要待太久，遇見的機率就會上升，而且絕對贏不了的徘徊頭目，也就是災厄在到處遊蕩。

010：amatein
>>009　這不是不可能的事喔。
不過嘛，還是再觀望一下希爾斯王都的情況吧。
就算要攻打，等到大致了解地下城的規格之後再去也不遲吧。

另外從星星的數量來看，似乎和災厄有直接關係的里伯可能也先避開比較好。

011：鄉村流行樂
照你這樣想的話，難度相同的拉科利努森林或托雷森林也不適合前往了吧。
畢竟死亡懲罰也已經恢復，風險太高的場域實在讓人有些卻步。
我在猜，營運方的設定是不是1～2顆☆適合新手，3～4顆☆適合中等程度，5顆☆則為挑戰級啊？

012：諾基司
這麼說來，新手去這個1顆☆的場域比較適合對吧。

013：藏灰汁
可是在5顆☆的場域，光是打倒一隻小怪也能賺到經驗值不是嗎？
只要在入口附近這麼做，應該就能相對安全地進行狩獵。

014：堅固且不易脫落
>>013　這麼做或許可行，然而要是失敗了，就會很慘啊～
雖說只有一隻，如果是狩獵希爾斯王都等級的小怪就需要中級以上的團隊，而要是中級以上

的團隊全滅了，到時對經驗值可是很傷喔。

015：阿隆森
我還是第一次聽到對經驗值很傷這種說法。
不要講得好像對荷包很傷一樣啦！

016：orinki
不過，從前被菜鳥尊稱為大森林老師的里伯大森林是5顆☆啊……
真是教人既想為它祝賀，心裡又覺得有些落寞呢……

◆◆◆

「……原來如此，我明白了。原來營運方連難度都仔細標上了啊？難怪沒人來。」
如果是活動期間這類死亡懲罰放寬的期間就另當別論，不太可能有人會拿著單程車票去突擊有死亡之虞的場所。
蕾亞支配的場域每個都是5顆☆，就目前來看難度最高，客人當然不可能一下子貿然前來。
「也就是說我努力過頭了吧……可是我又不能降低王都的難度，而且托雷森林裡有世界樹，我也不想讓人進到那麼裡面。至於里伯大森林裡有牧場，還有小不點們……看來還是稍微降低拉科利努的難度好了。」

拉科利努原本也是城市，但是現在標示的名稱卻是森林的樣子。確實，現在應該沒有人在見到那裡之後會覺得是一座城市。營運方適時作出調整的反應力令人驚訝。

「可是清單上沒有火山地帶及其周邊森林的場域耶。儘管應該不是現行所有區域都會被列入，既然玩家都答應了，至少也該將玩家的支配地區全數列入才對。」

如此一來，就表示那個火山地帶並未受到蕾亞支配。

周圍的森林有眷屬的蟲群在此固守，火山中段則有烏魯魯。

假使未受支配的原因是有其他魔像和倖存的活屍們，那麼有牧場的里伯和放養魔物作為食物的拉科利努應該也一樣才對。

「果然是因為那裡還有其他支配者吧。例如火山口之類的。」

倘若火山口有東西，現在那個區域便可算是受到該存在和烏魯魯的支配，不符合系統訊息中提到的「單一勢力」。

無論如何，現在只能束手無策。

蕾亞聯絡負責管理拉科利努的蜘蛛女王，吩咐牠降低難度。另外她也命令史佳爾將那個名為Magathairos的大型蟲子和其他比較強的眷屬遷至王都。

儘管史佳爾感到有些遺憾，等到玩家們有信心之後，應該很快就會來攻打王都，到時就有表現的機會了。

蕾亞讓強大的下屬離開拉科利努，只留下等級最低的蜘蛛和螞蟻。至於移動的目的地一半是王都，另一半則是托雷森林。

她一邊讓下屬們完成遷移，一邊隨時確認社群平臺，結果一陣子之後，終於出現玩家回報難度變成3顆☆的留言。

「只能間接確認難度這一點好討厭啊。不過如果是NPC的地下城頭目可能連確認也沒辦法，看來只能這樣了。」

從客觀的角度來看，3顆☆和布朗的艾倫塔爾程度相當。

由於那座城市有迪亞斯和甲蟲女王，應該不會那麼輕易就被攻陷，只要玩家沒有抵達領主館，迪亞斯他們恐怕就不會出來吧。

假如以☆數量表示在城內作戰的難度說明正確無誤，那麼應該可以視為，連主要和甲蟲類怪物、地生人交戰的難度也下降了。

針對拉科利努的難度突然下降這件事，社群平臺上的玩家們最後似乎取得了「這是營運方為了分散轉移地點而實施的一項補救措施」的共識。

確實從社群平臺來看，玩家們有集中在1顆到3顆☆場域的傾向。

倘若是這樣，想必用不了多久就會有客人來拉科利努。

「儘管我很想直接去拉科利努觀察情況……要是難度又因此升高就麻煩了，還是送歐米納斯過去好了。」

如果只是增加一隻歐米納斯，難度應該不會改變。

蕾亞利用「召喚施術者」移動到拉科利努的蜘蛛女王身邊，並且將歐米納斯「召喚」過去，自己則再次返回王都的謁見廳。

「剛才難度瞬間暴增……幸好看起來沒有人作出這樣的發言。」

畢竟應該沒有玩家會隨時監視難度的變化，即使被看見了，既然只是一瞬間的事情，對方大概也會以為自己看錯吧。

◆◆◆

「哦哦，有顧客來到拉科利努了。這是……既不是從王都，也不是從艾倫塔爾的方向來的耶。莫非在我不知道的方位有新的安全區域嗎？」

拉科利努是許多街道交會的交通要衝。

蕾亞當然知道王都在哪個方向，也知道之前目送布朗離開的艾倫塔爾在哪裡。如此說來在通往其他方向的街道沿途上，恐怕有營運方新設置的安全區域。

由於沒有在剛才那則社群平臺討論串看到相約碰面之類的留言，這群現身的玩家們應該不是臨時配對組成的團隊，而是平常就會組隊行動的成員。

「會在這個時間點現身，就表示這是他們第一個來到的地下城，而從他們一下就攻打3顆☆來看，他們想必對自己的本領很有信心。」

雖然因為調整難度的關係多少花了一點時間，就算如此，他們也不太可能已經去過其他1顆或2顆☆的區域才來這裡。

由於轉移到新設置的安全區域為單向通行，應該無法再從該處轉移至其他場所。

要是可以，玩家就能夠輕易進行例如國家之間的長距離移動，進而對流通造成營運方想必也不樂見的破壞，不可能會有這樣的漏洞。

「就讓我來見識一下你們有多少本事吧。」

既然那支團隊對自己有一定程度的信心，那就非得請他們幫忙宣傳不可。

必須好好地招待他們，讓這個等級的玩家們開心地狩獵，而且即使死亡回歸了，也要有賺到的感覺才行。

雖然這麼做的難度比在里伯大森林應付新手時來得高，我方已經投資不少經驗值在人才上，也累積了實務經驗和知識，應該不成問題才對。

那支五人團隊，是由一名肉盾類戰士、一名持長槍的戰士、一名持弓的戰士及兩名魔法師，這種就應對能力而言極度平衡的人們所組成。

玩家們由弓兵帶頭，在森林中前行。

他們不時砍傷周圍的樹木，一邊警戒陷阱和突襲，一邊緩緩地往深處前進。

看來弓兵似乎也身兼斥候（偵察兵）的角色。只見他細心地砍倒草叢和小樹枝，以免勾到魔法師的衣服。這個團隊的經驗相當老到。

然而可惜的是，在這裡那麼做幾乎沒有意義。

這裡並沒有設陷阱，他們會砍傷樹幹恐怕是為了記住進入的路線，由於幾乎所有樹木都是樹

◆◆◆

人，只要過了幾分鐘，傷痕就會自動復原消失。小樹枝被砍斷的部分也一樣。

帶頭的弓兵舉起手，一行人見狀停下腳步。

「哦，是小型魔物。大概是老鼠類吧。明明有3顆☆，卻出現這種小咖啊。我想應該和遊戲剛開始時的兔子差不多等級。」

「我來對付牠吧。免得浪費箭。」

站在後方一步位置的長槍兵走上前，迅速挺出長槍刺穿老鼠。

那位弓兵說得沒錯，那的確只是蕾亞把遊戲一開局的老鼠帶過來繁殖的魔物。同時也兼當蟲子和樹人的食物。

「解決了。所以，這個老鼠素材要怎麼處理？」

「……真的只是普通的灰鼠耶。乾脆放著不管好了。畢竟要賣掉也很麻煩。」

由於玩家有背包，就算帶走也不會有任何問題，確實要處理的話，就會很麻煩。無論解體還是賣掉都一樣。

在蕾亞看來，他們若是能夠將老鼠留下，那還真是令人感激不盡。那個老鼠是食物，無論是死是活都沒什麼差別。假如他們願意把屍體留在這一帶，之後螞蟻和蜘蛛就能帶走吃掉吧。

「只有老鼠……應該不太可能，畢竟是3顆☆。」

「就是啊，我們進來之後也才沒走多久，應該很快……哦，好像來了。從聲音聽起來，應該至少比老鼠來得大。」

弓兵把手貼在耳朵旁。他好像有「強化聽覺」的技能。

由於森林的樹木幾乎都是樹人，螞蟻和蜘蛛只要有那個意願，便能無聲無息地移動。只要由身為障礙物的樹人，主動讓會發出聲音的枝葉避開就好。可是現在枝葉卻沙沙作響，這恐怕是負責監督的蜘蛛女王特地提供的服務吧。

「……要來了……來了！這傢伙是……蜘蛛嗎！」

「因為太巨大，一下子根本看不出是什麼東西！原來是捕鳥蛛嗎！」

「大家小心蜘蛛絲！」

無論是現實中還是遊戲裡的魔物，任何品種的蜘蛛都能分泌出蜘蛛絲。

因此看似領導人的男性肉盾發出的警告並沒有錯。固然沒有錯，卻稍嫌不夠完整。

多毛的土蜘蛛類中，有少數幾種蜘蛛會讓腹部的毛飛散。一旦見到毛茸茸的蜘蛛，首先就必須警戒這一點。那個毛稱為螯毛，只要觸碰到就會引起發炎。

現實中的蜘蛛是用腳踢腹部讓毛飛散，身為魔物的這個雷射捕鳥蛛卻沒有依據任何原理，突然就讓毛飛出來。儘管覺得很離譜，蕾亞的「羽毛格林機槍」說起來也算同類，因此她決定不去思考那麼多。

然後那個毛的毒性，也不是只有引起發炎那麼親切可愛。

「唔喔！有東西飛過來了！」

「唔呃！……是毒針！被刺到會陷入中毒狀態！」

「你沒事吧？『解毒』！」

後衛的魔法師中的一人好像是治療師。

他接近中毒的偵察兵，發動「解毒」使其復原。

「解毒」是技能樹「治療」中的技能，是能夠「解除所有中毒狀態」的多功能神奇技能。遊戲內的毒有神經毒、出血毒、肌肉毒等許多種類，但是只要有這個「解毒」技能，便足以應付。

這個雷射捕鳥蛛的毒是一種肌肉毒，會滲透到肌肉細胞的縫隙間，同時破壞細胞。症狀和肌肉痠痛類似，若是置之不理，就會引發痙攣或呼吸衰竭而後死亡。

假如從遊戲的角度來解釋，大概就是持續造成傷害，在一段時間之後賦予即死效果吧。如果是這樣，那麼出血毒應該算是更著重於持續造成傷害的毒，神經毒則是帶來傷害和痲痺的狀態異常了。

關於這個雷射捕鳥蛛的毒，縱然只要令對方陷入中毒狀態就能帶來疼痛和傷害，最後的即死則需要另外經過ＶＩＴ判定。倘若是新手，就有可能死亡；若是這個等級的玩家，就有辦法抵抗成功。

「哦！這個攻擊沒有很強嘛！我抵抗成功了喔！」

「話雖如此，還是不要被刺到比較好啦。」

雷射捕鳥蛛確實比步兵蟻強上許多，但是其程度最多也只能和低階的螞蟻相比，並不足以勝過信心滿滿地前來攻打３顆☆的玩家。

雖然長槍兵被毒針刺中，卻沒有陷入中毒狀態。至於肉盾則甚至連破皮都沒有，毒針還被他的ＶＩＴ彈了開來。

「看我的！」

不僅如此，弓兵還用刀子給了雷射捕鳥蛛致命一擊。

然而如果是從前來里伯的新手們，雷射捕鳥蛛這種魔物恐怕還是能輕鬆將他們全滅。想到這裡，就更加突顯這群玩家的強大。

蕾亞對自己的事情視而不見，為玩家迅速膨脹的實力發出感嘆。

「以前沒見過這個蜘蛛怪物耶。要帶回去嗎？」

「等等，我記得捕鳥蛛可以吃喔。」

「你這傢伙太誇張了吧！」

玩家們在一團和氣的談笑聲中將雷射捕鳥蛛的屍體收進背包，再次開始前進。

「不過話說回來，剛才我們直到捕鳥蛛很靠近了，才發現牠耶。」

「就是啊。明明沒有感覺到風在吹，這座森林卻一直沙沙作響，讓人很難聽見聲音。」

這恐怕是樹人搞的鬼吧。

和讓蜘蛛、螞蟻群無聲無息地移動一樣，牠們也能在無人之處製造出聲響。

要騙過像這位弓兵一樣依賴「強化聽覺」進行探索的人，簡直輕而易舉。

之後蜘蛛和螞蟻也斷斷續續地成群向玩家們發動攻擊，但是他們每次都安然度過危機。

看來在他們的自信背後，確實有堅強的實力和經驗作為後盾。

與此同時，其他玩家們似乎也陸續到來了。

看了一下社群平臺，可以零星見到相約在拉科利努碰面的字眼，另外也有許多臨時配對組成

◆◆◆

的團體。

蕾亞姑且將監視其他團隊的工作交給蜘蛛女王們，自己則繼續觀察這個值得紀念的第一組客人的後續發展。

雖說是五人一起對付等級比自己低的敵人，考慮到總討伐數量，他們此刻應該也已經賺到不少經驗值和素材。

他們這次好像只想先來了解狀況，一副差不多準備撤退的樣子。

不過蕾亞可不能就這麼讓他們回去。

「……感覺好像不太妙。」

「怎麼了？反正也差不多該撤退了，要是有問題就快點回去好了。」

身為領導人的肉盾這麼回應弓兵的話，可是弓兵的表情還是悶悶不樂。

「……不，抱歉，情況真的很不妙。」

「什麼啦，究竟發生什麼事了？難道你聽見什麼了嗎？比方說超大怪物活動的聲音？」

「不是這樣……是找不到回去的路。」

「什麼？不對啊，我們不是做記號了嗎？只要循著記號走——」

「等一下！你們仔細看那棵樹。剛才他明明砍傷這棵樹，可是你們瞧，現在上面完全沒有任何傷痕。」

儘管長槍兵大喊，魔法師——記得沒錯的話，他應該是治療師——治療師冷靜地指著樹說。

原本在那裡的傷痕確實徹底消失了。

這是因為樹人有自然治癒的能力。

「可惡，好不容易賺到這麼多，我才不要死掉被扣經驗值哩。」

「抱歉……都是我的錯。」

「我們是第一次來這裡，這個地下城大概本來就是這樣的地方吧。這次就當成得到了好情報就好，目前知道這件事的恐怕只有我們，這不是你的錯。」

這位領導人真是善良。長槍兵似乎也只是一時衝動才那麼說，此時他正拍著弓兵的肩膀以示安慰。

「……等等。咦？我們之前是從這邊過來的吧？奇怪？」

他們沿著來時路走了一陣子，卻沒過多久就停了下來。

這是當然的。因為他們走過的路已經不在那裡。

拉科利努是森林，因此構成「道路」的是樹木，而那個樹木是樹人。

樹人們等到和玩家相隔一定距離之後，為了不讓周圍的人察覺而緩慢地移動，關閉了他們走過的獸徑。

玩家們途中丟棄的老鼠等屍體也已經被收走。

他們記憶中的所有痕跡皆已消失。

「……道路顯然有了改變。原來是這麼回事啊……！我就覺得以3顆☆來說，這裡的敵人未免太弱了！這個地下城恐怕不是因為怪物的難度，而是基於機關的難度才被判定為3顆☆！」

「這麼說來這裡是……迷宮森林嗎……」

◆◆◆

「你們不覺得腳下的草好像長長了嗎？」

如果樹人們只是移動位置，勢必會因地面隆起而被人察覺。

為了掩飾這一點，被配置在各個重要位置的長老樟腦樹人會斷斷續續地散布較為微弱的「祝福」。雖然效果不如世界樹的「豐盛祝福」那麼強大，卻能多少讓腳下的草加速生長。

要在毫無對策的情況下逃離這座森林極其困難。

再說，他們會覺得3顆☆的敵人很弱，恐怕是因為作為難度判定基準的無數樹人並未參與戰鬥吧。

「……這下走投無路了。」

「可惡，只能死亡回歸了嗎？」

「我們進來之後已經過了好一段時間……啊啊，果然沒錯。有不少團隊正在攻打這裡……」

「雖然現在恐怕已經太遲了，還是姑且警告大家吧。」

蕾亞並不介意他們發出警告。反正這裡很快就會聲名遠播。

然而她可不能讓他們自行結束自己的生命。

這樣一來蕾亞就得不到經驗值了。

大量的蜘蛛絲從周圍襲向團隊。

「唔哇！這是什麼？蜘蛛絲？」

「蜘蛛是什麼時候出現的？」

「不會吧？居然無聲無息……」

◆◆◆

「這下糟了！我們被包圍了……！」

玩家們應該沒有注意到樹人們改變路徑時的移動聲，畢竟牠們隨時都在刻意發出那種聲音。蜘蛛們便是利用那個聲音掩人耳目，悄悄地包圍玩家。

然後包圍玩家的蜘蛛不是雷射捕鳥蛛，而是巨型捕鳥蛛。其體型比雷射捕鳥蛛大上兩圈，體色也較深濃。

「不是剛才那些傢伙！該死的蜘蛛絲……！」

那名肉盾撕扯蜘蛛絲企圖防禦，不過還是晚了一步。毒毛針從盔甲的縫隙間刺入，開始發揮作用。

雖說受到毒素折磨，實際上應該幾乎感受不到疼痛，然而可能有併發麻痺症狀吧，只見那個人又再次受到蜘蛛絲侵襲，但是這次沒有伸手揮開。

「拜託幫我解毒……」

可是治療師卻沒能像肉盾一樣，將一開始襲來的蜘蛛絲扯開。他一轉眼就被蜘蛛絲纏住，而且被拖往捕鳥蛛們的方向。

另一名魔法師也是如此，還有弓兵也一樣。

儘管長槍兵逃離了蜘蛛絲，卻和肉盾一樣被毒針刺中而無法行動。

雖說是巨型捕鳥蛛，只是一兩隻的話應該很輕易就會被他們打倒。

可是如果包圍數量眾多，又以突襲方式阻礙行動、使其陷入異常狀態，並且從安全區單方面地進行攻擊，即使是熟練的團隊也無力招架。

確認蜘蛛們依序殺死被絲線纏住的玩家，屍體因重生而消失之後，蕾亞這會兒才離開歐米納斯的視野。

◆◆◆

「既得到了素材，也獲得不少經驗值，對他們而言，首次的地下城之旅，應該算是不錯的體驗吧。

只要他們覺得敵人沒有強到無法攻略，問題只在於無法逃脫的話，他們之後勢必又會再次前來挑戰。如果派出太強大的敵人將他們逼到走投無路，那麼即使能夠賺到經驗值，他們在變強之前恐怕也不會想要再來挑戰。」

就算想不出具體的對策，只要眾人明白這是什麼樣的地下城，或許就會有越來越多玩家憑藉在外圍狩獵後馬上逃離的做法慢慢賺取經驗值。

如何巧妙地將那種玩家引誘到深處也是一種本領的展現，像是在往深處的路上擺放琳瑯滿目的道具等，做法可說五花八門。

「其他團隊應該也差不多是這樣吧。」

臨時配對組成的團體也和剛才的他們一樣，獲得一定成果之後就撤退了。

由於社群平臺上已經發出警告文，確實零星出現一些格外謹慎的團隊，不過蕾亞並沒有讓巨型捕鳥蛛去攻擊那些人，而是讓他們安然離開。

要是進入森林的團隊每個都會全滅的傳言傳開，反而會造成問題，所以讓玩家們產生「一旦得意忘形就會全滅」的認知最恰當。

話雖如此，站在蕾亞的立場還是想要收取使用費，所以她偶爾會出奇不意地殺死一兩個人。

「以剛開幕不久來說，這樣應該還算運作順利吧？」

可是畢竟服務才剛上線不久，顧客的反應才是最重要的。

◆◆◆

【前希爾斯】地下城攻略報告討論串【其他】

001：藏灰汁

這是以攻陷各地區地下城為目的的情報共享討論串。

其他地區請至：

【歐拉爾】地下城攻略報告討論串

【佩亞雷】地下城攻略報告討論串

【謝普】地下城攻略報告討論串

【波多利】地下城攻略報告討論串

【威爾斯】地下城攻略報告討論串

002：馬尼赫
>>001　辛苦了。

003：塔特
有誰正在攻打前希爾斯的哪裡嗎？

004：諾基司
>>003　我在1顆☆的亞多利瓦城，現在正要進去。

……

……

122：諾基司
1顆☆亞多利瓦，
我剛才進去看了一下，裡面只有殭屍。只不過數量很多，要是被包圍就會死掉。
殭屍好像白天都待在房子裡，只要不進入建築就能任意探索，可是這裡就是一座普通的城市，就算探索也沒什麼意義。

123：阿隆森

>>122 報告辛苦了。
類似頭目的傢伙大概晚上才會出來吧。
……

231：白海藻
前希爾斯的地下城可以在這裡回報吧？
我要針對3顆☆的拉科利努提出報告。不，應該說是警告。

232：阿隆森
警告二字感覺好驚悚啊。
發生什麼事了嗎？

233：白海藻
拉科利努的森林以3顆☆來說，怪物並不會很強。
因為這是我看過其他報告之後作出的比較，不曉得是否正確，不過應該不會有錯。
然而和其他地下城不同，這座森林的路線隨時都會改變，
因此會無法逃脫，最後被圍攻至死。
大家去這座森林時務必小心。

234：阿隆森
原來還有隨機地下城這種東西啊？

235：白海藻
>>234　事情沒有那麼簡單。
我可能表達得不夠清楚，
不是每次進入路線都不同，而是路線隨時都會改變。
我們原本想循著入侵路線返回，結果發現路不見了，景色也變得截然不同。
不僅在樹上留下的記號消失，棄置在途中的魔物屍體也不見了。
森林裡一直都有樹枝搖晃的聲音，讓人很難掌握周圍的狀況，再加上也看不見太陽，所以無法辨識方向。

236：克朗普
感覺就像迷宮森林嗎？

237：塔特
可是我在其他地方沒聽說過這種事，難道營運方有特別安排嗎？

我記得那裡是在原本有城市的地方突然冒出森林對吧？
說不定攻陷那座森林之後，會發現什麼隱藏的劇情喔。

238：馬尼赫
原來如此，是地下城的隱藏劇情啊！
這下讓人熱血沸騰起來了！

239：堅固且不易脫落
災厄也好，國家滅亡也好，高難度的地下城也好，隨機地下城也好，
希爾斯王國也太得天獨厚了吧？

240：薩莫斯
不過只有對玩家而言是如此就是了。
站在ＮＰＣ的立場，要是國家滅亡還被說得天獨厚，他們八成會發火。

◆◆◆

「大家的反應還不賴耶。

要是有更多玩家遷移到希爾斯……啊啊，不對，是前希爾斯這邊來，我也同樣能夠賺得荷包滿滿了。」

先不說拉科利努，討論串一開始稍微提到的地下城亞多利瓦是屬於布朗的區域。

由於沒有聽說布朗特別做了什麼，她恐怕只是將城內居民變成殭屍，之後就放著不管了。她甚至有可能已經遺忘那裡。

可是那些殭屍全是布朗的眷屬，即使被打倒也會在一小時後重生，應該可以說是很適合新手賺取經驗值的場域。

「營運方原本想要的，該不會是像布朗那樣的放置地下城吧……是不是只要在空無一物的荒野中突然打造出樹人森林，然後把螞蟻放在那裡，就會被視為領域啊？」

假如在與王都或拉科利努這些蕾亞的支配領域相鄰的轉移點旁邊，打造出那種低難度的森林，說不定會成為從新手到中級者，甚至是高手都能廣泛利用的人氣轉移點。

「不如就試試看吧。至於宣傳手段……雖然暫時還想不到，反正應該用不了多久就會有人發現吧。」

『那麼我就開始安排了。』

「麻煩妳了。」

蕾亞決定全部交給史佳爾去處理。

與此同時，也有玩家們陸陸續續往拉科利努的方向聚集而來。

看樣子，是隨機地下城、隱藏劇情之類的胡說八道吸引了人們前來一探究竟。

◆◆◆

那是一座將占滿山丘的城市澈底覆蓋的廣大森林。只要不是強到出奇的玩家，便足以應付。

「——唉呀？這傢伙很眼熟耶。」

蕾亞透過歐米納斯的視野，看到一名女精靈。

「既然我曾經見過她，莫非她是之前團體戰的成員？如果是，那我非得親自接待不可了。

……可是特地跑去拉科利努接待的風險太大了。要是被人發現我能在王都和拉科利努之間往返，以及能夠監視拉科利努的情況，那就傷腦筋了。」

若是對方以為副本頭目都是如此那倒還好，然而要是有人察覺不是這樣，事情就會一下子變得很麻煩。

『既然如此，不如就找個適當的時機讓蜘蛛女王出馬吧。我們的實力不如首領，而對方是高階玩家對吧？這樣應該可以讓對方以為，只要具備一定的實力，就會遇到更加強大頭目的機關存在於此。』

這個點子還不錯。

蕾亞本來就不打算讓對方活著回去，想要讓她把靠著打倒自己獲得的經驗值多少還回來。

對方也許不是巨型捕鳥蛛們能夠打倒的對象，然而如果是蜘蛛女王就有十足的勝算。為了以防萬一，也讓甲蟲女王和女王蜂在附近待命，這樣應該就能收拾掉敵人了。

「那就這麼辦吧。儘管我也很想派樹人們發揮全力殺死她……要是被人知道原以為是迷宮一部分的東西其實是魔物，那就糟糕了呢。還是只派蟲群去收拾她好了。」

『明白了。』

◆◆◆

雖然沒能親自動手令人感到遺憾，這下應該總算能夠成功復仇了。

等到蜘蛛女王實際開始作戰，到時將視野從歐米納斯轉移到蜘蛛女王身上，會更有臨場感也說不定。

◆◆◆

「雖然說起來確實有些不平靜……這座森林比想像中來得普通耶。」

無名精靈環顧森林喃喃地說。

這裡是位於前希爾斯王國拉科利努城遺址中的巨大森林。營運方公布的名稱叫做「拉科利努森林」。

她之前都在波多利活動，不過那個國家只有1顆☆的地下城，以及4或5顆☆的地下城。

無名精靈是有時會被稱為頂尖高手的玩家，事到如今她也不好意思再去1顆☆的地下城大鬧新手們的獵場。

話雖如此，她也沒有莽撞到會一下子就去突擊4或5顆☆的地下城。她姑且看了一下波多利的攻略討論串，結果連那些被認為擁有中等實力的玩家團隊也慘遭全滅，一無所獲。

假如是無名精靈的團隊，或許就能取得更多成果，然而比起去只有外圍小怪情報的地下城，攻打已知大致情勢的3顆☆地下城應該會更有收穫。

「波多利的領域幾乎沒有蜘蛛類魔物耶。雖然4顆☆的森林裡面好像有，只在外圍狩獵小怪就撤退也挺沒面子的呢。」

「呃，可是觀望到3顆☆的情報出來得差不多了才行動，感覺也沒好到哪裡去……」

成員之一的遙這麼吐槽。

這支團隊是由三名前鋒以及一名後衛，總共四人所組成。

後衛當然是由魔法職的無名精靈擔任，前鋒則是遙、核桃與燈這三人。這是一支所有人都是女性精靈的華麗團隊。

前鋒並沒有明確規定由誰來擔任肉盾，而是由三名近戰物理職隨時切換角色一邊攻擊。這種由三人輪流靠著管理仇恨值兼任肉盾和攻擊手的團隊十分罕見。

雖然這種類型在作戰時非常講求技術，在少有即死級攻擊的這款遊戲之中，卻能取得一定的成果。

之前和災厄打團體戰時，三名前鋒傾盡全力將無名精靈從波多利送過去，因此並未參戰。

「因為要是出現像災厄一樣所有攻擊都是即死級的強大敵人，憑我們幾個根本應付不來，當然必須先收集情報到一定程度再行動啦。」

「就是啊。畢竟我們的裝甲脆弱得跟紙一樣嘛。」

核桃和燈說的也有道理。無名精靈並不是懷疑她們的防禦力和迴避能力，只是和專業的肉盾相比確實較為遜色。

「好吧，這麼說也是啦。」

「既然遙也接受了，那我們就正式開始攻略吧。」

從社群平臺上的留言來看，似乎中等程度的團隊便足以應付。這麼一來，這個場域或許對我們來說意外地簡單喔。」

目前還沒有看到應該如何攻略內部隨時會變動的地下城。

不過成功逃離的玩家團隊都有確實留意方位，即使迷路了，還是有許多人靠著持續往來時方向前進，成功生還。

也有許多團隊的成員在逃離過程中死亡，然而和他們比起來，無名精靈她們的實力較強。只要確實掌握方位，應該就能平安逃脫。

為了更正確地辨別方位，她們事先在波多利購買了指南針。

店裡只有販售航海用的羅盤，所以非常占空間，不過只要確認時才從背包拿出來就沒問題。雖然價格也不低，只要把蜘蛛絲等能夠從這座森林的蜘蛛身上取得的素材賣掉，應該就能回本。

畢竟她們來到這座森林的目的，本來就是為了取得蜘蛛素材。

三名前鋒的裝備是由皮革素材和金屬素材結合而成，造型類似板甲衣的護具。由於可取得毛皮魔獸的攻克難度各不相同，皮革素材一般會選擇和自身實力較為相符的種類。至於金屬素材，也只要花錢便能購得。

可是無名精靈身上這件長袍所使用的高防禦力布料，幾乎沒有在市面上流通。

這次在這座森林中發現的蜘蛛，被認為是波特利森林深處的蜘蛛型怪物低階種，據說可以取得在貴族之間被以高價買賣的蜘蛛絲廉價版。雖說是廉價版，由於流通量少，現在被以和性能不符的高價進行交易。

不僅如此，目前也已經確認在這座科拉利努森林中有進階種的蜘蛛型怪物。

只需要警戒突襲這一點，對於無名精靈這支除了肉盾，同樣也沒有專屬偵察兵的團隊而言，反而是一件值得感激的事。

她們只砍倒會擋住去路的枝葉和草叢，小心翼翼地避免被腳下樹根絆倒一邊前進。

行進速度以走在森林中來說算是相當快。既然已經大概知道外圍會出現何種魔物，就不需要把注意力放在那些魔物以外的地方。

「啊，好像有東西呢。」

「假使情報正確，有可能是螞蟻或蜘蛛吧。」

螞蟻在之前里伯大森林還是新手地下城時，有相當數量的素材被拿出來販售，導致現在市場上的數量有些過剩。雖然流通規模最大的希爾斯王國已經消失，不屈不撓的商人們多少也會帶到別國去賣。

「如果是蜘蛛就太好了，不過螞蟻也可以啦。反正也不是賣不掉。」

從樹叢中現身的果然是蜘蛛。

蜘蛛一現身便射出毛針。

「『強風』。」

可是只要事前知道會出現何種敵人，對付起來就很容易。

無名精靈以「風魔法」的低階魔法「強風」將其吹散。

雖然這個魔法只能吹出強風並不具攻擊力，卻能夠像剛才那樣吹跑小型飛行物，以及捲起腳下的沙子作為障眼法，對專屬魔法師而言是相當好用的魔法。不僅MP的消費量很少，再次使用時間也幾乎只要一瞬間。

「喝！」

「看招！」

遙和燈從左右兩邊揮砍，蜘蛛因此喪命。

核桃則提防後續有無其他敵人，不過看來只有一隻。

「……感覺好像有點小題大作耶。可能只要一擊就能讓牠斃命。」

「就是啊。如果是這種程度，即使是一群蜘蛛來襲，搞不好也應付得來？」

三名前鋒都是以單手劍搭配圓盾，無論攻擊或防禦都具備一定的能力。當然因為迴避也很重要，所以身上穿的是比較輕量的盔甲。也就是說，她們的所有能力都很平均，並沒有特別突出的攻擊力。為了保險起見，她們早已決定好初次見到的敵人，要由至少兩人進行攻擊。

「看樣子以比預期更快的速度殲滅應該沒問題。好了，把那具屍體收起來，繼續前進吧。」

出現的敵人無論是螞蟻還是蜘蛛都不成問題。

之後出現的敵人不再是單獨，而是成群行動。有時還會以螞蟻和蜘蛛混合的集團形式來襲。

隨著往森林內部前進，敵人的數量開始慢慢增加。

甚至連剛才那群全部被消滅的敵人都好比從樹木間滲出般接連湧現，多到簡直沒完沒了。彷彿就像一處怪物巢穴。

只不過，那些敵人對無名精靈的團隊而言與其說是威脅，不過是待宰肥羊罷了。

◆ ◆ ◆

「……儘管很麻煩，狩獵效率應該還算不錯吧。」

「妳是說螞蟻和蜘蛛共存這件事嗎？牠們是為了吃掉入侵森林的人類才一起作戰嗎？還是說和這件事無關，只是因為這裡是地下城的關係？」

「我說小無啊，沒必要在遊戲裡面在意那種事情吧？」

「不要叫我小無。」

不知該說不講理還是不合理，總之這裡存在很有遊戲風格的謎樣生態魔物。

可是在這款遊戲裡，以野獸或昆蟲等現實生物作為範本的魔物確實意外形成了生態系。這方面的考察不容小覷。

「先不說那個了，妳們不覺得難度比社群平臺上寫的還要高嗎？總感覺遇到成群敵人的機率變高了，而且數量還出奇得多。」

確實如此。

「一開始出現的……唉，老鼠就先不提了。考慮到一開始出現的怪物都是一隻蜘蛛，至少那個時候的難度應該是一樣。」

這麼說來，莫非從那之後就只有我們的難度慢慢上升嗎？若真如此，該不會這裡會一邊測試挑戰玩家的戰鬥力，一邊配合戰鬥力改變遇到的魔物吧？儘管我聽說過這個地下城的內部會產生變動，難不成就連難度也會更動嗎……？」

如果是就太可怕了。

「我記得很久以前好像有一款遊戲的敵人強度，會因應自身強度而改變耶。」

◆◆◆

「那款遊戲是不是會出現名為真實女王的災厄啊？」

「既然有下屬，那麼或許是吧。至於是活屍還是蜘蛛就不曉得了。」

暫且不管前鋒三人組的悠哉對話，假如這是事實，就不得不說她們想得太天真了。

既然中級團隊只損失一兩個人就成功逃離，我們應該可以在沒有損失的情況下安然逃脫。

她們抱著這樣的想法前來攻打。

倘若對手會配合我方的強度變強，就無法保證能夠毫髮無傷地離開這裡。

「……我想今天差不多該撤退了。」

「咦？我還可以繼續喔。」

「就是啊。再說ＬＰ和ＭＰ都沒有減少。」

「而且飽足程度，應該說精力也都還很充足。」

「不，既然我們已經有了新發現，而且考慮到行進速度和時間，我想我們應該已經相當深入森林了。雖然還沒到預定時間，回程途中還是可以狩獵，我們就下次再繼續探索吧。」

「好吧，既然小無都這麼說了。」

「不要叫我小無。」

儘管她們三人的個性不同，基本上都很坦率，而且還都會順從身為團隊領導人的無名精靈的決定。唯有稱呼這件事情除外就是了。

可是，雖說要返回來時路，那條路已經消失不見了。

這大概就是路線會變動的意思吧。

◆◆◆

變化似乎不是在離玩家們很近的可見範圍內發生，然而只要稍微深入前行，就會發現四周已然產生改變。恐怕是被施了什麼大規模的魔法吧。

說到大規模魔法，就會讓人想起那個純白色的災厄。

儘管已經受到名為文物的強大活動道具最大程度的影響，那傢伙的魔法依舊個個蘊藏即死級的威力。當時被選中擔任前鋒的少數玩家中有人撐了過去，若是沒有弱化災厄，所有人恐怕都會當場立即死亡。能夠令肉盾職立刻死去的範圍魔法一點都不有趣。

第一屆活動的優勝者也大致都會使用魔法，而無名精靈現在的實力已與其相差不遠。

不曉得有朝一日，對那個災厄也能有相同感受的日子是否會到來？

聽說毀滅原本位於這座森林所在位置城市的，就是那個災厄。因此災厄很有可能是施展了某種魔法打造出森林，使其成為地下城。雖然不曉得是否真的存在，如果有隱藏劇情之類的東西，或許就能了解這一帶的狀況。

「不曉得哪天會不會集結官方支線故事，出類似像雜誌書的電子書？然後還附贈遊戲內的道具之類的。」

「啊～要是有附道具，比方說美容道具就太好了。因為我有點想改善下顎的線條。」

「我倒是想改變髮色～」

「呃，如果是改變髮色，用煉金道具不就可以辦到了？」

儘管四人在閒聊，卻也沒有放鬆戒心。

根據有志之士在社群平臺上的留言，他們是在開始折返的這個時間點被敵人包圍。

◆◆◆

依照合理的推測，他們應該是一直都被混雜在樹木沙沙聲中的魔物集團尾隨。所以折返後，前方馬上就被堵住，背後則受到假使再繼續前進就會遇見的集團壓制。

那麼這次的情況會是如何呢？

「——果然沒錯！『旋風』！」

敵人果然一如所料地擋住背後的去路。同時也可以看見有東西從前方而來。

無名精靈姑且先往後方施展範圍魔法。這麼一來，應該可以吹跑來自後方的蜘蛛絲和毛針。回頭確認後，剛才那招果然成功讓背後敵人的飛行道具失去效力。來自前方的攻擊則由三名前鋒使用盾牌和劍，順利阻擋下來的樣子。

沒一會兒蜘蛛群現身。和情報說的一樣，是體型更大、體色深濃的類型。大概是進階種吧。

「看來首先第一關是設法脫離這個包圍網……」

她繼續接連不斷地使出範圍魔法，以減少後方的數量為第一考量。前方因為有三名前鋒在幫忙應付，現在也只能暫時交給她們了。即使朝那邊擊發魔法，也有可能會牽連到自己人。

蜘蛛群的耐久力確實比之前交手過的低階種來得好的樣子，有些還無法憑一擊魔法就打倒。以強大魔法進行攻擊會傷到素材，對收入來說實在不利，不過首先還是保命比較重要。

最後她靠著擊出好幾發範圍魔法，幸運地成功打倒進階的蜘蛛。

轉身關心前鋒的情況後，只見她們也正順利地減少敵人的數量。

「喝！」

遙從蜘蛛絲底下鑽過，劈砍蜘蛛的腹部。雖然沒能一擊打倒的樣子，她卻利用盾牌巧妙地閃避蜘蛛隨後釋出的毒毛針。

她一邊用劍彈開獠牙攻擊，同時趁機用盾牌從下方毆打敵人。

就在蜘蛛的上半身後仰時，忽然從一旁伸出的劍刺入蜘蛛的腹部，而且還是遙剛才攻擊過的位置。

是在旁邊作戰的核桃前來支援了。遙將劍插入倒地的蜘蛛頭胸部，確實取其性命。

接著遙又立刻用盾牌從旁毆打和燈交戰的蜘蛛，使其失去平衡。

這三人的職責是以絕佳的合作默契支撐前鋒。不只是單一的敵人，即使正各自攻擊不同的敵人也是如此。

然後在三名前鋒支撐前線時，給予敵人致命一擊則是無名精靈的工作。

「『火焰長槍』！」

由於再次使用時間已大致結束，她擊出單一魔法進行支援。這次她小心警戒敵人的援兵，避免連續擊發，以免產生再次使用時間。

體感上感覺已經戰鬥了好久。

「……剛才那應該是最後一隻了吧？」

「好像是。呼～總算解決完了。」

最後她們成功克服了進階種蜘蛛的突襲。

一切都是託事前情報的福。

若是沒有事前情報，她們肯定一開始就被蜘蛛絲和毛針嚇到慌了陣腳。

◆◆◆

「……我們一邊警戒援兵，一邊繼續撤退吧。」

她們從背包取出羅盤確認方位，結果接下來準備前行的方位，和本來應該前進的方位有微妙的落差。

「這下麻煩了呢……」

她們很清楚要在森林中辨別方向非常困難，因此她們平時都會做記號以確保找得到回程的方向，可是這個方法在這座森林並不管用。

「儘管沒辦法直線前進，我們要以最短距離逃離這裡喔。」

雖然羅盤又重又占空間，卻也沒辦法。畢竟她們需要逐一確認方位。

她們一行不時停下腳步修正方向，然後再繼續前進。不只是密集的樹林，也必須繞過巨大的瓦礫。如果遇到樹木從似乎原本就在那裡的巨大瓦礫縫隙間長出來的地方，就非得大幅改變行進路線不可。

去程途中並沒有見到這樣的景色才對。如此說來應該是地下城的內部構造產生變化，才導致路線變成這樣。

換言之，這座森林進去容易，但是要出來就十分困難。

「這個地下城好像螞蟻地獄（註：原文意思為「蟻地獄」，意指蟻蛉的幼蟲蟻獅會在地面挖出漏斗狀的坑，讓別的蟲子掉進坑中加以捕食）喔……」

由螞蟻經營的螞蟻地獄實在讓人笑不出來。

◆◆◆

「小無，等一下！」

「不要叫我小……無……」

失策了。不該過度將注意力放在羅盤，也就是放在方位上。

她們本來打算繞過堵住前方的瓦礫和樹木繞道而行，結果走進了一條死路。

而且那還不是普通的死路，是一個大概有廣場那麼大的空間。唯獨這個角落很不自然地沒有長出樹木。

「總之先折返——」

才剛轉身就聽見沉重的聲響傳來。不知從哪裡掉落的巨大瓦礫，堵住她們剛才走過的獸徑。

「呃，這玩意兒到底是從哪裡冒出來的啊……」

抬頭望去，只見上方交纏的樹枝遮蔽天空。

「某種怪物為了把我們關在這裡，於是堵住了退路……好像只能這麼猜想了。」

「真不愧是小無，妳好像猜對了。妳看那個。」

現在不是訂正稱呼的時候。

無名精靈往核桃所指的方向，也就是廣場中央附近望去，結果見到那裡有隻巨大的蜘蛛。

「……是頭目戰啊……」

「……看來這下逃不掉了。畢竟頭目戰就是那種東西……」

從其他地下城的攻略報告，無法得知是否有可能逃離和頭目的戰鬥。

因為目前還沒有人回報說自己遇到了像是頭目的怪物。

「這麼說來我們搶到頭香了嗎？」

「假如有辦法打倒啦。」

不過遙的諷刺也確實有道理。

這不是一支平衡型的團隊，而是只集結了平衡型前鋒的團隊，因此應付初次遇見的強敵這件事對無名精靈她們來說相當不利。

對手比之前交手過的進階蜘蛛還要巨大。雖然腿看起來細長，似乎只是因為體型龐大才會有這樣的感覺。仔細一瞧，就會發現腿可能比之前的蜘蛛更粗一些。

腿的形狀也不像之前一樣圓圓短短的，尖銳的關節宛如棘刺般延伸而出。顏色也不像之前是單一的深色，摻雜了黃色和紅色的色調讓人本能地產生危機感。

更重要的是，在應該有頭部的位置，居然取而代之地長出人形的上半身。

話雖如此，卻也不是直接長出人類的上半身，感覺更像是使用蜘蛛的身體部位組裝成人形。

與其說是之前交手過的蜘蛛的更進階種，看起來完全就像不同種類的蜘蛛。

「這傢伙的名字裡面肯定有女王二字……」

她們都具備一項知識。那就是在螞蟻等部分魔物中，存在著如女王般統御低階種的魔物。

而這個蜘蛛女王無疑就是頭目。

可是這個地下城今天才開放，因此這名頭目有可能還沒有完全生長成熟。

「但是……聽說弱小的蟻后只能生出弱小的螞蟻，既然剛才出現了比較強的蜘蛛，那就表示牠恐怕已經相當強大了。」

「說得也是呢……」

蜘蛛群混在沙沙的樹枝摩擦聲中，紛紛從瓦礫和樹上現身。

不僅如此，甚至還有蟻群從地面爬了出來。

「居然還有小怪！」

「這下恐怕沒希望了……沒辦法，就算全滅，也要盡可能打倒敵人賺取經驗值再死！」

幸好剛才和進階蜘蛛作戰時已經賺了一些。即使死在這裡，經驗值應該也不會損失太多。

就算經驗值稍微有些入不敷出，想到之前得到的那些素材，整體來看也不算完全虧損。

這個地下城的難度果然會因挑戰者的戰鬥力改變。3顆☆應該只是用來參考的平均值而已。

無名精靈等人原以為只有新手和中級者才能賺到經驗值，但是現在看來，這裡有可能也能提供最頂級的難度。

這是她們在見到湧入這個頭目房的小怪後，重新察覺到的事實。

這個房間的頭目無疑是蜘蛛女王。

那麼剛才爬出來的螞蟻究竟是誰生出來的呢？

蜘蛛們的首領是蜘蛛女王。

既然如此，應該至少有蟻后作為蟻群的首領。

假使無名精靈她們這支團隊的實力更強，這裡就有可能會同時出現蜘蛛女王和蟻后。

也就是說，這個地下城的難度有可能還會再往上修正。

「……不管怎麼樣，幸好之後還能在這附近玩一陣子。」

改變據點的決定算是值得了。

◆◆◆

「要來了！」

開戰信號是蜘蛛女王射出的毒毛針。

「『旋風』！」

可是為了將其吹散而使出的魔法，卻只能讓毒毛針偏移軌道。

雖然成功將損害控制為零，對手果然比之前的蜘蛛來得棘手。

「很抱歉，要用魔法進行防禦恐怕有困難！」

既然如此，最好將防禦飛來物的工作交給前鋒，魔法則用來確實打倒敵人。

無名精靈朝著周圍的小嘍囉蜘蛛群使出「火魔法」的範圍魔法。

假使延燒到樹木，使得我方陷入煙霧之中或被火勢包圍，屆時也許反而會害到自己，因此她一直都避免在森林中使用「火魔法」；可是如果是在這個廣場，稍微使用一下應該不會有問題。

況且如果小嘍囉們射出毛針和蜘蛛絲，說不定也能在空中將其燃燒殆盡。

被火焰纏身的蜘蛛和蟻群幾乎都立刻喪命，死狀淒慘。縱然作為素材的價值令人絕望，此刻只能優先考慮減少敵人的數量。

要是平常，無名精靈都會在三名前鋒壓制頭目時掃蕩小怪，等解決完小怪之後再正式與頭目交戰。本來她這次也打算以這樣的流程繼續攻擊，然而無論過了多久，小嘍囉的數量始終都沒有減少。

無名精靈並不是打不倒牠們。她確實獲得了許多經驗值。而是因為小嘍囉接二連三地不知從何處湧現。

魔法師原本應該是決戰武器，不適合對抗這樣的波段式攻擊。再加上再次使用時間逐漸重疊，能夠採取的手段變得越來越少。

最後她終於到了必須休息，以回復MP和處理再次使用時間的時候。

前鋒的遙等人正忙著設法對抗女王。儘管沒能將小怪全部解決掉有失顏面，就算逞強也沒有意義。

無名精靈玩VR遊戲已經有相當長的時間。雖說她的技能配點專精魔法，卻也擁有用來應付緊急情況的近戰武器，使用手法也相當熟練。即使沒有技能也可以揮劍。

她的STR固然低，如果只是熬過攻擊並非不可能的事。

「抱歉！我來不及處理小怪了！」

「那就放棄吧！至少要把頭目打倒！」

「知道了！」

「收到！」

「OK！」

雖然領導人是無名精靈沒錯，當遇到必須立刻提出下一個方針的時候，便會像這樣以某人提出方案，其他成員附和同意的方式，決定團隊接下來的行動。這次所有人都贊成遙的發言。儘管有領導人存在，說到底她們就只是感情很好的四人組，實際上無論誰領頭都沒問題。

範圍魔法的再次使用時間幾乎還沒結束，不過單一魔法全都還沒使用。既然只要打倒頭目，那麼只要閃避小怪的攻擊一邊朝頭目擊發魔法就好。
話雖如此，執行起來難度卻相當高。
她一邊設法迴避小怪的攻擊，同時注意女王，集中精神施展魔法。
「『火焰長槍』！」
火焰長槍筆直地朝女王飛去。
「──」
然而女王前方卻突然同樣出現火焰長槍，並且朝這邊飛了過來。
「不會吧？魔法？」
兩道火焰彷彿被吸過去一般在兩者的中央附近相撞並爆炸。
兩發「火焰長槍」的能量向周圍散布，小嘍囉蜘蛛群因此遭到火焰焚燒。
「唔！」
「好燙！」
遙等人也一樣。唯獨繞到女王背後的燈一人沒事，其他兩人則都受到輕度的火焰傷害。
從沒聽說過蟲類魔物會使用魔法。記得沒錯的話，其他國家的蟻后怪物也主要只會使出物理攻擊而已。雖然不確定是哪個國家，調查過ＮＰＣ騎士討伐紀錄的玩家，曾經在社群平臺上分享過這樣的情報。
「──」
可是現在沒時間發呆了。下一個魔法，恐怕是「冰魔法」的單一魔法，已經在女王前方準備發動。

「呃呃呃那個，『火焰箭』！」

不過這個魔法的威力不夠強，恐怕無法完全與之抵消。話雖如此，「火焰長槍」的再次使用時間也還沒有在這麼短的時間內結束。由於以屬性相近的魔法對抗，抵消時又會對周圍造成損害，事實上可以說別無選擇。

「唔喔！」

果不其然，雖然冰長槍稍微縮小了，還是穿過火焰箭，直接命中無名精靈。

這場魔法的對抗是我方輸了。話說回來，對手絲毫不在意傷到同伴，但是我方可不能如此。這場比賽打從一開始就不公平。

「……應該說，我完全沒料到自己會和蟲子打魔法戰……」

她一面用「治療」回復傷害，一面移動並思考下一步。儘管無名精靈也想讓其他成員復原，她還沒有取得「回復魔法」。她之所以沒有取得，是不希望再次使用時間和其他魔法重疊，不過早知如此，之前就應該取得才對。

「沒辦法了！我要擊發比較大的魔法，妳們快閃開！」

「ＯＫ！」

雖然只有核桃一人回應，她確認所有人都點頭後立刻施展魔法。

她所擊發的是「雷魔法」的「光之浴」。由於這個範圍魔法以女王作為發動起點，即使女王企圖抵消，本身也會受到最大的傷害。

另外，這個魔法的效果範圍在範圍魔法之中算是狹窄。只要遙等人立刻移動，便能成功逃到範圍之外。

「『光之浴』！」

「很好，快逃……？」

「哇啊！怎麼回事？」

「不會吧！腳動不了！」

遙等人不知為何突然當場跌了一大跤，沒有逃跑。

可是魔法已經發動了。

女王俯視倒地的三人，大大地跳離現場。本來照理說「雷魔法」的發動速度很快，看見之後才閃避是幾乎不可能的事，然而無名精靈事先發出聲音，再加上遙等人作出準備逃離的舉動，於是讓女王產生了戒心。

「唔喔！」

「呀啊！」

「好麻啊～」

結果無名精靈的魔法只有傷害到同伴，最終沒有得到任何成果。

「抱歉！妳們還好嗎？」

可是也因為女王跳開了，她才得以接近同伴們。這麼一來應該可以利用「治療」替她們回復傷害。只要一併使用藥水，應該就能勉強維持可繼續戰鬥的ＬＰ。

自從女王開始使用魔法後，小嘍囉的蜘蛛和蟻群便不再靠近女王，因此現在可以進行治療而不會受到干擾。

「『治療』……還有藥水。然後為了以防萬一，我也要使用MP藥水。」

「謝謝……不過這下可能已經沒希望了。」

「什麼意思？」

「我們會跌倒是有原因的～」

「儘管很難看出來，其實我們的腳被固定在地面上了。那應該是女王的蜘蛛絲。大概是牠一邊作戰一邊慢慢吐出來的。」

無名精靈聽了之後立刻想要站起身，然而因為她單膝跪地，結果碰地的膝蓋抬不起來。

和這種等級的頭目作戰時，三名前鋒的工作是負責控制仇恨值和應付攻擊。我方要採取何種行動，完全端看頭目的舉動而定。假使頭目想要故意誘導她們，那也不是不可能辦到的事情。

如果這是PvP，遙等人或許就會心生警戒，可是對手只是蟲類魔物，而牠們的智商整體而言都很低。

「……我在牠使用魔法的時候就該注意到了。有關魔法的行動判定多半是參考INT。因此，既然牠會使用魔法，就表示牠具備一定程度的INT，並且是經過思考之後才行動。」

說得更明白一點，既然女王擊出和無名精靈的「火焰長槍」威力幾乎相同的魔法，就代表牠至少擁有和她相同程度的INT。雖然不清楚怪物的INT和思考能力有無關聯，INT是Intelligence的簡稱，一般而言就是智慧的意思。由於只要提升STR就能舉起重物一事已經獲得證明，提升ＩＮＴ之後思考能力會上升也很合理。

現在回頭想想，對手明明是蜘蛛女王卻完全沒有吐絲。

不對。其實牠有吐絲，只是愚蠢的無名精靈等人沒有注意到罷了。

假如是由這樣的頭目，而且還是好幾名頭目加以掌控，理所當然這座森林的生還率會偏低。

可是站在魔物的立場，讓玩家活著回去一點好處也沒有。無論玩家是強是弱，只要這些女王們經常出來巡邏，那麼不要說偏低了，生還率應該是零才對。

看來平時牠們的行動果然受到了系統還是什麼的限制。恐怕只有具備一定實力的玩家殺死一定數量的魔物時，這些惡夢才會開啟。

也就是說，女王的懲罰正在等待著一臉得意地前來攻打的高階玩家。

對手似乎不打算刻意靠近已無法動彈的無名精靈等人，對她們展開攻擊。

跳開的蜘蛛女王留在原地，生成出巨大的火球。假使牠接連擊發那種等級的範圍魔法，這支團隊恐怕會全軍覆滅。

「算了，反正已經知道怎麼回事了，接下來……雖然還不確定是什麼時候，就等過幾天再來攻略吧。」

火焰、冰、雷，以及風。

那些接連襲向無名精靈等人，最後她們被岩塊壓扁，然後遭大水沖走。

◆◆◆

第四章 立刻就被濫用的新服務

前希爾斯王都，那張寶座所在的謁見廳。

蕾亞坐在寶座上的鎧坂先生腿上，緩緩地睜開眼睛。

「……呵呵，感覺神清氣爽呢。」

心情真是愉快。

記得沒錯的話，那個女精靈正是在團體戰時指著蕾亞，誤以為她專精魔法的玩家。既然她那麼喜歡魔法，最後就用魔法收拾掉她。這樣她應該會感到滿足吧。

和那支精靈團隊作戰的蜘蛛女王是由蕾亞進行操控。

一開始她本來只打算借用視覺和聽覺，可是見到她們一路上的戰鬥情況之後，蕾亞漸漸開始按捺不住自己，硬是連身體都借用了。

即使將自己「召喚」到眷屬體內，連精神的控制權也一併剝奪，在那個狀態下可以使用的還是只有該眷屬的技能。

由於蕾亞只有讓蜘蛛女王取得不是很強大的各屬性單一、範圍攻擊魔法，即使將能力值的上升部分估算在內，威力也頂多只能和女精靈的魔法互相抵消。可是只要發動蜘蛛絲陷阱，就能單方面地毆打對方。

蜘蛛女王應該也從這次學到了很多。牠們正在優先提升自己的ＩＮＴ。無法表現在數值上，透過學習獲得的成長不容小覷才對。

蕾亞到社群平臺上的前希爾斯王國攻略討論串看了一下，發現疑似是剛才那名精靈的玩家很快就發文了。她好像就是偶爾會在社群平臺上見到的「無名精靈」。這個名字真蠢。

大致就如同蕾亞希望的，她自以為聰明地發表了「這個地下城的難度會變動」的個人意見。

雖然蕾亞把管理工作全部交給女王們，她在方針上打算按照「無名」說的那樣進行。關於這一點，她的發文內容並沒有錯。

但是正確的也只有會針對**特定挑戰者**，不顧對方等級地將難度調到最高這一點。

蕾亞支配地區的地下城可說營運得很順利。以第一天來說算是好的開始。

雖然目前也只有拉科利努有客人上門。

「……如果是４顆☆，不曉得還會不會有客人上門耶？因為托雷和里伯是重要的據點，沒辦法讓步……不過讓王都的難度稍微下降應該沒問題吧？明明有我在卻是４顆☆，會不會很不自然呢？話說回來有辦法降低難度嗎？」

只要蕾亞不在王都，或許就不會有問題。

可是那個時候，就有必要透過直接在社群平臺上發文以外的方式，讓所有玩家知道這件事。

既然不能在社群平臺上公開，就只能以「災厄」身分出現在某個顯眼的地方了。

而說到現在最引人注意的地方，應該就是地下城。

在感覺合適且還算受歡迎的地下城現身，壓制那個地下城，暫時待在那裡不走。

◆◆◆

同時將王都的難度調整成4顆☆，促使玩家上門光顧。

「這麼一來，首先第一個問題就是要去哪個地下城了。」

雖說是地下城，卻完全沒有像是只能從入口進出，或是內部為隔離空間這樣的限制。應該說，「地下城」這個詞本身就不是官方的正式名稱。

蕾亞不曉得洞窟型的狀況如何，如果是森林或城市這類開放式的場域，只要從上空前往區域頭目可能的所在地點，事情應該很快就能解決。

「如果是這樣，我會想要讓烏魯魯從天而降耶。畢竟這樣也比較氣派。」

無論何種地下城，應該都能以這種方式攻陷。

不，不對。目的不是攻陷地下城。

蕾亞藉著引人注意，宣傳災厄不在前希爾斯王都才是主要目的。

既然如此，從新設置的安全區域附近，也就是玩家們眼中的一般入口進入應該比較好。可以說以正常方式攻陷地下城才比較符合目的。

「那麼，接下來就是替『災厄』為何要攻打那種地下城找理由了。」

既然各位玩家好像都很喜歡所謂的隱藏劇情，那麼或許最好帶著類似的動機行動。

劇情本身沒有必要特地公開，但是可以先準備好。如果有人問就回答，沒有人問就不說。要是對方覺得難以置信，就讓對方自行揣測、解讀就好。

蕾亞看著社群平臺上列出的轉移地點清單，以及前希爾斯和歐拉爾的地圖一面思考。

雖然希爾斯沒有特徵，又或者說沒有特別突出的地方，卻是一個地理位置和環境都很得天獨

◆◆◆

厚的國家。不對，應該說曾經是一個很得天獨厚的國家。就連國土的面積大小也算適中。

相較之下，歐拉爾的國土就略為廣大，並且位於大陸的中央地帶。儘管不知道從前有過什麼樣的協議，最後才由這個國家治理前統一國家的首都，總之歐拉爾就是因為這樣才幾乎與所有國家相鄰。話雖如此，因為歐拉爾的國境有多處魔物的領域，再加上幅員廣大，使得國內魔物領域的數量及與其相接的領域數量都比希爾斯來得多。

據說由於那些領域的威脅程度也偏高，連帶讓騎士也多半比希爾斯更加優秀。

目前萊拉已幾乎將那些騎士掌控在手中，而她不知是為了作為國家經營的一環還是什麼，正派兵去攻打沒有被列在社群平臺上的轉移地點清單中的領域。她似乎認為不是在清單內的領域，就能順利壓制而不被玩家發現。

「要是哪天我和萊拉長相相似的事情曝光，是不是應該編個我們本來就有血緣關係的故事呢？既然萊拉是休傑卡普的領主，我要以什麼樣的動機去對那附近的地下城動手才合理……？」

「既然您和萊拉大人是姊妹，那麼以無意識地想要找回至親的溫暖為由如何？」

齊格這麼提議，然而蕾亞感覺到自己還沒把話聽完，眉頭就已經皺在一起了。

心情上固然難以接受，卻不得不承認確實有一定的說服力。

「……倘若迪亞斯大人在這裡，他有可能會為了您現在的表情發牢騷喔。

請容在下再多說一句，人類似乎一直都認為離開里伯大森林的『災厄』，是幾乎一直線地往西前進，攻陷了這座王都。

既然如此，只要讓人類以為您原本的目的不是這座王都，而是更西邊的歐拉爾領土，或許就能作為攻擊位於此處西方地下城的理由了。」

這個點子還不錯。

蕾亞確實對韋恩等人說過「因為希爾斯王都很美，所以想要得到它」這句話。

這句話本身並非謊言，只不過是他們沒有詢問蕾亞為何要移動到看得見王都的地方，所以她也沒有特別提。

由於蕾亞是玩家，實際上並沒有什麼大不了的理由。她只是因為好像辦得到，就試著去做了而已。

可是如果是NPC，好像就還是需要一個更強烈的動機。

那個動機就是「往西行」這個目的，而蕾亞因為在過程中偶然發現王都，於是就攻占了它。只要當作是這麼回事，便能讓「災厄」的行動帶有相當程度的一貫性。

至於最重要的往西行這件事本身的目的，儘管很不情願，就暫定為去找萊拉好了。

「……我知道了，那就採用齊格的點子吧。至於希爾斯王都以西的地下城……在進入歐拉爾領土之前有一個耶。而且附近好像也有城市。從清單的資料來看，這裡似乎是1顆☆的低難度地下城……可是，如果我是NPC卻依照難度挑選攻擊地點會很不自然，看來也只能依序攻陷了。」

雖然也可以順便把城市消滅，如果以後蕾亞要管理這個1顆☆的領域，還是讓這裡維持普通城市的樣貌比較方便。畢竟這附近已經沒有普通城市了。

「地下城的名稱是【圖爾草原】啊？」

◆◆◆

剛開始遊戲的新手玩家會以這座城市——里夫雷城作為據點，在圖爾草原賺取經驗值，等到培養出實力和自信之後再前往其他城市。

從前玩家們也曾經在里伯大森林及其旁邊的草原這麼做。那片草原沒有被特別命名，如今已被整合到大森林的區域內，然後化為魔境。

對於如今還要壓制新手場域這件事，蕾亞還是會感到一絲絲於心不安。

可是如果是從第二屆活動的第三天以前就開始遊戲的玩家，應該會知道那場活動打亂了大陸的權力平衡。

不用說，其中最混亂的就是希爾斯王國。事到如今，玩家們想必已不再對前希爾斯的新手場域抱持天真的期待。

轉移服務正式上線後或許會有玩家不幸來到這個地下城，既然是他們自己故意要選擇【其他】的地下城前來，那也只能說是他們自己的責任了。

儘管這種話由蕾亞來說有點奇怪，這個國家非常顯然有副本頭目存在。是要來的人不對。

不過話說回來，蕾亞也不打算一直待在這片草原，因此等到事情辦完之後，她就會隨便交給弱小眷屬去管理，讓這裡再次回到１顆☆。就算短暫蹂躪過這裡，只要恢復原樣，應該就不會有人抱怨。

◆◆◆

聽說很久以前有過名為三秒法則的慣例，如果只是一瞬間，應該就算勉強過關吧。

蕾亞決定穿上鎧坂先生遠征。

因為既然想要強調災厄已經離開王都，將替身留在這裡也沒有意義。

煩惱許久之後，她決定帶史佳爾一起同行。

雖然1顆☆的場域裡有兩個災厄級，這樣的戰力極度過剩，史佳爾之前一直被吩咐待在里伯大森林留守，幾乎沒有機會像這樣外出，所以偶爾讓牠出來透透氣也不錯。

再說史佳爾有單獨飛行的能力，無論旅程變得如何都有辦法應對。

此時太陽已完全下山。

拉科利努森林可以放心交給蜘蛛女王，沒有問題。

由於目的是要引人注目，即使抵達了也會等到太陽升起才攻打地下城，不過蕾亞也想先看看城市和領域周邊的情況，於是她決定提早出發進行觀察。

他們抵達里夫雷城時天還沒亮。以距離來說，這座城市的位置比拉科利努來得近。如果可以利用飛行直線移動，花不了多少時間即可抵達。

從上空可以零星見到像是路燈的東西散落四處。

由於無論用肉眼還是魔眼都能看見光線，那大概是某種魔法道具吧。

「有設置路燈這一點真不錯。看來這座城市的治安相當良好。」

在城市另一頭展開的廣大土地應該就是圖爾草原。

若要從蕾亞的知識中舉出印象最接近的例子，大概就是雨季的熱帶疏林草原吧。只不過沒聽說過這個地區是否有乾季，因此說不定一整年都是這個樣子。

他們在離城市和草原都稍微有段距離的地方準備過夜。話雖如此，有需要這麼做的也只有要登出的蕾亞，鎧坂先生和史佳爾都不必為了睡覺特地做準備。

因為史佳爾本來就是螞蟻，只需要斷斷續續的幾分鐘睡眠便足夠，至於身為魔法生物的鎧坂先生也是如此。

鎧坂先生就算完全靜止不動也不會疲憊，而且也不用吃東西。從這兩點來思考，牠原本應該也不需要睡眠。然而牠還是有睡眠的設定，恐怕是為了像是登記重生地點等，因為「睡眠」這個行為在這款遊戲中有很重要的意義吧。根據推測，那個幾分鐘的睡眠是遊戲內睡眠的最小單位。

蕾亞隨便用「土魔法」在地面挖洞，讓鎧坂先生坐在裡面。

之後她就直接在鎧坂先生內部登出。

隔天早上，她在遊戲內太陽升起時登入。

並且在離開洞穴之前先用「迷彩」隱身。

雖然史佳爾的模樣沒辦法隱藏，比方說蕾亞在上空連同鎧坂先生一起使用「迷彩」，把史佳爾藏在背上，這樣從地上應該就看不見牠了。只不過從上方還是會看得一清二楚就是了。

她從上空俯瞰變得明亮的街道。

晚上時她是用「魔眼」來看，不過因為人在鎧坂先生裡面時只要用鎧坂先生的視野來看就好，在「強化視力」的加成之下看得非常清楚。

✦✦✦

明明才一大清早，底下卻似乎已經出現前來攻打草原的玩家們。

他們如此積極是件好事，仔細一瞧卻能發現人流分成了兩種。

一群人是從城裡前往草原，另一群則是從城外前往草原。

從城外來的那些人，大概是從轉移服務新增設的安全區域【圖爾草原】過來的吧。

如果轉移地點是這座城市，清單上的名稱應該會是【里夫雷城】，所以既然清單上有圖爾草原，就表示一定有在城市之外新設置的安全區域。

「——嗯？這麼說來……」

按照設定，前往圖爾草原的轉移應該是單向通行，但是從里夫雷城可以前往其他地下城。

換句話說，轉移到圖爾草原的人只要稍微走到里夫雷城，就可以再次轉移到其他地方。

蕾亞從背包中取出地圖。

將社群平臺上的轉移地點清單和前希爾斯的地圖比對之後，她發現符合這個條件的城市就只有里夫雷。

不僅如此，從她偷偷跟萊拉借來的歐拉爾王國地圖來看，同樣的城市在歐拉爾也只有一個。

「如果是這樣的城市，就能在彼此之間無限轉移。

雖然還是得看玩家怎麼做，這下搞不好會比王都更繁榮呢。」

這簡直堪稱是在營運方的安排下，注定繁榮的城市。

前希爾斯和歐拉爾都各有一個就表示，這恐怕是為了救濟和服務新手，又或者說低階玩家而設定的例外措施。

◆◆◆

然而無論哪個時代和何種遊戲，這種以救濟新手為目的所做的調整大致都會遭到濫用，然後上演地獄般的景象。

才第二天就在這座城市察覺此事真是太幸運了。

雖然肯定也有其他玩家發現這一點，既然此事並未在社群平臺上引起話題，就表示察覺到的人選擇默不作聲。

從系統訊息的內容來看，營運方顯然很擔心會破壞流通，而無法從轉移地點再次轉移的設定正是為了避免此事發生。

可是如果地理條件和這座城市相同的城市在各國都各有一個，就能夠輕易進行走私了。

假使有人明目張膽地這麼做，營運方或許就會對此進行修正。察覺到的玩家大概是為了避免這種情況，才會三緘其口。

「……我看待會兒把芮咪和萊莉找來，讓她們去購買這座城市的物件好了。不，還是把凱莉和瑪莉詠也叫來，讓她們四人去收購土地吧。反正我們有從王都的貴族宅邸搜刮來的資金，我要用金錢的力量掌控這座城市。」

蕾亞又再次一個人玩成了不同類型的遊戲。不，考慮到可能已經有玩家察覺，這麼做的人未必只有蕾亞一人。

不過在ＮＰＣ的經濟能力遠遠高於玩家的現在，即使要借錢買土地，幾個月前才突然出現在這個世界的玩家信用度也很低，沒辦法借到太多錢。

就算已經有玩家購買了物件，數量肯定也不多。蕾亞只要把其餘所有土地都收購下來就好。

◆◆◆

由於沒有立刻使用土地和建物的需求，可以累積金幣只買下所有權，租給居民讓他們繼續住下去。也就是說，就算失去所有權，他們還是可以住下來。只要賣價遠比幾十年累積下來的租金還要高，對方應該就會毫不猶豫地賣出。

可以的話，其實也可以讓居民成為眷屬。當然，如果全部都成為眷屬會產生其他問題，因此有必要將人數控制在一定程度。

出現必須在攻打地下城之前完成的事情了。接下來得聯絡凱莉等人向她們說明概要，然後從城裡的寶物庫將所有金幣拿出來才行。

◆◆◆

「也就是說，只要在盡可能不被那些名為玩家的人們發現的前提下，暗中支配這座城市就好了吧？」

「其實也沒有到暗中支配那麼嚴重啦。不過好像只要握有土地，就會自然而然變成那樣。」

蕾亞利用「召喚」找來凱莉等人，向她們大致說明情況。

順便投入昨天一整天得到的經驗值，讓四人也取得「使役」。

其實蕾亞本來沒有打算把經驗值用在這種事情上，不過沒辦法，畢竟這也是一種事前投資。

「要怎麼做就交給妳們自己決定。妳們可以以『使役』為主來節省金幣，也可以靠著撒錢來收購土地。啊啊，不過我想還是先支配領主及其身邊的人好了。我等一下會去支配領主，至於其他人就隨妳們處置。」

「明白了。」

「雖然我說不要讓玩家發現，其實我也不曉得有多少玩家是基於地下城以外的目的滯留在這座城市，所以只要當成努力目標就好。

絕對不能被人發現的，是妳們聽從我的指令行動這件事。只要沒有被人察覺妳們和我之間的關聯，坦白說其他大概都無所謂。」

可以的話，蕾亞也想在某種程度上支配其他國家的相同城市——為圖方便就稱之為門戶——其他國家的門戶，只是不知道在哪裡，所以無從下手。

倘若各國都有一個的猜測正確，那麼掌控這座城市就等於掌控了大陸上六分之一的門戶，這樣應該值得心滿意足了。

儘管失去了國家的形式，所幸玩家們對於前希爾斯王國的需求還是很高。這都是託顯而易見的副本頭目的存在，以及特殊地下城的福。換言之，一切都是拜蕾亞所賜。

既然如此，由蕾亞來支配這個門戶應該很合理，而且能夠由她來支配這種地區的門戶，應該也算好事一件。

「好了，那我就在去地下城之前，先去向領主打聲招呼吧。」

前希爾斯的貴族理解力似乎比歐拉爾的貴族好很多，蕾亞只用了「魅惑」，對方立刻就乖乖聽話了。

假使萊拉所言屬實，貴族一家應該全部都是尊貴人類。

◆◆◆

蕾亞「使役」完領主、領主的妻子、女兒和兒子共四人之後，也順便「使役」了像是管家的六十多歲男性。因為他撞見對領主施展「魅惑」的蕾亞模樣。

雖然也可以將他解決掉，如果他真的是管家，沒有了他，領主的工作和宅邸恐怕會無法維持下去。

只要控制住宅邸的主人一家和管家，應該就算是支配這個家了。

「嗨，史佳爾，讓妳久等了。我們去地下城吧。」

『您的事情已經辦完了嗎？』

「我把我該做的事情都做完了。」

接下來只要交給領主和凱莉她們就好。

儘管為了其他事情大幅拖延了出發時間，也多虧如此，此時地下城周邊的玩家變多了。有了這麼多玩家，其中應該有幾個人會在社群平臺上發文。

「不過話說回來，具體上應該要怎麼壓制地下城啊？」

『要從上方以魔法進行地毯式轟炸嗎？』

「呃，可是我打算之後接手管理這裡耶。」

那麼做會將好好的草原燒得面目全非。

「我們還是正常地走過去好了。」

他們降落在似乎被認為是入口，領域邊緣聚集了許多玩家的地方。蕾亞在上空就先解除了

◆◆◆

「迷彩」。

為了引人注意，她故意猛然落下，製造出沉重的巨響。塵土也隨之飛揚，掩蓋住鎧坂先生的身影。

隨後史佳爾也靜靜地降落在鎧坂先生前方。

史佳爾震動背上的翅膀，吹散周圍的塵土。

視野變好之後，只見玩家們一臉吃驚。

突然見到高達三公尺的全身盔甲和蟲子魔物從天而降，當然會驚訝了。史佳爾的身長也有將近兩公尺，模樣極具震撼力。

「……咦？這是什麼？是怪物嗎？」

「會不會是某種事件？是誰觸發的？有人有頭緒嗎？」

玩家們一派悠哉地望著蕾亞二人。

（他們居然完全沒發現我就是毀滅希爾斯的災厄。）

雖然蕾亞這麼心想，這裡畢竟是為新手安排的場域，可能很少有玩家從這個時候就會去在意副本頭目的外表。

又或者只要蕾亞從鎧坂先生裡面出來，就會有人發現也說不定。

可是要怎麼說呢？那麼做感覺有點太刻意了。簡單來說，就是會讓人有點不好意思。

『這些傢伙真煩人耶。要我去收拾他們嗎？』

『不，別管他們了。等到他們開始攻擊我方再動手，現在就先繼續走吧。』

◆◆◆

如今即使殺死這群玩家和出現在這個場域的魔物，也無法獲得多少經驗值。搭理他們只會浪費時間。

只要這群玩家將蕾亞支配這個領域的事情寫在社群平臺上，知道災厄的人應該自然就會察覺到，然後大聲嚷嚷，不需要蕾亞特地在這裡自我介紹。

史佳爾和蕾亞無視玩家們，然後逕自往前走。

他們大概仍誤以為這是某種事件吧，入口附近的玩家幾乎都跟在蕾亞二人身後。這種攻略地下城的做法是被允許的嗎？記得沒錯的話，過去是用鬣狗來比喻這種伺機而動的行為。

可是蕾亞對於能夠在這個地下城得到的東西不感興趣，不管有沒有人在伺機掠奪剩餘好處都無所謂。

走了一會兒後，突然有東西從地底冒出來。

原以為那是大隻的水豚，仔細一瞧原來是鼴鼠。

史佳爾默默地擋在鎧坂先生前面，徒手將其擊落。

鼴鼠的身體受到嚴重砍傷，渾身是血地倒在草原上，魂歸西天。

『地底似乎有無數這種生物挖出來的洞。』

史佳爾晃動著像是觸角的東西這麼報告。牠是利用那個得知地底的情況嗎？莫非那是類似主動式聲納的東西？

『原來如此，難不成是因為這個鼴鼠，草原上才長不出樹木嗎？因為鼴鼠太巨大使得樹木無法扎根，然而如果是草，就能在鼴鼠的洞穴上扎根繁殖。』

若真如此，那麼只要驅逐鼴鼠，或許就能將這片草原變成森林了。

或是直接利用地底的洞穴，將整片草原打造成蟻窩。

『這片場域說不定意外地適合我們呢。好，那就將幾隻工兵蟻放到草原上吧。』

『好的，我知道了。』

史佳爾「召喚」五隻工兵蟻。

『去吧。假使發現疑似敵方首腦的個體，立刻向我回報，不要動手。』

工兵蟻們隨即消失在地底。雖然不清楚是不是找到洞穴了，總之牠們一轉眼就從這附近消失不見了。

接著史佳爾又再重複五次，總共將三十隻工兵蟻放到草原上，並且向蕾亞行了一禮。

『辛苦妳了。話說回來，妳為什麼把敵方首腦留下來？要是辦得到，大可讓螞蟻直接收拾掉對方啊。』

『……請恕我任性，其實我至今幾乎沒有戰鬥的經驗。所以，雖說等級比較低，我想既然是足以成為領域主人的魔物，應該可以讓我試試自己的本事。』

經牠這麼一提，蕾亞這才想起自己只有讓牠轉生，沒有調查史佳爾的戰鬥能力。

這個區域的頭目的實力肯定遠遠不及牠，但是總比什麼都不做來得好。

『既然難得有這個機會，那麼我們外出這段時間的戰鬥，就都交給妳吧。妳也可以殺死玩家們喔。』

◆◆◆

這時，玩家們困惑的語氣正好從身後傳來。

「糟糕，我完全搞不清楚狀況，這是什麼事件啊？」

「咦？怎麼搞的？意思是螞蟻的頭子來攻打草原了嗎？」

「如果是這樣，那個盔甲又是怎麼回事？那不管怎麼看都不是螞蟻啊。」

「帶領螞蟻的大盔甲……我總覺得好像在哪裡見過類似的句子。」

蕾亞轉身望向背後，結果玩家們立刻退後一步。

「……那傢伙在看這邊耶……」

「……啊，真假？這傢伙很不妙啊。」

「咦？什麼意思？什麼意思？」

「我剛才問了好友，他說這傢伙是副本頭目，之前消滅了名叫希爾斯王國的國家。」

「是社群平臺上提過的傢伙嗎！真的假的啊！為什麼這傢伙會出現在這種地方啦！」

其實蕾亞希望自己一開始登場時，玩家們就作出這種反應，不過這也是沒辦法的事。

雖然事出突然，對他們感到很不好意思，現在開始要打副本頭目戰了。

人數上和之前在王都時差不多，應該不會有問題。

「史佳爾，妳去收拾掉這些吵鬧的傢伙。」

為了發出清楚易懂的開戰信號，蕾亞故意出聲下令。

『好的，我知道了。』

「天啊！突然就要打團體戰？」

「什麼跟什麼啊！到底是誰觸發事件的啦！」

◆◆◆

「是誰觸發的不重要吧！現在是說那種話的時候嗎！總之要開打了！肉盾快到前面來！」

蕾亞原本以為只有新手，沒想到似乎也有零星幾個像是中級者的玩家混在裡面。

他們大概是跟朋友一起來，幫忙支援的吧。

由於這款遊戲沒有組隊和結盟的系統，比較方便在遊戲內進行指導。這是因為團隊內的經驗值不會分散。即使進階者跟著新手一起行動，只要完全不插手作戰，經驗值就全部都會由新手取得，而他們只要在危急時刻出手幫忙就好。

這些像是中級者的人大概也是基於這個原因才在這裡。

史佳爾很守規矩地等待肉盾職玩家匆忙站到前面來。牠大概認為面對這種程度的敵人，即使以突襲取勝也是勝之不武。

排排站的肉盾們舉起盾牌，準備抵禦攻擊。

他們大概打算先防禦史佳爾的攻擊，然後趁攻擊的空檔採取行動吧。

畢竟這是一支臨時組成的隊伍，可以理解他們為何面對初次遇見的頭目如此謹慎，不過還是有些過於消極了。抵禦攻擊固然重要，如果想勝過完全陌生的對手，就應該先奪走對手攻擊的機會才對。

反觀史佳爾則不怎麼在意防禦的樣子，牠一副怡然自得地接近玩家們之後，立刻像剛才砍傷鼴鼠時一樣朝前鋒一揮。

「唔喔！」

「好重！」

雖然不至於被震飛，受到攻擊的前鋒仍在衝擊力下倒向後方。

有人的盾牌被澈底砍斷，也有人的盾牌產生裂痕，仍然保有原狀。可能是盾牌的材質不同吧。還是說那個人具備某種防禦技能呢？

大概是想趁對手攻擊後行動僵硬時動手吧，玩家們朝史佳爾釋出好幾發魔法。

那是火焰類的單一魔法。單一魔法的命中率高，只要瞄準射程內的目標就大致能夠命中。

可是不是百發百中。縱然不曾見過，只要對象的移動速度比魔法的速度快，自然就會被閃開；另外如果被障礙物擋住，也會打不中。

這次應該算是兩種情況都有，只見史佳爾抓起倒在腳邊、失去盾牌的肉盾，利用他的身體擋下魔法。

「呀啊啊啊！」

史佳爾將被當成盾牌的玩家隨手一扔，那人很快就化作光線消失了。

接著牠將茫然看著一切的其中一名肉盾職生還者踩扁。

其他肉盾見狀急忙起身拉開距離。

「——」

也不知道史佳爾發動了什麼，只見到灼熱的火焰襲向退後的肉盾們。那是史佳爾的範圍魔法。不會出聲的角色要怎麼說出魔法發動關鍵字呢？

史佳爾是幾乎從開放β測試時期，就跟隨蕾亞至今的角色。

蕾亞曾經實驗性地對牠投入經驗值，也會為了強化下屬而多多提升牠的能力值。

◆◆◆

牠的種族等級也堪稱和蕾亞相當。假如牠不是蕾亞的下屬，如今應該早就成為第十個災厄了才對。

新手乃至中級者程度的玩家之中，似乎沒有前鋒有辦法抵擋得了那樣的史佳爾所使出的魔法。所有人都和在後方不遠處觀望，看似近戰攻擊手的玩家們一同灰飛煙滅。

「這傢伙真的是副本頭目！沒有活動道具根本打不贏牠吧！」

「等等等等等等，不對吧！副本頭目應該是在後面抱胸觀戰的那傢伙吧！這傢伙只是出來暖場的！」

「話說回來，明明是蟲子卻會使用火焰攻擊……？這樣的話，用水系魔法對付牠會比較好嗎……？還是應該用冰呢？」

「總之我已經在社群平臺上散布消息了！只要再撐一下，有空的高手們或許就會來幫忙！」

轉移服務開始到現在已經來到第二天。多數頂尖玩家應該都正在攻打某處的地下城，要不然至少也已經轉移到附近的安全區域。既然無法從那裡再次轉移，不太可能有辦法立刻趕來這裡。

可是如果他們願意來，蕾亞當然非常歡迎。因為既然是頂尖高手，就表示上次團體戰的成員可能也會來。

『史佳爾，待會兒好像還會有其他客人來喔。就跟哥布林牠們經常說的，「我已經烙人來了！」一樣。我們就稍微等他們一下吧。』

『好的，首領。』

蕾亞在鎧坂先生內部偷偷地確認社群平臺。

◆◆◆

玩家說已經散布消息這件事好像是真的，他們確實在許多不同的討論串上留言。

（情況不樂觀耶。）

每則討論串對於剛才的留言都沒有給出非常正面的回應。

其中還有玩家指責他們同時在好幾個討論串發文的行為，認為他們在洗版。

照這樣來看，新玩家出現在這裡的可能性應該很低。

當時會有許多玩家，而且還是被稱為頂尖高手的玩家響應韋恩的號召聚在一起，果然是因為活動的關係吧。

反觀現在的狀況和活動期間不同，只要死了就會損失經驗值。

而且因為沒有玩家們所認為的活動道具——文物，獲勝機率很低。

再加上遇襲的區域，是特別為新手安排的低難度地下城。看在旁人眼裡，只會覺得是魔物們彼此在爭奪地盤，放著不管也不會對玩家和人類方NPC直接造成損害。

硬要說的話，雖然現在正在戰鬥的玩家可能全部都會死亡回歸，既然他們才剛開始遊戲沒多久，失去的經驗值應該很快就能再賺回來。合理思考下，這樣的損害實在不值得死亡懲罰很重的老手玩家賭上性命營救。

最壞的情況就是失去一個1顆☆的地下城，或是難度有可能因此暴漲。畢竟1顆☆的地下城還有很多，實在沒必要執著於這個地方。

（察覺到這座城市和地下城價值的人，應該不會希望狀況產生變化吧。）

可是有辦法作此盤算的人，應該連想都不用想也知道獲勝機率很低。決定就此止損，堪稱是明智的選擇。

「……攻擊停止嘍？」

「……為什麼？」

「管他為什麼！社群平臺的狀況如何？」

「大家覺得我們在洗版！可惡！快來人幫我們說話啊！」

蕾亞認為在我方等待的期間，他們應該要重整態勢、擬定戰略才對，他們卻以等待高階玩家的救援為最優先的樣子。

在沒有明確等級之分的這款遊戲裡，是靠著什麼樣的技能配點，以及如何利用手中技能作戰，來決定該名角色的強大程度。雖說可以憑經驗值的總消費量來進行某種程度的判斷，那只不過是一種參考罷了。

這群玩家究竟打算將自己定義為「應該受人幫助的新手」到什麼時候呢？

『要等待可以，不過有必要留下在場這些人嗎？』

『……生還者會拚命找人來支援，所以就這層意義上應該有效果，可是他們都拚命求援了，好像沒有人要來……』

「……從你們的對話聽來，我還以為你們找了同伴來支援，不過好像沒有人要來呢？難道你們沒有朋友嗎？」

看不下去的蕾亞這麼對他們說。

「我我我我就是孤伶伶的啦！」

「喂，不要受怪物的挑釁影響了！」

可是雙方的對話沒有意義。

「……既然援兵不來，那麼繼續等待也只是浪費時間吧。」

「——」

聽了蕾亞的話之後，史佳爾對剛才嘟囔什麼冰的玩家擊發冰系的範圍魔法。牠可能是想對那個人「『冰魔法』應該有效」的喃喃自語提出反駁吧。

剩下的這群人幾乎都是擔任後衛的魔法職。連前鋒的肉盾們都承受不了的魔法，他們當然不可能抵擋得了。

玩家們接連結凍，粉碎四散。

「……可惡，為什麼會突然發生強制敗北的事件啦。」

「到底是誰觸發的啊……」

如今玩家只剩下寥寥幾人。

史佳爾的雙手——最上面的兩隻手發射出蜘蛛絲。

雖然蕾亞詫異到忍不住又多看一眼，既然蜘蛛女王也是史佳爾生出來的魔物，史佳爾做得到蜘蛛手下們會的事情也很理所當然。那大概是轉生時自動取得的技能吧。

「蜘蛛絲！」

「牠不是螞蟻嗎！」

「仔細一瞧，原來牠總共有八隻手腳！根本就是蜘蛛吧！」

「蜘蛛才沒有翅膀哩！」

關於這一點，蕾亞其實也有同感。史佳爾無論是腳的數量還是翅膀，都和任何既有生物不吻合。牠究竟是什麼呢？

話說回來，既然會從手裡射出蜘蛛絲，就表示牠的吐絲管在手上了。這樣的生態好像有利於編織。

『蜘蛛女王也可以從腹部前端和人形上半身的雙手射出蜘蛛絲喔。』

大概是猜到蕾亞心裡在想什麼了，史佳爾這麼回答。

既然如此，讓正在托雷森林進行研習的蜘蛛女王取得「裁縫」，分派家庭手工的工作給牠們似乎也不錯。畢竟這幾天需要衣服的角色增加了好幾名。

接著，史佳爾朝被蜘蛛絲捕捉到的玩家們噴灑神祕液體。

神祕液體一接觸到玩家便冒出白煙，然後散發刺激的氣味。不要說裝備了，他們連肉體也逐漸被融解。

那恐怕是工兵蟻所使用的蟻酸強效版，然而現實中並不存在光憑一種就能融解各種物質的酸類。這也是魔法物質。

之後只剩下用來拘束的蜘蛛絲無力地掉落於地面。

「……全部解決掉了啊。不過，原來蜘蛛絲不會被那個酸融解啊？光是這一點，感覺就能滿足多種需求。」

『要請蜘蛛女王開始生產嗎？我的絲和女王的性質一樣。如果是女王級以下的蜘蛛，製造出來的蜘蛛絲等級就會低好幾階。』

「說得也是……不過只有絲也沒用。如果要生產，還是先賦予女王『裁縫』技能再說吧。」

要取得部分生產類技能，需要擁有一定程度的ＤＥＸ（靈巧）值和ＩＮＴ值，如果是女王級就不會有問題。

順便讓女王蜂取得「煉金」和「鍛冶」，讓甲蟲女王取得「皮革工藝」和「木工」，應該也會很有趣。

即使有玩家來全權交由女王負責的地下城遊玩，女王也不會總是親自出馬。既然下屬的數量也增加了，牠們應該會生出自己的空閒時間。這樣的話，讓牠們培養某種興趣好像也不錯。

「工兵蟻們好像還沒有找到首腦耶。這片草原這麼廣大，可能需要花一點時間尋找吧。」

『不如再增加一些工兵好了。』

史佳爾又投入了三十隻工兵蟻。

「假如也派出蜜蜂，或許就能從上空發現哪裡產生變化——啊，好像沒必要著急了。看樣子又有新客人上門了。」

✦◆✦

玩家們紛紛從安全區域的方向聚集過來。

人數相當多。

可是，社群平臺上並沒有類似的留言。

儘管如此，為何會有這麼多人在這個時間點來到這裡呢？

而且裝備看起來還相當高級。

蕾亞並沒有那種一眼就能看出素材等級的技能，也不曉得是否有那種技能存在，不過他們的裝備相當統一，設計也十分俐落。這表示他們有能力負擔這筆經費，而一般人是不會為低階裝備花那麼多錢的。

「找到了！那個大塊頭就是那個副本頭目！」

「……菜鳥們好像全滅了耶。這裡一個人也沒有。」

從他們的對話聽來，他們來此的目的果然是蕾亞。

可是他們感覺並不是剛才那些全滅玩家們的朋友。

假如是這樣，他們至少應該是透過社群平臺得知蕾亞的事情，然而他們為何沒有留言呢？然後又是為什麼能夠在沒有留言的情況下聚集這麼多人呢？

大致看了一下，人數甚至比王都的團體戰還要多。少說超過四十人吧。實在太多了。

雖說遊戲沒有組隊和結盟的系統，卻有一定的限度。畢竟這又不是戰爭，再說即使出動這麼多人對付一名敵人，應該也沒辦法有效合作。

「——剛才那群小廢物是你們的朋友嗎？你們是怎麼召集這麼多人的？」

蕾亞以如果是NPC，應該勉強不會啟人疑竇的方式詢問。儘管不清楚誰是這個集團的領導人，無論怎麼回答，開口的那人八成就是老大了。

「……沒想到外表長成這副模樣，聲音倒是挺可愛的嘛。喂，這傢伙就是那個災厄沒錯吧？那好吧。

——我們玩家有著你們怪物無法想像的聯絡方式！妳少得意忘形了啦！」

◆◆◆

一名位於集團最前方中央處，穿著氣派盔甲、看似肉盾的男性高聲回應。由於蕾亞有鎧坂先生的「強化聽覺」，連他提高音量之前所說的話也能聽見，不過那不重要。

「原來如此？可以請你告訴我，以作為日後的參考嗎？那究竟是什麼樣的方式？」

「反正說了也聽不懂！妳為何要在意那種事情？」

「……剛才那些小廢物提到過他們正在和哪裡聯絡，可是援兵沒有出現，最後只好帶著絕望消失了。然而你們突然現身，還說得一副收到聯絡的樣子，所以我才會覺得奇怪。」

這麼說應該不會讓對方起疑吧？

應該沒問題。蕾亞只有說出能夠從現場得到的情報推測出來的事實才對。

「……嗯～該怎麼解釋才好呢？如果我說社群平臺，這樣妳聽得懂嗎？社群平臺就好比在廣場上大聲呼叫……即使聽得見，也沒必要回答……我們只是透過專為戰隊開設的私密社團取得聯繫，不過這要怎麼解釋……」

「呃，團長，只要回她一句『我沒必要回答妳！』就好了吧？再說實際上也沒必要解釋。話說你為什麼要這麼有禮貌地和她對話？難道是因為她的聲音很可愛嗎？」

「我沒必要回答你！」

「你這句話是在對我說？還是在跟對方說？」

這些傢伙怎麼搞的？他們是漫才師嗎？

不過這下大概明白是怎麼回事了。

雖然遊戲系統沒有戰隊之類的功能，玩家還是可以自己集結起來自稱戰隊。玩家要利用外部服務開設社團，而且利用該社團彼此聯絡、組織戰隊，並非不可能的事。

可是這也不是一件容易的事情。以領導人身分集結、統合這麼多人，並且使用外部的聯絡工具，讓這個組織運作起來。要是不具備相當的領導力和知識技術，便絕對辦不到。就連這套統一的護具，應該也是用來提升團體的向心力吧。

以前曾經有人在ＦＡＱ詢問過關於戰隊的問題，那個人說不定就是他。

遊戲中沒有戰隊系統並非完全沒有好處。

而那個好處就是不會受到戰隊系統的束縛。因為不會受到系統束縛，能夠憑藉口頭約定輕鬆地參加，即使不積極參與戰隊的活動，還是可以繼續待在組織裡。另外就算不退出，也還是可以自由加入其他相同的組織。

由於登入時無論打不打招呼都沒人知道，幾乎感受不到同儕壓力。

儘管進展到租借戰隊之家的話題，可能就需要用到錢，只要沒有同時收容所有人的想法，只憑部分幹部們應該就能籌到足夠的資金。

倘若同伴之中也有生產職玩家，就能順利更新裝備，而且只要將老舊裝備修復之後送給新進玩家，就能讓社團內所有人都得利。

這名領導人創造出這樣的戰隊，做好準備來到這裡，大概就是這麼一回事吧。

既然他們是利用自己的社團網站，那麼也就可以理解，為何官方社群平臺上沒有留言了。

「……看來浪費第一天是值得的呢。沒想到活動的副本頭目居然會出現。」

「……不過我在聽到第二天才要集合時，其實曾經懷疑這樣是不是太慢了。」

◆◆◆

「……不，那是因為領導人說：『出動大批人馬憑蠻力攻陷人多的地方，會造成困擾。』他在找人少的地方啦。他之前不是曾經說過嗎？說自己想要成為攻陷地下城的第一人，以達成宣傳的效果。」

「……真假？領導人真厲害耶。」

「……既然如此，那麼在社群平臺上宣傳之後，再來討伐災厄不就好了？」

「那樣要是輸了，會造成反效果吧？」

「……真假？領導人真厲害耶……」

該怎麼說呢，這支團隊的肉盾職玩家感覺大部分都好善良。

蕾亞原本以為到了第二天，高階玩家應該幾乎都已經出動了，不過其中似乎也有這種想法特殊的玩家。

「既然你們不回答我，那也沒辦法。總之你們應該是來討伐我的吧？」

「那還用說！我們上！」

他們可能已經擬定好大致的戰略了吧。「災厄討伐戰」曾在社群平臺上引發話題，他們想必都確認過了才對。

他們明明在這麼短的時間內就來到這裡，卻已經想好了作戰策略，就表示他們可能平常就已經在為了有朝一日要來挑戰蕾亞而進行磋商。

身為副本頭目，沒有比這更開心的事了。

「史佳爾。」

✦✦✦

『是，首領。』

蕾亞已經決定要將這次外出期間的戰鬥都交給史佳爾。

可是，既然她姑且正在扮演副本頭目，雖然和剛才的對話無關，還是稍微角色扮演來服務一下客人好了。

「那麼就由我的得力手下，這位【蟲女王史佳爾】來當你們的對手吧。倘若你們成功打敗牠，就有權向我挑戰。你們好好加油吧。」

「三二班全員D二Ro！」

「『D二Ro』！」

對手率先發動了攻擊。

領導人一聲令下，後衛的魔法職之中，有四人施展了像是水系的範圍魔法。

雖然看起來不像有三十二班這麼多，也未必所有數字都代表班。比方說十位數代表大概的職責，個位數是班號。假使規則是如此，那麼三二班的意思就是「第三兵種的第二班」。

魔法的發動關鍵字也讓人很感興趣。既然他們是聽從領導人的號令同時發動，應該就是戰隊內部統一決定好的字了。

以蕾亞至今見過的玩家們來說，以單獨行動為主的玩家會傾向於設定自己獨創的字，以團體行動為主的玩家則多半傾向使用預設字詞。因為如果是單獨行動，選擇自己方便說且不易被對手理解的字比較有利，團體作戰則有必要也向同伴宣告自己要做什麼。

可是眼前的他們憑藉只有戰隊成員才懂的暗號加以統一，成功做到縮短並隱匿發動關鍵字、統一意志以及合作。

和不存在發動關鍵字的「魔眼」的「魔法合作」不同，透過發聲發動技能時，不會進行腦波判定。

也就是說，發動魔法的玩家就算不記得自己剛才說的關鍵字實際上是什麼魔法也沒關係，只要聽從領導人的指示，重述他的話就好。

無論變更成什麼關鍵字，只要領導人全部記得，他便能自由自在地操控魔法師隊。

不對，現在不是悠哉地佩服對方的時候。玩家們施展的是指定座標型的範圍魔法。

並且指定將史佳爾和鎧坂先生都納入範圍之內。

「……我明明說過，等你們打倒史佳爾，我再來當你們的對手。」

雖然不應該現在才這麼說，這款遊戲並沒有制式的規則。

儘管蕾亞說除非打倒暖場的敵人才會親自出馬，既然她在場就有發動攻擊的自由。對方應該是明白這一點，才將蕾亞也牽連進去吧。換言之就是挑釁。

然而蕾亞沒有必要接受對方的挑釁，也沒有必要特別作出應對。

很可惜，就憑四名魔法師的魔法果然不足以突破鎧坂先生的耐性。他們發動的魔法只是弄溼盔甲就沒了。

至於史佳爾則藉由飛行將損害減至最輕。可是牠看起來也沒有受到傷害，頂多就是腳稍微溼掉而已。

「三一班，繼續B二Ha！」

「『B二Ha』！」

結果這次又有其他四人使出雷系的範圍魔法。那個魔法看起來相當高階。能夠讓三一班全員都取得這一點相當令人驚訝。

魔法師玩家在性質上，是團隊之中最講求多功能性的角色，因此通常會傾向，希望儘量取得多種屬性的魔法。

只要對「雷魔法」投入這麼多經驗值，其他屬性的等級便無法提升太多。一旦要提升到同個等級，恐怕就只能再取得一種屬性吧。

要是以後打算參加其他普通的團隊，在對付某些討伐目標時可能會很辛苦，但是只要待在這支戰隊裡，就不用擔心自己派不上用場。

這堪稱是人數眾多的戰隊所特有，精煉純熟的戰鬥技術。

「……啊啊，原來是因為這樣才會使出『水魔法』啊？雷耐性確實會在溼漉漉的狀態下暫時下降。」

然後，打造出這支戰隊的領導人所下達的指示也相當合情合理。

再加上鎧坂先生是以金屬盔甲為基礎構成，屬性耐性之中最低的就是雷耐性。雖然應該加上「原本」二字就是了。

蕾亞有了上次在王都的教訓之後，已經提升鎧坂先生的ＭＮＤ，也順便對ＩＮＴ投入經驗值，之後又解鎖好幾個「地魔法」的技能樹，使其取得「雷耐性」。

即使因為溼掉而稍微影響到耐性，也不會造成太大的傷害。

◆◆◆

從昨天的無名精靈來看，他們似乎變得比當時更強了，然而蕾亞這一方也同樣如此。

「雷魔法」似乎對史佳爾也沒什麼效果。

牠無視攻擊，飛往對手的上空。

「唔！三三班E二I！」

「『E二I』！」

玩家們這次朝上空使出風系的範圍魔法。

那位領導人的判斷力真是令人欽佩。

現在史佳爾正處於在上空飛行的狀態。

一旦在這個狀態下遭到「風魔法」攻擊，無關對方給予的傷害，屆時勢必會產生阻礙移動的效果。假使抵抗判定失敗，史佳爾就會被釘在原地無法動彈。

「一一到一三呈防禦陣形！保護三十號！」

接著領導人沒有看「風魔法」的結果就直接下指令。

史佳爾理所當然成功抵抗了阻礙移動的判定，但是當牠準備發動攻擊時，對手卻勉強趕上了防禦。

可是史佳爾不以為意，立刻急速下降逼近肉盾集團。牠舉起三對手，在旁人以為牠要直接攻擊最前排的時候，從所有手中噴射出蜘蛛絲，捉住幾名前鋒。

由於對手的肉盾都在專心防禦，無法採取切斷蜘蛛絲的應對措施。

史佳爾直接拖走被蜘蛛絲纏住的可憐肉盾職並急速上升。

◆◆◆

一切都發生在一瞬間。

所有人都反應不及。

雖然沒有人看見，其實蕾亞也在鎧坂先生內部半張著嘴看得入迷。

牠以高速往上飛約三十公尺後，順勢將肉盾職往上一拋。

「……我總覺得這幅景象似曾相識。是在埃亞法連見到的嗎？」

縱然史佳爾沒有參與那次作戰，蜜蜂們都是牠的眷屬，牠大概是透過蜜蜂看到的吧。

「……那是什麼啊……咦？這下該怎麼應對才好？我沒有遇過墜落傷害耶……？什麼耐性可以減輕墜落傷害啊……」

對方的領導人也陷入混亂。

儘管他很幸運地沒有被抓走，卻發出錯愕的語氣仰望天空。

可是史佳爾沒有等他作出決斷。

牠再次從上空急速下降，在勉強進入射程後使出範圍魔法。

和可以繼續往上移動的史佳爾不同，地上的玩家無法繼續往下逃。

也就是說，雙方的戰鬥距離的控制權完全掌握在史佳爾手裡。

「……牠好像很喜歡單方面毆打的戰術，不曉得是受到誰的影響耶？」

如今已經沒有任何玩家將注意力放在蕾亞身上。他們大概也沒空進行牽連攻擊和挑釁吧。

LP偏低的魔法職接二連三地減少。

雖然肉盾舉起盾牌想要保護他人，卻不是所有攻勢都能以盾牌抵擋下來。這麼做完全是無濟於事。

看似近戰物理攻擊手的玩家們，則無能為力地化為光線，然後一一消失。對於這一點，蕾亞感到有些同情。

史佳爾現在的魔法威力和從前王都戰時的蕾亞一樣強。沒有被一擊消滅的肉盾們的耐久力堪稱絕佳。可能是託裝備的福吧。

史佳爾用範圍魔法將肉盾以外的玩家一一收拾掉之後，這次牠降低高度，再次噴射蜘蛛絲。

「不要用盾牌防禦！要用劍來砍！要是被抓住就會被帶走！」

剛才被拋開的玩家似乎墜落在遠方某處。既然遲遲沒有回來，那麼他應該是無法再重新振作了吧。

肉盾們用劍揮砍朝自己襲來的蜘蛛絲，轉來轉去想盡辦法不被抓住。他們是在密集的玩家之中這麼做，因此感覺困難重重。

可是為了保護少數倖存的攻擊手和魔法師，他們也不能隨意散開。

那些魔法師也明明都看到史佳爾下降到射程內，卻無法專心攻擊，而是一味地躲避蜘蛛絲。

「唔啊！怎麼回事？」

「液體？是酸嗎？」

那樣的說話聲忽然從玩家集團中傳出。

這大概才是史佳爾的目的吧。

牠混在蜘蛛絲中不時噴射出酸液。蕾亞還以為牠是從嘴巴噴出，結果是從和蜘蛛絲一樣的地方噴射出來。

有玩家以為那是蜘蛛絲便拿劍揮砍，然而和蜘蛛絲不同，酸液就算被揮砍也只會到處飛濺。

其中有些玩家很倒楣地被飛沫濺到眼睛，因為眼睛被判定為部位破壞而陷入黑暗狀態。

儘管酸液的效果不足以融解肉盾身上的金屬盔甲和盾牌，卻能讓近戰攻擊手裝備上的皮革部分受損。他們穿著的是與金屬板結合的複合盔甲，只要皮革部分變得破破爛爛，就沒辦法發揮盔甲的功用。只有金屬板重重掉落在地面上。

話雖如此，即使舉起盾牌想要防禦酸液，真正來襲的卻是蜘蛛絲。這次史佳爾沒有立刻將對手舉起，而是和周圍的玩家一起用蜘蛛絲纏住連成一串，阻礙整體的行動。

此時已經沒有玩家對史佳爾發動攻擊了。

他們全都忙著逃離蜘蛛絲和酸液，無法採取任何戰術行動。

「勝負已定啊……」

要是他們真能打倒史佳爾，蕾亞本來打算親自出馬，這下看來沒辦法了。

史佳爾對幾乎動彈不得的集團擊出幾發範圍魔法後，玩家們便化作光線逐漸消失。

唯獨領導人撐到了最後，然而他最終還是被史佳爾使出的單一「雷魔法」貫穿，就此喪命。

◆◆◆

「……好了，看來應該不會有人來了。」

戰隊戰結束後，蕾亞一行人在原地佇立了一陣子，卻沒有見到前來攻打蕾亞的玩家出現。

雖然偶爾會有像是沒有在看社群平臺的新手玩家來到草原上，他們一見到鎧坂先生就一溜煙地逃走了。

『讓首領在剛才的戰鬥中受到傷害，我實在感到非常抱歉……』

「哎呀，那根本就稱不上傷害，再說那都是他們不肯聽話，或者說行事急躁的錯，妳不用放在心上啦。」

說起頭目戰的小嘍囉，只要換個想法其實也算是一種機關。在頭目攻略戰中，確實不先把機關解決掉的話，即使是打得贏的對象也一樣贏不了。

只不過這次本來就不是能夠打贏的戰鬥，也不是可以解決掉的機關。

「是不是條件不太夠的關係啊？要是他們的生產職玩家之後有能力自行生產文物級道具，我倒是非常希望他們能夠再來向我挑戰。」

如果只要是文物不管什麼都可以，那麼蕾亞和芮咪也做得出來。

既然如此，其他玩家應該也有可能辦得到。

即使不是弱化道具，比方說文物級的劍也好。

假使被那種東西砍到，就算是鎧坂先生恐怕也承受不住。

甚至也有可能會對蕾亞造成傷害，而會受到傷害就表示有可能死亡。

當然蕾亞並不想要中招，然而要是不這樣，就會連最低限度的戰鬥形式都無法構成。

「不過話說回來，是戰隊啊……」

既然他們是在無法透過社群平臺追蹤的地方聯繫合作，情報就完全不會流向我方，這一點令人困擾。

蕾亞原本心想，只要事先確認玩家們的動向，應該就不會像當時一樣落入陷阱輸得慘兮兮，可是他們在無法確認的地方聯繫合作這件事成了一大盲點。

看來必須更加努力強化自身陣營了。

「為了強化我軍，真希望有客人來光顧前希爾斯王都耶。」

現在難度已經降為4顆☆。

蕾亞原以為只要齊格在，就會一直維持5顆☆，可是結果好像不是這樣。

根據驗證結果，王都和王城似乎是分開進行判定。即使齊格只是踏進王都一步，都會一口氣上升為5顆☆。

既然系統將王城視為其他場域，就算有直接前往王城的轉移服務應該也不奇怪，實際上卻沒有那種東西，而且似乎還有著「領域內的其他領域不會被選為轉移地點」的規定。營運方可能是希望玩家一步一步依序前往頭目區域吧。

布朗在艾倫塔爾的領主館可能也是如此。雖然那裡有迪亞斯在，城市卻只有3顆☆。

由於蕾亞，應該說災厄外出中這件事已經被大肆宣傳，坦白說她已經沒必要在這片草原上繼續逗留。

可是螞蟻們還在努力尋找，而且機會難得，她也想把這片草原打造成螞蟻樂園。

◆◆◆

草原旁邊就有作為門戶的城市，因此對客人來說應該很方便才對。

只要將難度壓在1顆☆到2顆☆左右，新手想必就會繼續上門。如果將難度調得太高，反而有可能和其他城市的門戶不一樣而受到不必要的探查，因此不得不將難度固定為1顆☆。

『首領，工兵在地底發現巨大的野獸——對不起，回報的工兵已經死亡了。』

「哎呀，找到了嗎？那麼我們就小心前往吧。」

『是，首領。』

她們飛往工兵蟻被打倒的地方，從一旁宛如土堆的洞窟入口往地底走去。那個入口的形狀簡直就像古老遊戲中，地圖上的洞窟圖示。

雖然入口也很大，地下道更是寬敞到連身高三公尺的鎧坂先生也能站著行走。

這個大小對剛才打倒的鼴鼠來說似乎沒有必要，不過區域頭目可能也會通過這裡吧。

走在沒有一絲光線的地底洞窟裡，讓蕾亞不禁想起里伯大森林。

大森林的地底大洞窟是由工兵蟻所建造，因此酸液的效果使得牆面十分光滑。

反觀這個洞窟則是土壤外露，感覺隨時會崩塌似的。

如果挖掘這個洞窟的是鼴鼠們，那也就可以理解了。

儘管一片漆黑，擁有「魔眼」的蕾亞依舊行動自如。由於無法將這個視野借給鎧坂先生，現在由蕾亞在控制鎧坂先生。

史佳爾似乎同樣行動無礙。畢竟牠本來就在大森林的洞窟內行動，這也是理所當然的事情。

當時牠是用觸角觸碰牆壁來移動，現在卻沒有做出那種舉動。

可能是因為這個觸角增加了類似聲納的能力吧。

『我們快到了，首領。』

「是啊，我看見了。是那邊的大廳對吧？可是從辨識到的MP來看，那個魔獸的強度大概和剛出生的蟻后差不多，沒什麼大不了的。」

來到像是大廳的地方後，只見一隻大鼴鼠坐鎮在那裡。

因為螞蟻是在回報的同時被打倒，蕾亞原以為自己會在進入大廳的同時遭到攻擊，結果並沒有發生那種事。

「好了，對方好像還沒注意到我們，妳要試試看嗎？」

『不「使役」牠沒關係嗎？』

「因為牠感覺和森林類的場域很不合嘛。而且恐怕沒辦法像蟲子、樹人一樣輕易增加數量，要是螞蟻做得到類似的事情，我想就讓螞蟻來做就好。」

昆蟲是種類最多的生物。儘管可能沒有像現實中一樣設定出一百萬種，目前也已經可以生出種類相當多的眷屬。

無論從整體的多樣性還是個別的專業性來考量，只要有蟲女王在，基本上就沒有必要增加新種類的下屬。

雖然現在蕾亞名下沒有適合的場域，因此沒有在進行繁殖製造，其實史佳爾的「選擇種族」清單中也已經增加以水棲昆蟲、節肢動物作為範本的魔物了。

『既然如此，那就交給我吧。透過剛才的戰鬥，我已經確認自己在空對地作戰時有一定的戰鬥力，不過還不是很清楚地對地作戰時的表現如何。』

「交給妳了。」

隨著史佳爾步步近逼，巨大鼴鼠似乎也察覺到了。

牠大概在想怎麼又出現煩人的蟲子吧。

可是，即使史佳爾已經接近到幾乎可以碰到牠，牠還是動也不動。確實若非如此，工兵蟻應該早在認出巨大鼴鼠之前就被殺死，然而牠明明不清楚我方戰力仍擺出這副態度，難道不會有點太處變不驚了嗎？

「……是為了要讓玩家可以發動先制攻擊嗎？不，營運方應該沒有體貼到會特地做這樣的設定。可能這隻鼴鼠的個性本來就是如此吧。」

也許是因為牠比其他鼴鼠來得強大，導致面對危險的感知能力，或者說應對能力鈍化了吧。

在個別寄送的系統訊息中，確實提到了轉移地點是以「由單一勢力支配的地區」為對象。

既然系統上不存在團隊、戰隊這類明確的同伴，所謂單一勢力就只會是單一的角色。假使領域中明明存在許多怪物，卻還是被設定為轉移地點，就表示該領域幾乎受到一個角色支配。換言之，無論PC還是NPC，地下城的頭目肯定都擁有「使役」，是龐大勢力的掌控者。

這只是一種假設，然而從狀況來思考應該不會有錯。只要在打倒這隻巨大鼴鼠後，回程時確認一下其他鼴鼠是否還活著，就一清二楚了。

史佳爾好像本來打算讓對手先攻，大概是對遲遲不進攻的鼴鼠感到不耐煩了，牠將兩手變化成鐮刀狀揮砍。

一時之間搞不清楚發生什麼事的蕾亞又再定睛確認了一遍，結果最上面的手臂果真變成了鐮刀狀。

她急忙查看史佳爾的技能欄，發現只有名為「變態」的項目十分可疑。所謂可疑不是指字面上看起來很可疑，而是說那可能就是原因。

蕾亞早在史佳爾轉生時就已經發現這項技能。

她知道昆蟲的變態是怎麼回事，可是這款遊戲的螞蟻類怪物不會變態，而是從卵開始孵化後就突然變為成蟲。所以她以為系統上不存在變態這個過程，也因為這樣便抱著「要是意思不同就有點傷腦筋了」的想法一直當作沒看到。

然而現在看起來，變態本身確實存在。而且還不是代表生態的必經過程，是能夠在戰鬥、生產時利用的實用技能。

其效果為「將自身身體的一部分或全部，變化成特定的形狀。變化所需的時間可透過追加消費ＭＰ而縮短。變化的部位有可能會依據變化後的形狀，暫時獲得技能。效果時間則依消費成本而定」。

然後所謂特定形狀似乎已經事先決定好了，史佳爾的變態清單已列舉出能夠生出來作為下屬的眷屬特徵。

其中除了現在正在使用的「鐮刀」以外，還有「絲」和「酸」。

剛才的蜘蛛絲和蟻酸大概也是透過「變態」，暫時從手臂前端生出來的吧。

史佳爾之前說的「我的絲和女王的性質一樣」，可能就是這個意思。史佳爾只是藉由「變態」重現女王的吐絲管而已。

「下屬的種類越多，本體就越強，應該可以解讀成這個意思吧。」

只要下屬的種類持續增加，本體在戰鬥時可以運用的能力就越多。

雖然不曉得對於實力比自己強的對手能發揮多少效果，假使實力不相上下，手牌越多，獲勝機率應該就越大。

「節肢動物女王這個種族相當強大耶。不過既然是節肢動物的頂點，想想這也是理所當然的吧。我也得好好努力才行。」

在蕾亞眼前，突然被砍的巨大鼴鼠正急忙想要打扁史佳爾。

史佳爾卻將那條手臂整個砍斷，斬擊範圍很顯然已經超過鐮刀的大小。由於剛才瞬間看到桃紅色的光芒，牠可能發動了某種技能吧。那也許是鐮刀形狀所附帶的暫時技能。

巨大鼴鼠似乎直到手臂被砍斷了，才終於體認到眼前的蟲子有多可怕。

牠改變半躺半坐的姿勢，用後腿支撐身體，一邊用剩下那條手臂的爪子護住臉，一邊瞪著史佳爾。

「哦哦？原來你不是普通的廢物啊？」

土突然從史佳爾背後隆起且爆發。

是土系的範圍魔法。而且還是其中相當罕見的指定座標型。

牠應該是為了從史佳爾的死角突襲才選擇這個魔法吧。

「從前的史佳爾感覺完全不會使用魔法，假設這隻鼴鼠和當時的史佳爾同等級，那麼牠和女王蜂相比應該算是防禦力較低，但是懂得一部分的魔法。再加上牠已經活了一段時間，如今也具備相當程度的實力。」

可是史佳爾已經不是女王蜂。對於這種雖說是頭目，卻不特別專精魔法的對手所使出的低階範圍魔法，史佳爾一點都不放在眼裡。其威力和剛才的玩家們相比也沒什麼大不了。

牠無視魔法，用鐮刀砍斷鼴鼠用來防禦的手臂。

鼴鼠失去雙臂後仍試圖施展魔法，然而在那之前史佳爾的鐮刀便微微閃著白光，將鼴鼠的腦袋砍落在地。

「不過話說回來，色慾魔王配上變態女王啊……算了，反正技能基本上只有自己看得見，只要不說就沒人知道吧。」

『成功討伐冠名級敵人【樂園的鼴鼠群】。』

『場域【樂園遺址】已解鎖。』

公告內容和以前聽到的有些不同。

可能是因為不存在安全區域，無法設定為領地的關係吧。

可是既然出現了這樣的公告，就表示原本支配這裡的單一勢力已經被成功討伐了。

蕾亞可以大大方方地支配管轄這個地方。

「……不對，等一下喔。剛才我們攻擊這個區域時，這個地方的難度應該還是1顆☆。」

蕾亞在那些新手們求援時曾確認過，結果並未發現有人回報難度上升。

「不過仔細想想這也很理所當然，就算實力5顆☆等級的玩家攻打1顆☆的場域，那個1顆☆場域的難度也不會上升。」

那個地下城的頭目和攻擊方玩家並非單一勢力，所以會這樣十分合理。

「這也就是說，我可以派我的下屬去某個地下城故意不打倒那裡的頭目，然後讓下屬假扮那個地下城的怪物去攻擊玩家。

如此一來，就可以只搶走客人而不會讓地下城的難度上升……是這樣嗎？」

整體概念和剛才史佳爾與玩家之間的戰鬥相同，應該沒問題。

「縱然屆時有可能會演變成三強鼎立的狀況……只要調整送過去的下屬戰力，我方應該就有辦法應付所有敵對勢力吧。

但是關於別人的地下城難度是否會產生變化這一點，還是有必要趕緊進行驗證就是了。」

假如只是進行驗證，有個方法現在就能辦到。

那就是取得布朗的許可，一邊確認社群平臺，一邊讓迪亞斯離開艾倫塔爾的領主館。

根據調整前希爾斯王都難度的經驗，只要迪亞斯外出，難度應該就會一下子升至5顆☆。

可是，假使蕾亞的想法正確，在非蕾亞支配地區的艾倫塔爾，即使迪亞斯外出，難度也不會產生變化。

要是這個詭計進行順利，之後就再也不用做調整難度這種麻煩的事情了。

只要挑選地理條件佳的地下城，實質性地掌控那裡就好。

「若是事情進展順利，就能持續獲得經驗值……

啊啊，我就在想怎麼感覺好像似曾相識，原來是那樣啊。整體機制就和里伯大森林的哥布林牧場一樣，只是規模比較大而已吧。」

畢竟交手的小怪都是蟲子和活屍可能會讓玩家感到厭煩，不如攻陷某個地下城讓區域頭目成為下屬，藉此增加魔物的多樣性或許比較好。

由於在那種情況下，頭目和小怪會從被攻陷的地下城中消失，可以的話最好選擇現在不在轉移地點清單上、玩家所不知道的領域。

可是，「壓制不在轉移地點清單上的領域」這句話，總感覺好像在哪裡聽過。

「……萊拉那傢伙該不會……不，應該不可能吧。」

◆◆◆

第五章 報連相完成

轉移服務上線首日。

布朗從領主館的陽臺上俯視城市。

「儘管好像還沒進來，總覺得已經零零星星出現一些人了耶？他們在等人嗎？」

「這座城市沒有外牆，所以和城外沒有明確的分界線。雖然布朗大人說他們沒有進來，既然他們已經進到您的視野中，那麼應該已經可以算是入侵您的領域了吧？」

外斯一臉事不關己地給予建議。

雖然這是一個清新的早晨，布朗、外斯，還有杜鵑紅等人，已經全都能夠在陽光底下自由行動了。

布朗原本心想，如果外斯不是晝行者，就要暫時將他送回伯爵那裡改造強化，看來是她白擔心了。

「……既然外斯先生這麼說，那應該就是這樣吧，嘿嘿嘿。」

「……雖然我不是很明白您在想什麼，您並不需要那樣對在下說話，布朗大人。」

杜鵑紅等人正在屋子裡泡茶。

茶葉是蕾亞送的，茶點則是萊拉贈送的禮物。

布朗原以為既然是吸血鬼就有必要攝取鮮血，可是在系統上單純只有飽足感減少而已。動物的血液只是飽足感恢復的效率最好，實際上吃普通的食物也沒問題，只不過需要比其他種族多攝取好幾倍就是了。

當沒有食物也沒有血液時，喝樹液和植物的汁液也可以。儘管這些的效率不及血液，卻比普通食物來得好。感覺好像蚊子還是什麼別的東西呢。

創作品中的吸血鬼好像偶爾會用番茄汁來取代，其中的原因大概就是這個吧。雖然吸血鬼需要體液，而且最好是動物的體液，要是沒有，用植物的汁液來取代也無妨。

經過一番驗證，目前已知只需以紅茶做成的伯爵奶茶配上茶點水果塔作為一餐，即可恢復飽足感。

好像只要經過烹煮之類的加工，就不會被視為體液，飽足感只能回復到和食用血腸等普通食物一樣的程度。

因此，伯爵奶茶的牛奶在加熱時必須在沸騰前關火。茶葉則要事先用煮沸的熱水泡開，再放入溫熱的牛奶中蒸煮。

「冷靜想想，畢竟吸食鮮血這種事情對玩家來說難度太高，因此會放寬這方面的條件其實也是理所當然吧。」

大概是什麼條件也沒有，變成吸血鬼就沒什麼意義，所以才會透過飽足感和體液以外的食品之間的平衡來營造氣氛吧。

「布朗大人，杜鵑紅她們好像已經泡好茶了。

監視外面的工作就交給在下，您請進屋吧。」

「是嗎？那就拜託你了。」

來到室內，只見迪亞斯已經坐在桌旁，杜鵑紅則正好在倒布朗的紅茶。

「玩家們好像已經聚集過來了呢。」

「就是啊。現在已經有零星幾個人出現嘍。只不過還沒有入侵領域就是了。」

不對，按照外斯的說法，現在應該已經可以視為遭到入侵了。

布朗坐在椅子上，啜飲伯爵奶茶。

今天的茶點是草莓塔。

「甲蟲女王人呢？」

「牠正在屋頂上監視城市。可能是陛下命令我等要支援布朗大人，所以牠卯足了勁吧。」

既然有牠幫忙監視，那就太好了。

結果布朗直到現在，都還沒能使役飛行類的魔物。因為她不曉得要到哪裡才能找到那種魔物，再說她也無暇外出。

因為這段時間，她一直忙著分配透過活動得到的經驗值。

◆◆◆

獲得活動報酬之後，布朗首先做的事情是強化自己。

外斯和迪亞斯等人時常勸導布朗不要親自作戰。由於布朗自己也不想死，她並沒有打算要站上前線，可是她一直很在意之前和伯爵聊到關於吸血鬼血液的事情。

據伯爵表示，把血液分給下屬能夠使其強化，而如果是強大的吸血鬼，甚至可以讓下屬成為更高階的存在。

從前後文來判斷，伯爵的意思應該是這樣沒錯。

若真如此，那麼只要布朗強化自己，讓她的種族從「高階吸血鬼（Greater Vampire）」變成更高階的存在，說不定就能再次把血液分給下屬使其強化。

從前布朗給下屬血液時，她並非「低階吸血鬼（Lesser Vampire）」，而是「吸血鬼」。

由於布朗如今已晉升為高階，現在就算分送血液，可能也不會產生任何變化，不過難得有這個機會，她還是想盡可能試試看。

據蕾亞所言，下屬轉生時偶爾會發生被另外索討經驗值的情況，因此她打算一邊確認自己的狀態列，在種族名稱改變到接近極限時停手。

布朗將之前蕾亞提過的強化下屬系統的技能全部取得，由於這麼做還是沒有變化，她又將經驗值投入到能力值中。

稍微投入一點之後，她的種族名稱變成了「吸血鬼：女男爵（Vampire Baroness）」。

這莫非表示布朗獲賜爵位了？雖然不曉得究竟是誰賜予的就是了。

考慮到以後的事情，布朗覺得先暫時就此打住比較好，然後就把她一開始生出來的三具地生人猩紅、緋紅以及朱紅叫過來。

和以前一樣將血液分給牠們之後，和以前一樣，不，是比以前更加強烈的無力感襲來。

她確認了一下，發現LP所剩無幾。

後來她因為自己默默這麼做而被痛斥了一頓。布朗自己也有好好反省，覺得應該一具一具來才對。

對熟悉的系統訊息表示同意後，變化立刻產生，地生人們的體格不僅大了一號，整體外觀還變得更具攻擊性，氣派的角從頭部向後延伸。

比起蜥蜴人，感覺更像是人形龍的骷髏。雖然看起來變得相當強大，幸好沒有被要求支付經驗值。

牠們的新種族名稱是「龍牙（Dragon Tooth）」。

新解鎖的技能之中有一項名為「天驅」。因為說明表示可以在空中走路，布朗便讓牠們先取得了。

接著布朗把血液分給杜鵑紅她們。

不過她當然是改天進行，並且被強烈要求必須一個一個來。另外迪亞斯還從蕾亞那裡拿來了藥水。因為他說可以儘管喝，布朗就心懷感激地拿來使用了。

杜鵑紅她們轉生時被要求支付經驗值，每個人各兩百點。由於蕾亞說她成為魔王時被索討了四位數，害得布朗一直很心驚膽戰，結果沒想到這個數值意外地正常，真是讓人鬆了口氣。

杜鵑紅她們從摩耳摩轉生成為拉斯忒呂戈涅斯（註：古希臘神話中的巨食人族）。

外表看起來並沒有改變很多，不過變身清單裡面看來增加了巨人這一項。雖然在巨人狀態下無法使用所有魔法技能，ＳＴＲ和ＶＩＴ卻會急遽增加，空腹的速度也會倍增。儘管除此之外和人形狀態無異，由於布朗一直以來主要都強化三人的魔法，實在不算有益的型態。

剩餘的經驗值則用來取得杜鵑紅她們的技能。

首先是「徒手」。這是能夠在未持有武器的狀態下進行近戰的技能，變身成巨人之後應該用得到。

布朗也順便讓她們取得「解體」。因為她想到古老漫畫中，「我要徒手將你肢解」還是什麼的那類臺詞。

可是「解體」需要小型刃物，即使有「徒手」也是枉然。

布朗向蕾亞抱怨這件事之後，蕾亞給了她「既然如此，只要也取得『調藥』，之後『治療』就會解鎖喔」的建議，於是她將「調藥」、「治療」以及「回復魔法」全部取得。

至此，由於她的經驗值已經用盡，強化便到此為止。

另外，杜鵑紅她們之前纏著布朗要求的「黑暗魔法」的「夜幕」，則因為忘記了，結果沒能取得。

◆◆◆

隔天布朗來到城裡，打算將自己的血液各分一滴給所有殭屍。

獲得血液的隨從殭屍變成了低階吸血鬼。

可是因為前居民的人數意外地多，才拜訪完一開始的幾十間房子，天就快亮了。

於是她命令全城所有殭屍隔天晚上到領主館來。

布朗一面輪流接受杜鵑紅、洋紅與胭脂紅的「治療」，一面持續不斷地把血液分給大排長龍的殭屍們。要是這樣還是不夠，就補充另外又向蕾亞追加的藥水。

她在收到這個藥水時，得到了蕾亞「雖然很辛苦，妳要加油喔」的鼓勵。蕾亞的口氣感覺語重心長，她可能也有相同的經驗吧。

由於太陽升起後在外面排隊的殭屍會死亡，這項作業一共花了三天晚上才完成。

不過辛苦也有了回報，總數超過兩千的大型吸血鬼集團總算在艾倫塔爾城誕生。

◆◆◆

「布朗大人，出現入侵城內的玩家了。」

在陽臺上監視的外斯這麼回報。

地下城防衛戰終於要開始了。

這個地下城的難度似乎是3顆☆。雖然不曉得實際上究竟有多難，從有不少玩家蜂擁而至來看，可能沒有多困難吧。

「好～那麼大家就一同努力擊退玩家吧！要是全部殺光，之後可能會沒有人要來，所以逃走的人就讓他逃走吧。可是往深處而來的傢伙必定要將他大卸八塊——！」

◆◆◆

「這裡就是艾倫塔爾啊……人還滿多的耶。」

「畢竟是3顆☆嘛。考慮到最高是5顆☆，若想找一個難度中等的地下城，自然就會找到這裡來吧。」

「……雖然資料上寫著最高是5顆☆，卻不曉得實際難度的最大值，是否真的相當於5顆☆就是了呢。」

韋恩、基諾雷加美許以及明太清單三人依照計畫，來到艾倫塔爾的前方。

他們離開卡涅蒙提城之後，一邊賺取經驗值順便測試裝備的性能，一邊悠哉地持續移動，由於半路上遇到地下城正式完成上線，於是就一口氣利用轉移來到這裡。

「因為災厄所在的前希爾斯王都是5顆☆……假使暫定災厄是5顆☆，那麼3顆☆對我們這支團隊說不定會稍有難度。」

「可是稍有難度的地方應該能獲取更多經驗值吧？」

「也許吧。不過在那之前，我們並不知道難度最大值是不是5顆☆。要是在設定上明明還有更高的難度，卻最多只能顯示5顆☆，那麼災厄就有可能超過5顆☆，而3顆☆也或許會比想像中來得容易一些。」

堅固且不易脫落曾經在社群平臺上這麼說。這一點確實有可能。

無論如何，首先都要將這個艾倫塔爾拿下。縱然他們不覺得自己有辦法一下子就攻陷，倒是可以如基爾所言藉此測試自己的本事。要是這裡也不成功，那麼攻陷前希爾斯王都就完全是痴人說夢。

◆◆◆

「……奇怪？拉科利努森林的難度下降，和這裡一樣變成3顆☆了。糟糕，早知道應該去那裡才對。因為那邊離希爾斯王都比較近。」

「等這邊結束再去就好了吧？話說你還在看社群平臺嗎？快點，我們差不多該出發了。」

基爾催促明太清單，同時往艾倫塔爾城內走去。韋恩也追了上去。

城內一片鴉雀無聲，沒有特別奇怪的地方。除了完全沒有居民以外。

雖然房屋的門窗有被撬開過的痕跡，卻已經全部修復完畢。大概是魔物襲擊這裡後特地修好的吧。

「總之我們就小心前進，避免碰到其他玩家吧。如果對方是可以合作的對象倒還好；如果不是，到時就麻煩了。」

儘管韋恩對於玩家的不信任感已經沒有以前那麼深，即使韋恩信任玩家，ＰＫ也不會減少。信任和不保持戒心完全是兩回事。

所幸避開其他團隊、不妨礙其他團隊，似乎是周邊玩家們的共同認知，他們一路上都沒有遇見玩家們。

可是他們也沒有遇見怪物。

「這樣根本只是在城裡散步……」

「嗯～位於另一頭的大型建築以前可能是領主居住的宅邸。假如那裡是頭目區域，照理說應該會配置魔物，以免有人接近那裡。」

「四周只有民宅耶。而且路上沒有半個人。」

不曉得其他團隊的情況如何？

是已經前往領主館了？還是在房子裡面探索呢？

「……這裡未必沒人喔。這麼說來，我們還沒有確認屋內。」

基爾似乎也有相同的想法，只見他打開附近房屋的門進到屋內。

「……唔喔！是殭屍！房子裡面有殭屍！」

聽到基爾的呼聲，韋恩和明太清單也進到屋內。

房子裡有幾具殭屍，地板上則倒著一具好像是被基爾砍死的。

韋恩也衝向還站著的其中一具，用劍砍成兩半。

若是平常，劍應該會砍到脊椎就停下來，但是這把由Adamas打造的劍不會發生這種事。如果是這種程度的敵人就能一刀兩斷這件事，已經在之前的旅程中獲得證實。

他將殭屍斜劈成兩半之後，又將劍朝另一具的腰部橫向一掃，截成上下兩段。與此同時，基爾也把劍刺入另一具的心臟，結束戰鬥。

「……哦？的確比普通殭屍來得強……不過也僅止如此。」

「外表看起來也不像普通的殭屍耶。感覺挺乾淨……或者應該說沒有腐敗？是因為在地下城裡面不會腐敗嗎？

即使比較強，殭屍依舊是殭屍，從他們身上八成得不到什麼好道具，況且要肢解人類的屍體，感覺也挺那個的。你們覺得呢？」

「這個嘛，我看就放著不管好了。既然房子裡沒有好東西，繼續探索也只是浪費時間吧？」

◆◆◆

「……不過3顆☆地下城的小怪只是殭屍這一點，還是很讓人在意。」

雖然明太清單這麼說，這畢竟是事實，所以也是無可奈何。

「但是他們也有可能原本是很強的殭屍喔。」

儘管幾乎是一擊斃命，我們的武器可是國寶級……好吧，雖然沒有這麼誇張，卻也是成為貴族傳家寶也不奇怪的寶劍。」

基爾說得沒錯。

被裝備牽著走的感覺尚未消失。雖然打鐵店的師傅免費送了特殊磨刀石給他們，讓他們好好保養武器，刀刃到目前為止完全沒有變鈍，也沒有缺角。他們平常所做的保養就只有把沾在上面的血液和油脂擦掉而已。韋恩這麼心想一邊看著劍。

「……基爾，剛才的殭屍果然不是普通殭屍的樣子。」

「哦哦？」

「你看這個。儘管刀刃沒有缺角，劍尖的色澤稍微變黯淡了。我想可能是砍骨頭時稍微造成了磨損。」

「真的假的……哦哦，仔細一瞧，我的劍也一樣。至於盾牌……好像沒有什麼變化。可能因為對方是徒手攻擊的關係吧。」

基爾先前似乎都以盾牌阻擋攻擊。

「3顆☆啊……這座城市本身感覺很普通，可是裡面的怪物相當強悍呢。要是我們沒有更新裝備，應付起來恐怕會更加辛苦。既然其他團隊的實力都是中等程度……搞不好所有人都沒能活著回去。」

經過確認後，三人都得到了不少經驗值。假設韋恩等人是高階玩家，這樣的取得量與和中等程度或實力略低的魔物交戰時相當。

由於之前沒有敵人出現，三人一路闖進城市深處，不過前方未必沒有強大的敵人。社群平臺上的玩家們都預測3顆☆是中等程度，然而沒有人知道實際情況究竟如何。沒有預先準備對策的中等團隊能否打倒這些殭屍實在很難說。3顆☆的場域有可能其實相當於目前高階玩家的程度。

若要再繼續前進，或許應該先準備好退路再說。

「……總之我們先出去吧。既然對手是殭屍，他們應該不會在天亮的時候出來外面走動。無論要前進還是逃跑，最好都待在照得到陽光的地方。」

聽完韋恩的話，一行人急忙來到馬路上。

城內依舊一片寂靜，感覺不到活人的氣息。

「——嗯？」

「怎麼了，基爾？」

「呃，我剛才好像看到對面有東西……可是現在又沒看到了。是我多心了嗎？」

三人才剛得知，原以為是普通殭屍的小怪意外地強大。

即使是小小的疑點也想儘快解決。

可是基爾發現有東西的地方是在城市更深處的位置，實在讓人不敢貿然前往。

◆◆◆

「算了，可能是我看錯了吧。畢竟是一瞬間的事情，而且距離又那麼遠。我也只有見到另一頭的房子的石牆瞬間發光而已。」

「怎麼辦，明太？感覺事情真的很可疑……」

「……我覺得還是現在確認清楚比較好。如果就此撤退，到頭來我們會毫無所獲。反正遲早都必須調查，況且自己這麼說有點厚臉皮，不過我們也算是高階玩家了，即使遇到一點危險，應該也有辦法應付才對。」

「……好，那我們就前進吧。基爾帶頭，明太在中間，我來殿後。」

三人謹慎地前進，可是一路上什麼事也沒發生。

他們花了一些時間緩慢地來到基爾口中發光的石牆前面，卻沒發現任何可疑之處。

「果然什麼也沒有──」

突然間，附近一帶在轟隆巨響中被強光所籠罩。

這恐怕是魔法。而且還是「雷魔法」的範圍魔法。

韋恩自從王都的決戰之後不僅賺到不少經驗值，還有了新盔甲，防禦力和LP也增加許多，然而剛才那一擊令他損失慘重。假使再遭受一次攻擊，他絕對承受不了。

基爾自認是肉盾職，無論防禦力還是LP在玩家之中都是首屈一指，唯獨對雷系魔法束手無策。只見他整個人搖搖晃晃，似乎受到相當大的傷害。

至於明太清單──則已經倒在地上。他是魔法職，防禦力和LP都相對較低。他平時主要都在提升MND，而MND強化的是「精神魔法」和「授予魔法」。澈底專精支援的他，似乎承受不了剛才的傷害。

「……明太……」

「——聽說有人在極短時間內安然離開民宅，所以我才來一探究竟。」

說話聲從上方傳來。

看樣子，剛才施展魔法的存在能夠飛翔。

一名任由烏黑長髮飛揚、皮膚白皙的女性，就像坐在空中似的停佇在那裡。

「結果好像不怎麼樣嘛。區區一發就不行了嗎？」

女性瞬間望向遠方般，同時用手撥整被風吹動的頭髮，俯視著韋恩等人說道。

「不過你們竟敢不自量力地踏進這座城市，這份魯莽的勇氣倒是值得誇獎。你們就帶著這份讚美當作伴手禮到陰曹地府去吧。」

◆◆◆

聽完向蕾亞借來的甲蟲女王，其手下的魔物報告之後，杜鵑紅隨即從陽臺起飛。

報告的內容是有一群人在短時間內，從四名低階吸血鬼潛伏的民宅中活著走出來……好像是如此。

因為布朗聽不懂魔物的話，迪亞斯便幫忙翻譯。

「目前我們在城內的民宅中，各配置了四名低階吸血鬼。對方能夠在短時間內活著離開民宅，就表示他們在短時間內打倒了四名低階吸血鬼。由此可見，對方肯定具備一定的戰鬥力，而且據說沒有醒目的傷勢，感覺也沒有筋疲力盡。既然如此，就有必要格外警戒。」

既然迪亞斯說有必要警戒，那也只能派人前去確認了。

雖然迪亞斯名義上是布朗的手下，他會留在這裡純粹是基於蕾亞的好意。

蕾亞吩咐他要以布朗為最優先，然而這並不表示他會聽布朗的話。真要說起來，他最重視的是布朗的人身安全，只要牽涉到這件事，比起布朗的話，他更會以自身的判斷為優先。

外斯可以說也是如此。

「迪亞斯大人說得沒錯。請恕在下冒昧地補充一句，既然對方的戰鬥力似乎很高，那麼應該毫不猶豫地發動攻擊，一開始就將其擊斃。反正他們好像對自己的本領相當有信心，之後想必還會再來。況且雖說想要確切了解對方的戰鬥力，在沒有任何情報的現況下，也沒有什麼事情非做不可。」

外斯接在迪亞斯之後這麼說，而迪亞斯也贊同他的話。

於是一旁的杜鵑紅聽完之後，便自告奮勇前去確認了。

倘若是杜鵑紅，就有可能只是從上空擊發魔法便將對手全滅，再說最壞時也只要變身成巨人就好。

儘管變成巨人會失去魔法的力量，卻能得到強大的防禦力和ＬＰ，而布朗等人可以在她藉此抵擋對手攻勢時派兵增援。

城中央一旦出現巨人，從這裡也能看見。

如此一來，迪亞斯便會立刻趕赴現場。

假如對方是杜鵑紅打不贏的敵人，屆時也只有迪亞斯有辦法應付了。

◆◆◆

眼前的人類們因為杜鵑紅使出的「光之浴」，好像受到相當嚴重的傷害。

杜鵑紅本來打算一擊就將其燒成黑炭，結果對方不但保有原形，甚至還有兩人存活下來。

他們似乎擁有和之前遇過的人類們等級截然不同的實力。

可是杜鵑紅的矜持不允許她將訝異之情表露出來。

「結果好像不怎麼樣嘛。區區一發就不行了？」

仔細一瞧，那個男人穿戴的全身盔甲上沒有沾上任何煤灰。這也就是說，杜鵑紅的魔法完全經由盔甲傳至內部對其造成傷害，是因為成功突破了盔甲的防禦才得以造成損傷。

如此說來，對那個男人使出「雷魔法」以外的攻擊，有可能會被盔甲彈開，導致效果變差。

另一個站著的男人則穿著像是貼滿鱗片狀金屬的盔甲，而杜鵑紅也沒能對他的盔甲造成任何損傷。攻擊這個男人時也必須留意。

就這麼繼續進攻或許能將兩人澈底打倒，但是因為「光之浴」的再次使用時間還沒結束，無法連續擊發。

要是想擊發其他魔法，結果成效不佳，就只會讓「光之浴」的再次使用時間更晚結束。

必須在等待再次使用時間結束的這段時間，利用魔法以外的手段封鎖對方的行動。

忽然間，杜鵑紅看到一具紅色骷髏從領主館朝這邊凌空奔馳。

那是和她侍奉同一位主人的同輩龍牙。從長相來看，那應該是緋紅吧。

依輩分來說，緋紅等龍牙是杜鵑紅她們的後輩。

龍牙擅長近戰，由於體態輕盈，速度十分敏捷。另外因為名字中有龍這個字，其爪子和獠牙也具備源自龍的攻擊力，相當銳利。基於相同的理由，龍牙也有很出色的耐久力。縱然因為是骨頭，唯獨不耐打擊屬性，斬擊和突刺都很難傷到牠們。

另外，牠們本來是不耐火屬性傷害的骷髏，卻從地生人的時候開始不知為何單獨擁有了「火耐性」。可能因為是紅色的關係吧。不對，那個顏色應該是主人的血色，與火無關。

總之，如此可靠的後輩正從敵方團隊的背後伺機而動，這下可以說穩贏了。稍微得意忘形應該也沒關係。

「不過你們竟敢不自量力地踏進這座城市，這份魯莽的勇氣倒是值得誇獎。你們就帶著這份讚美當作伴手禮到陰曹地府去吧。」

大概是聽見杜鵑紅的這句話了吧，來到附近的緋紅在空中靈活地聳起肩膀，左右搖頭。

緋紅那副與其說眼前的人類們，更像在針對杜鵑紅的態度令她煩躁，於是她一時衝動施展了魔法。

「『地獄火焰』！」

就位置來說有可能也會稍微波及到緋紅，不過無所謂。反正牠有「火耐性」，不會受到多大的傷害，再說只要待會兒用「治療」幫牠療傷就好。

我要好好教導牠，什麼是這種時候對前輩應有的態度——

「啊唔！」

忽然聽見叫喊聲，杜鵑紅往下望去，結果看到應該一開始就被「光之浴」收拾掉的男性魔法師被緋紅的爪子刺穿，化作光線逐漸消失。

「……？」

杜鵑紅不太明白到底發生了什麼事。

男性魔法師被緋紅殺死的地點，稍微偏離了牠剛才死去的位置。

不對，他沒有死去。既然緋紅打倒了他，就表示他並未因「光之浴」而喪命。

因為他想要移動以閃避剛才的「地獄火焰」，結果被緋紅刺穿了。

「韋恩！明太！」

然後另一個身穿鱗片盔甲的男人，似乎也被剛才的火焰燒死了。

獨自倖存的全身盔甲似乎在呼喊兩人的名字。

這個男人的盔甲性能實在驚人。

話雖如此，畢竟他是近戰物理職，沒辦法給予空中的杜鵑紅有效打擊。

那麼，被緋紅刺穿的那名男性魔法師又是如何呢？

假使那名魔法師擁有和盔甲、劍等裝備同等程度的威脅性，未必不會對身處上空的杜鵑紅進行某種致命攻擊。

◆◆◆

莫非他正是因為有此盤算才裝死嗎？

若真如此，那麼緋紅或許可以算是救了杜鵑紅一命。

杜鵑紅的度量沒有小到不願意承認後輩的功績。

那麼就看在這份功績的分上，不教導牠對待前輩應有的態度好了。

金屬盔甲男企圖揮砍突然現身的緋紅。可能是因為他打倒了魔法師吧。

那個男人似乎更無法原諒對所有人造成傷害，又打倒鱗片盔甲的杜鵑紅，卻礙於她身在空中而無法出手。

面對男人的斬擊，緋紅也挺身應戰。然而，即使是緋紅的爪子，也無法對男人的全身盔甲造成傷害。

可是就憑男人的技術，也無法讓劍擊中緋紅。因為緋紅的移動速度比男人的劍速來得快。

杜鵑紅趁著緋紅在地上和男人玩耍時，在上空等待再次使用時間結束。

再次使用時間一結束，她立刻朝男人施展雷系的單一魔法。

雖然男人每次都怒瞪上空的杜鵑紅，除此之外他也無能為力，只是白白製造可乘之機，害自己遭緋紅毆打而已。

「儘管花了不少時間，看來是時候結束了。」

緋紅衝上天際，和男人拉開距離。

一副不想受到牽連的樣子。

杜鵑紅見狀，立刻連續擊發自己所擁有的「雷魔法」。

◆◆◆

大概是ＬＰ所剩無幾，男人在杜鵑紅全部擊發完畢之前便化為光線。

◆◆◆

「啊，回來了。情況如何？」

「對方的實力不怎麼樣。」

「既然實力不怎麼樣，應該不需要花這麼多時間吧？而且還把緋紅大人也帶去了。」

杜鵑紅怒瞪提出質疑的外斯。

這時迪亞斯出聲說：

「沒有人懷疑妳的工作能力，只不過妳最好正確地回報情況。即使那些傢伙一度被打倒也不代表真正死去，他們之後必定還會現身。倘若這次的情報沒有正確傳達，下次他們出現時，說不定就會危及妳的主人。我想外斯大人想表達的應該是這個意思。」

「唔！非常對不起！」

從杜鵑紅的話中聽來，那三名玩家似乎比其他玩家強上許多。

明明除了杜鵑紅以外緋紅也在，卻花了這麼多時間，這一點實在令人訝異。

玩家們之所以能夠承受兩人的攻擊，似乎是託身上盔甲的福。居然連緋紅的爪子都刺不穿，可見其性能相當驚人。根據杜鵑紅的推測，似乎只有一定程度以上的「雷魔法」，才能進行有效的攻擊。

「只有一定程度以上的『雷魔法』才有效……唔嗯，簡直就像陛下的鎧坂大人呢。」

「凱伊班……？啊啊，你是說凱伊，班·仙森？咦？意思是他們的裝備和那個機器人一樣堅硬？這也太難纏了吧！」

話雖如此，這次總算是成功打倒對手了。

對方的經驗值應該已經因為死亡懲罰而減少，即使要再次挑戰，想必也會過一段時間才來。

我方也必須在那之前努力賺取經驗值，做好再次迎戰的準備。

「不過，裝備和蕾亞姊的裝備同等級的玩家啊……下次見到蕾亞姊再告訴她好了。」

◆◆◆

第六章　雙重召喚

蕾亞讓史佳爾生出新的女王蜂，並且把圖爾草原交給女王蜂掌管。

她既沒有另外給予女王蜂經驗值使其成長，也沒有讓牠去研習。既然是1顆☆的地下城，現在這種程度就夠了。

蕾亞讓新女王喝下各種藥水，使其生出大量步兵蟻和工兵蟻，而且放到草原上。

假使頭目領域被視為其他場域，那麼只要蕾亞等人待在這個大廳裡，難度應該就不會改變。目前社群平臺上也沒有出現引人注目的留言，頂多只有全滅的新手玩家們提出警告而已。

「不過，難度明明完全沒變，地下城的規格卻改變了，這樣會不會讓人產生不信任感啊？」

讓難度因為地下城的變化一度改變，或許會比較有真實感。

於是蕾亞偕同史佳爾來到草原上。

「……馬上就有玩家起反應，在社群平臺上留言了呢。外出的瞬間果然立刻就變成5顆☆啊……這下可以確定頭目區域被視為其他場域了。」

所幸結果立刻就分曉。

如今，圖爾草原十分受到關注。玩家們迅速作出反應是件好事。

蕾亞順便聯絡布朗，告訴她難度可以改變之後，請迪亞斯離開領主館。

艾倫塔爾的關注度也很高。有徘徊型頭目這件事，讓那裡也受到不少玩家歡迎。

根據社群平臺上的留言，徘徊型頭目出現在艾倫塔爾時難度會一度上升至4顆☆，因此馬上就會知道。雖說馬上就會知道，卻也只有身在某個城市裡才能看見轉移清單，有人在地下城內就沒辦法。

那個徘徊型頭目好像是布朗手下的三名吸血鬼女孩。據布朗表示，由於之前有異常強大的玩家出現，她才緊急派出一人去應付，試圖警告對方：「不要來為中級玩家準備的3顆☆地下城，到難度適合你的地方去玩。」

另外根據迪亞斯的報告，那些異常強大的玩家似乎穿著以精金之類的金屬製成的護具。

由於精金本來就存在於大陸的礦脈中，蕾亞早就知道總有一天會被人發現。雖然比預期中來得早，卻是無可避免的事情。

這件事只要蕾亞再次狂灌藥水、拚命量產賢者之石，讓精金系列升級就能解決。

「……艾倫塔爾有專屬的討論串啊？真讓人羨——啊，原來拉科利努也有啊。是因為在綜合討論串裡面討論不完嗎？

呵呵，前希爾斯王都也有耶。雖然現在還沒有人來才對……大家好像已經知道難度下降的事情了。」

儘管完全沒有前希爾斯王都內部的情報，卻已經有人開了討論串。

偷偷看了一下，發現裡面已經提到難度降低的事情，而且由於災厄同時出現在圖爾草原，於是有了是災厄不在才使得難度下降的結論。

◆◆◆

可是玩家們害怕災厄不曉得何時會回來，目前還沒有人打算去攻打。

「只要看到好幾天都維持4顆☆，應該沒多久就會有人來了。

好了，至於迪亞斯正在散步的艾倫塔爾……難度果然沒有變化。這麼一來，就可以實行將他人的地下城牧場化的計畫了吧。」

為了保險起見，蕾亞一邊查看社群平臺一邊等待，結果遲遲沒有人回報難度產生變化。即使一直放著不管，迪亞斯也很可能會在路上遇到玩家，於是她聯絡迪亞斯，要他在還沒被發現之前回去。

蕾亞透過確認最新情報，大致得知她想要利用艾倫塔爾驗證的事情。

雖然那則討論串已經沒有利用價值，她還是往前爬文看了一下之前的留言，結果發現一個有趣的事實。

「被艾倫塔爾的徘徊型頭目打倒的人原來是韋恩他們啊！如果是這樣，就表示他們手中握有精金材質的裝備了吧。儘管社群平臺上並沒有明確這麼說。」

姑且不論韋恩，與他同行的基諾雷加美許和明太清單是頂尖玩家，他們能夠取得最新道具很正常。

可是說到採礦和鍛冶，最有名的就屬謝普王國。假使精金之類的素材在市面上流通，也應該是在那個國家才對。

就蕾亞所知，韋恩等人和謝普王國並沒有特別深刻的連結。

他們究竟是在哪裡取得的呢？

「——我知道了，是在王都的那個時候吧。他們八成在我收回之前就偷偷占為己有了。」

真虧他們在那團混亂之中居然還有餘裕做那種事。

在蕾亞看來，雖然名叫韋恩的玩家腦袋不差，視野卻很狹隘，給人只要相信一件事就會埋頭向前衝的印象，因此這一點令她有些意外。她沒想到韋恩是個有辦法臨機應變的人。

蕾亞稍微回想起當時的事情。

那次失敗帶給蕾亞的，不只是追求強大但不驕傲自滿的決心。

還有能夠獲得大量精金塊這件事。

只要讓精金們重生就能無止盡得到精金塊這一點，是她過去的盲點。

可是，經驗值相同、相同勢力之間的戰鬥不會出現掉落道具。

話雖如此，一般的敵人無法打倒精金們，即使和韋恩那群玩家交手，要在他們拿走掉落道具之前搶回來也很困難。

「等哪天有空，不如來和萊拉玩一場戰爭遊戲好了……以把戰利品歸還給對方作為條件。」

無論如何，該確認的事情都已經確認完畢。

草原的交接工作也已經完成，倘若蕾亞再繼續待在這裡，會妨礙營業。

於是她決定暫時回城裡關心凱莉等人的狀況。

◆◆◆

「土地收購得還順利嗎？」

「是的，首領。我們已經買下大馬路旁的所有黃金地段和倉庫區了。因為工匠區即使報上領主的名號，對方還是不肯點頭答應，目前進度處於停滯狀態。之後我們打算去住宅區……」

領主館內只有凱莉一人，其他三人大概都親自到城裡進行交涉了。從那之後才過了短短半天就有這樣的成果，實在令人驚訝。

蕾亞將鎧坂先生和史佳爾一起留在圖爾草原的頭目房裡。因為史佳爾必須在圖爾的蟻后產卵告一段落之前代為指揮，鎧坂先生則是體型過於龐大，待在領主館裡會很礙事。

「住宅區不用勉強沒關係，反正我們已經控制住領主了。還有，妳去把已經買下的黃金地段和倉庫區的前所有權人們叫到領主館來。我要『使役』他們，而且讓他們照之前那樣生活。畢竟不這麼做，就會太引人注意。至於工匠區……芮咪人在那裡啊？既然如此，就讓她一一『使役』他們吧。」

難得有這個機會，蕾亞打算以這座城市的工匠區作為生產據點重新開發。

里伯大森林的鍛冶場只不過是蓋在森林裡的臨時設施。蕾亞目前完全是憑藉技能讓下屬們為精金塊進行加工，不過使用專業設備和工具應該可以做出品質更好的產品。

另外只要參考這座城市的設備，應該也能讓大森林的臨時鍛冶場和其他作業場升級。

之後她打算將里伯大森林作為試作開發，這座里夫雷城的工匠區則作為量產加工之用。只要災厄離開圖爾草原，玩家們應該就會再次回到這座城市。

✦◆✦

因此必須趁現在讓工匠們製造適合新手的裝備和道具，以供應所需。

適合新手的裝備交給實習生製造，精金裝備則交由等級較高的專業工匠來量產。如此一來不僅能獲得經驗值、提升戰力，還可以順便賺到金幣。

「就算玩家到處移動這件事不會以走私的形式對流通造成打擊，玩家所擁有的資產隨玩家移動的現象也不會停止。

只要前希爾斯王國大受玩家們歡迎，金幣就會跟著玩家從大陸各地聚集而來。」

資產移動的結果是國家之間產生貧富差距。

而且前希爾斯王國這個國家已經不存在了，因此其他國家的領袖恐怕不會注意到那個差距，頂多只會納悶玩家們把金幣存到哪裡去而已。

據說這片大陸上所有國家都是使用相同的貨幣，而且還是金幣。

換句話說這片大陸的經濟屬於金本位制。既然只有一種貨幣，就表示不存在匯兌行情。

意思是各國持有的金幣數量直接關係到該國的經濟實力。

既然每個國家都沒有屬於自己的貨幣，自然無法花錢將金幣買回來。也就是說，ＮＰＣ沒有任何方法可以填補已經產生的貧富差距。

在此之前各國很少發生衝突，也鮮少有貿易往來，因此經濟實力稍有落差也不成問題。

可是當未來國家之間的交流因玩家而暴增，屆時可就不是這麼回事了。經濟影響力薄弱的國家甚至會逐漸失去發言權，除非把國內所有東西賣掉換成金幣，否則總有一天會撐不下去。

「不過，應該不至於馬上就演變成那樣啦。」

◆◆◆

要是玩家、物品以及資產朝前希爾斯聚集過來，屆時里夫雷恐怕將會成為流通的樞紐。必須儘快命令領主在外側建造第二外牆，擬定都市的擴張計畫才行。

這麼一來，就會有更多土地和店鋪可以租借給精於牟利的玩家們，同時也會有許多NPC因受到蓬勃生機吸引來到這裡。

只要利用戶籍、居留簽證來管理所有居住和買賣，就有可能從玩家身上收取較多的稅金。

蕾亞並非不想讓其他玩家們做生意，只是希望他們的買賣是在蕾亞的掌控之下進行。

「啊，我看把凱莉妳們之中的誰送去那座火山的山腳下好了。讓那個人在那裡『使役』石頭魔像群，當成這座城市的外牆材料使用。」

這樣應該可以縮短工期，而且資材自己會移動這一點也能省去不少麻煩。

「如果是這樣，那就交給瑪莉詠吧。比起人類，應付岩石對她來說應該比較輕鬆。再說她擅長『冰魔法』，想必自己一人就應付得來。」

「接下來是以重新開發為由，對居民實行登記制度。編列所有居民的戶籍，以清楚區分玩家和居民。」

「那件事請交給我處理。」

才在想怎麼會有陌生的男性說話聲，原來是領主。

「也對，城裡的事情還是交給你比較恰當。呃，你的名字是？」

「我叫艾伯特，艾伯特・澤巴赫子爵，陛下。」

「好帥氣的名字！奇怪？你不姓里夫雷啊？」

「是的，因為我等一族原本是在王都生活的袍服貴族。原先治理此地的領主失勢之後，我的祖父因揭發其不法行為而獲晉升爵位，自此便代替里夫雷子爵統治這裡。」

既然艾伯特這麼說，蕾亞便將事情全權交給他處理，順便吩咐他推進都市擴張計畫。

之後蕾亞找來瑪莉詠，和她商討籌措資材的事宜。

艾伯特的「使役」是尊貴人類的標準技能，使用起來不方便，因此蕾亞在讓凱莉和瑪莉詠等人取得「召喚施術者」以便移動的同時，也順便讓艾伯特先取得各種技能。

「那麼接下來就拜託你們嘍。我有事情要回里伯大森林一趟。」

◆◆◆

由於蕾亞把史佳爾也帶出來了，她原本很猶豫應該以誰為目標發動「召喚施術者」，最後她決定移動到白魔身邊。

從火山回來之後，蕾亞就讓狼群一直待在里伯大森林遊玩，不過現在有了新工作，正好可以藉此機會解釋工作內容。

『歡迎回來，首領。草原那邊怎麼樣了？』

「我回來了，白魔。我順利支配那裡了喲。而且連城市也順便一起了。雖然這是我第一次支配人類的城市，我想只要交給新『使役』的艾伯特他們就沒問題。」

為了讓他們能夠獨自進行作業，蕾亞已經和他們討論好所有事宜。她不僅提升領主艾伯特的

ＩＮＴ，也事先提升能夠在緊急時刻幫忙輔佐的老管家ＩＮＴ。

「然後我有新工作想要交給白魔你們，並且希望你們所有人能夠一起負責。小狼們也長大了不少對吧？我想是時候交付工作給牠們了。」

『那真是太好了！我立刻就去叫牠們過來！』

一說完，白魔便離開洞窟，凌空朝某處奔去。

其實蕾亞可以用「召喚」把牠們找來，既然牠會凌空奔馳，應該也花不了多少時間。蕾亞決定留在原地等待。

從前這個洞窟裡面住了兩隻冰狼和六隻小狼，如今感覺空間變得好狹小。

小狼們以前給蕾亞的印象是無時無刻都在嬉鬧，現在卻一副乖巧地安靜坐著。看牠們的樣子，似乎已經具備可以把哥布林當成玩具的戰鬥力了。

『也就是說，我們八隻只要去其他魔物的領域，然後在那裡大鬧就好了嗎？』

「但是只能去首領指定的地點喔？另外還要找出該領域的首腦下落，小心不要讓玩家打倒那名首腦。』

『知道啦。』

小狼們不住點頭。

蕾亞沒有和牠們加入好友，因此無法交談，看牠們點頭的模樣，想必都明白她的意思了。

「話說回來，小狼們應該就快長大，或者應該說成年了對吧？具體來說怎樣才算長大呢？」

雖說是小狼，應該可以在某個時機點去掉小狼的「小」字。

從白魔和銀花的口吻聽來時間應該就快到了，卻不曉得那是什麼時候。

聽說白魔牠們以前在原本的狼群裡時，是時候一到就自動變成冰狼，可是既然牠們已經被蕾亞「使役」，實在很想像種族會自己改變。

在這款遊戲裡，大致所有事情都只要有經驗值就能解決。

給與牠們賢者之石或許可以強制使其長大，然而對尚未發育為成體的魔物這麼做，實在令人卻步。讓牠們以嬌小的體型轉生感覺好可憐。

『雖然不是很懂，我認為能夠在首領在的時候成長是件好事。』

蕾亞決定先隨便提升其中一隻小狼霙的能力值。

她一邊觀察一邊慢慢調整，沒多久就收到了系統訊息。

『眷屬已滿足轉生條件。』

『要允許轉生成為「灰狼」嗎？』

「哦，滿足條件……奇怪，不是冰狼啊？」

難道小狼指的是所有狼類魔物的幼體嗎？

然後會成長為什麼，則因條件產生分歧。

假如是這樣，斯寇爾和哈蒂便有可能已經是最高階種。蕾亞原本還在想，不曉得能不能變成芬里爾，然而芬里爾或許是經由不同途徑轉生而成。

「……那就讓霙成為灰狼好了。我對於之後會變成什麼有點感興趣。」

於是霙被光線籠罩的身體逐漸變大，變化結束時體型已長成和從前的銀花相當。

接著蕾亞試著讓雹學會「火魔法」，並且和霙一樣提升能力值。

『眷屬已滿足轉生條件。』

『要允許轉生成為「灰狼」嗎？』

『要允許轉生成為「炎狼」嗎？』

「我本來還擔心，如果條件是要在特定地區待上一定時間該怎麼辦，看來分歧是隨取得技能產生。」

之後她也讓其他四隻轉生。

霰成為「冰狼」。

吹雪成為「風狼」。

小米成為「空狼」。

粗目糖成為「森狼」。

炎狼、冰狼、風狼都只要取得各個屬性的技能即可，可是使其取得「地魔法」、「雷魔法」、「水魔法」時卻都沒有產生變化。

由於在讓系統保留課題的情況下，隨便讓小狼取得其他幾項技能之後選項增加了，因此推測「空狼」和「森狼」應該是透過取得複合式技能解鎖。

只不過，蕾亞已經搞不清楚哪個才是關鍵的取得條件。

成為灰狼的霙在前小狼之中體型最大。看來似乎專精近距離戰鬥。

炎狼雹為紅黑色調，非常帥氣。不同於使其取得的「火魔法」，牠好像可以取得其他火焰類的技能。這一點和冰狼一樣。能夠在魔法的再次使用時間結束前改用其他技能，這樣的技能配點堪稱十分利於作戰。

因為霰是冰狼，就和從前的銀花一樣有著白色毛髮。

風狼吹雪是翡翠色。由於腹部的毛色偏白，比其他孩子看起來更像哈士奇犬。牠也能取得「風魔法」和風系技能。另外牠好像也能學會好幾種輔助移動的技能。由此可見，這個種族的行動力十分敏捷。

空狼小米的毛色是優雅的淺天空藍。牠從一開始就解鎖了「天驅」這項技能。蕾亞最後讓牠把幾乎所有可取得的魔法種類都取得了，因此消費的經驗值最多。

轉生成森狼的粗目糖為深綠色，新取得的技能是「植物魔法」，這一點算是一如預期。蕾亞之前在取得「植物魔法」時需要先有「光魔法」，不過應該也有像這樣不需要前提，即可憑藉種族特性取得技能的例子。

之後蕾亞又再次提升六隻的ＩＮＴ，並且教導牠們如何使用背包和加入好友。至於好友聊天功能的使用方法，則交給白魔牠們去講解就好。

依目前來看，牠們的戰力應該足以游刃有餘地攻陷３顆☆等級的地下城吧。

「你們原本出生在北方的森林對吧？以國家來說，應該是威爾斯王國那一帶嗎？既然如此，你們就順便返鄉去看一看吧。要是願意，也可以壓制故鄉的森林喔。」

如果是轉移地點清單上有的領域就更好，不過就算不是也無妨。

◆◆◆

只要牠們聽從指示讓頭目活下來，如果那是不在轉移地點清單上的領域，之後蕾亞就能闖進去「使役」頭目，增加手中可運用的人力。

白魔牠們的戰力充足，只可惜數量太少，要掌控整個地下城領域恐怕有困難。

既然如此，比起管理牧場，讓牠們以游擊隊身分隨意攻擊地下城或許比較適合。

送走白魔牠們之後，蕾亞接著來到哥布林牧場。

既然可以大規模地將他人的地下城牧場化，之後就不需要小規模的哥布林牧場了。

蕾亞打算「使役」牠們，將哥布林部隊編入魔王軍中。

也就是說，之前一直持續遭到蕾亞壓榨的哥布林們，接下來將在蕾亞手下成為壓榨他人的那一方。

「——所以說，儘管我們雙方可能存在一些疙瘩，希望今後你我能夠放下恩怨，為了打造彼此更美好的將來一同攜手合作。」

她對一名像是老大的哥布林這麼說。

可是牠們無法理解蕾亞說的話，應該說可能連蕾亞是誰都不知道。

「『使役』。唉呀，別逃。『恐懼』。」

她讓哥布林老大成為眷屬，而且用「恐懼」使其他哥布林僵在原地。

「首先是身為老大的你。我想想喔，至少先將你強化到和精金領導人差不多強好了。」

蕾亞拿出賢者之石Great，扔向哥布林的老大，也就是牠們的領導人。

◆◆◆

個子矮小但肌肉精實，額頭上有著小小圓形肉瘤的綠皮膚中年男性——好吧，其實牠是哥布林——那名哥布林對蕾亞說：

◆◆◆

「這座森林裡的同胞全都成為我的眷屬了，陛下。」

蕾亞盡可能提升哥布林老大的ＩＮＴ和ＭＮＤ之後，牠變得能夠流暢地與人交談。

牠已經從哥布林領導人，轉生成為哥布林將軍。

能力值也相應提升，目前暫時具備和精金領導人同等程度的戰鬥力。

蕾亞還讓牠配備從里伯大森林的鍛冶場製造出來的精金盔甲和劍的試作品。

既然都提升牠的ＩＮＴ了，蕾亞決定也一併讓牠取得各種魔法。像是「精神魔法」、「調教」、「死靈」，以及來自「召喚」的「使役」。

牠或許是這幾天蕾亞投入經驗值最多的眷屬。

後來蕾亞吩咐牠「使役」這座森林牧場中所有的哥布林，因此牠剛剛才來報告此事。

「辛苦了。我希望你們做的事情，是去攻擊未受我們支配的領域。具體來說——」

蕾亞針對地下城牧場化計畫進行說明。

「我已經明白詳情了。為此，我希望能夠準備幾個用來對抗強敵的特殊護身符……」

「啊啊，說得也是呢。無論狩獵類還是護身類的都需要吧。我知道了，我就給予你所需的裝備和經驗值吧。」

被玩家或敵對NPC打倒是無所謂，然而即使是那個時候，蕾亞唯獨不希望這名將軍死去。因為將軍一旦死亡，身在其他戰線的哥布林們也會全數喪命。

「我會事先聯絡鍛冶場，你待會兒再過去一趟。然後是追加……我就先給你這些經驗值吧，至於細部分配就交給你了。」

「非常感謝！」

「那就拜託你嘍。呃……啊～說得也是呢。我想想……戈斯拉克。」

「哦哦，莫非那是我的……？」

「沒錯，這是你的名字。」

既然已經讓白魔牠們自由發揮，蕾亞希望哥布林們可以依照當初的目的，努力將清單上的領域牧場化。

「那麼我之後再傳喚你。你就在那之前先做好準備吧。」

◆◆◆

蕾亞完成在里伯大森林該做的事情後，又再次飛回里夫雷城的領主館。

儘管忙得不可開交，這也是沒辦法的事。因為她想嘗試的事情還沒結束。

「陛下，我已經依照您的指示進行了。關於戶籍這方面，我已經告知所有人最晚後天要前來登記申請，並且預計會在期限過後進行實地調查。」

「辛苦你了，艾伯特。」

「可是陛下，恕我冒昧問一句。只要直接控制所有居民就好，何必如此大費周章呢？有了陛下所賜予的特殊『使役』技能，這麼做並非不可能……」

「不，支配所有居民對我們沒有好處。」

營運方傳送過來的系統訊息中寫著「將設置前往由單一勢力支配之地區的轉移服務」。NPC怪物的支配地區似乎經過特別挑選，然而如果是答應條件的玩家支配的地區，恐怕就會全部被選為轉移地點。即使設置時沒有被選為轉移地點，玩家後來新支配的地區應該也會自動出現在清單上。

假使蕾亞現在讓里夫雷城的居民們全部成為自己的下屬，里夫雷城就會變成由單一勢力支配的地區，並且恐怕會出現在轉移地點清單上。不僅如此，城裡的安全區域和轉移門戶應該也會跟著消滅，這麼一來就沒意義了。

「原來是因為這樣啊……我明白了。我會盡可能避免使用『使役』。」

「麻煩你了。儘管不曉得具體上會在什麼樣的比例下被視為『由單一勢力支配』，至少不應該在這座城市進行嘗試。」

這座城市是連接人類城市和地下城的重要門戶。

若要嘗試，應該選擇重要性沒那麼高的城市。

「對了，你可以借我椅子或是床嗎？」

蕾亞來到這座城市的目的，並不是向艾伯特說明地下城。

蕾亞來到向艾伯特借用的領主館客房後，便從背包取出幾個賢者之石放在桌上。

『凱莉，我有件事想請妳幫一下忙，我可以把妳找來領主館的客房嗎？』

『當然可以，首領。』

她躺在床上，借用因「召喚」現身的凱莉身體。

蕾亞已經好久沒有像這樣用凱莉的身體行動了。

不用說，在這種狀態下當然無法使用「飛翔」和「魔眼」。

不過可以使用「召喚」。話雖如此，這也是凱莉本身的技能。只能隨機傳喚，或是傳喚凱莉的眷屬。

她從凱莉的眷屬名單中隨便選了一個人，利用「召喚施術者」前往那個人的所在地。

蕾亞這麼做是想實驗看看，在只將精神「召喚」到眷屬體內的狀態下，如果利用該眷屬的技能發動「召喚施術者」會發生什麼事。

視野切換，眼前出現一名六十多歲的男性。

「是凱莉大人啊。您要是先告訴我一聲您要來，我就會前去迎接……」

「啊啊，抱歉，現在你眼前的不是凱莉。我叫做蕾亞，是凱莉的主人。」

蕾亞簡短地自我介紹，並且向男人解釋「召喚」的原理。

這名男性應該就是從名單中選擇的【古斯塔夫・烏爾班】。

看來雙重召喚似乎可行。

「沒、沒想到居然是蕾亞陛下，我真是太失禮了。我是這個烏爾班商會的會長，名叫古斯塔夫・烏爾班。」

蕾亞對烏爾班商會一無所知，不過從她對凱莉下達的指示來推測，那應該是位於大馬路黃金地段上的商會吧。

他好像是人類商人。這樣正好。

「因為我想要進行小小的實驗，才會借用凱莉的身體，而其中一項實驗剛才已經成功了。至於另一項實驗，這次我想請你幫忙，可以嗎？

具體來說就是我想使用某個道具，看看能否讓你變成尊貴人類，也就是貴族。」

「讓我變成貴族！這、這實在是……」

「我不打算勉強你。要是你不願意，我就去拜託別人——」

「我、我願意！請務必讓我幫忙！」

雖說是貴族，其實並不會成為制度上的貴族階級，只是種族變成貴族而已。

蕾亞原以為他會以此為由拒絕，然而仔細想想，希爾斯王國已經不存在了。即使這個名叫古斯塔夫的男人自稱貴族，也不會有什麼害處。

如果他願意，蕾亞其實也可以在自己的領地賦予他貴族階級的權利。

「……那好吧。那麼，這個給你。」

她從懷中取出賢者之石交給古斯塔夫。

古斯塔夫隨即被光線籠罩——

『確認玩家的腦波。將取消自動處理。』

『眷屬已滿足轉生條件。』

『要允許轉生成為「尊貴人類」嗎？』

（原來會變成這樣啊？）

蕾亞暗自竊笑。

這項實驗的目的，是要測試在借用眷屬的虛擬化身的狀態下，蕾亞能否聽見向該眷屬發出的系統訊息。

從字面上來推測，對ＮＰＣ支配的眷屬使用賢者之石的時候，照理說應該會進行自動處理。ＮＰＣ聽不見系統訊息，自然也就無法回答，這可以說是不得已的處理方式。

然而，當有玩家介入其中時，便會交由那名玩家來進行判斷的樣子。

（允許。）

『開始轉生。』

而且也能透過腦中的念頭表示同意。

「換句話說，只要借用某人的身體，即使是我也能假扮成玩家了吧。」

可是也有一點必須留意。

那就是背包。在這種狀態下無法使用背包。

◆◆◆

剛才蕾亞會從懷中取出賢者之石，是因為沒辦法將賢者之石放進背包裡。

背包似乎是一個徹底的私人空間，除了本人，其他人無論如何都無法干涉。

「真有必要時，只要迅速變回凱莉請她拿出來，然後我再進入她的身體就好……」

只不過，要在玩家面前徹底扮演玩家，最快的方法就是在對方面前使用背包。

雖然玩家在玩家面前假扮玩家這句話聽起來很愚蠢，因為有可能會需要那麼做，這也是沒辦法的事。

「……哦哦，這就是貴族……」

「啊，我忘了。」

蕾亞讓古斯塔夫成為了尊貴人類。

外表和之前沒有什麼變化。雖然因為種族特性，似乎讓他的長相變好看了，卻也沒有到判若兩人的程度。

「你現在應該已經可以使用，讓貴族之所以是貴族的『使役』技能。另外我也順便賦予你『精神魔法』，然後稍微提升你的INT和MND好了。這是感謝你協助實驗的謝禮。既然你是商人，這些應該會對你有用。」

之後，蕾亞提醒他儘量不要對居民發動「使役」。

古斯塔夫幾乎要讓額頭貼地一般深深低頭，聆聽蕾亞的話。

「那麼我還有事情要辦，今天就先告辭了。以後就拜託你了。」

她背對依舊低頭目送自己的古斯塔夫，走在大馬路上。

◆◆◆

目的地是傭兵公會。

雖然也可以向人問路，反正應該就位在大馬路旁，就一邊找順便散步吧。

蕾亞已經好久沒有像這樣正常地走在城裡，感覺非常新鮮。

「從設置了路燈這一點來看，這裡的治安果然很不錯，而且街上的人們也充滿活力。既然這座城市是靠著草原來維持生計，傭兵公會應該會位在醒目的地方才對……啊，是那個嗎？」

她看見幾個與其說是傭兵，看起來更像是玩家的人們進到公會裡。

看來那棟建築果然就是傭兵公會。

蕾亞也一副若無其事的模樣穿越公會的門。

◆◆◆

建築內部的氣氛十分詭異。

原因出在玩家們身上。一進入建築，那些往深處房間走去的人們還算好，有問題的是那些站在大廳裡呆望著空中的人。那些傢伙真的很嚇人。

「……他們難道在看社群平臺嗎？看在旁人眼裡，我該不會也是那副模樣吧？這下可得小心一點了……」

蕾亞來到傭兵公會，是為了隨便找個玩家詢問轉移服務的門戶地點。

可是看來沒有那個必要了。

那個深處的房間十分可疑。

畢竟有事來到地下城且善於戰鬥的玩家應該也會經常來傭兵公會，仔細想想也很合理。

只不過如果是這樣，在公會工作的NPC是如何看待這件事，這一點令人好奇。

由於轉移是單向通行，進到房間內的玩家不會再出來。說得委婉一點，這簡直只能用怪談來形容。

蕾亞決定向櫃檯前一名像是工作人員的中年男性，拐彎抹角地——不，是直截了當地詢問。

「抱歉，可以打擾一下嗎？」

「好啊，什麼事？」

「我想要轉移到地下城，請問你知道應該去哪裡轉移嗎？」

「地下……？啊啊，妳是說魔物領域嗎？如果是這樣，妳看那邊，不是有其他像妳一樣的傢伙進去那道深處的門嗎？妳只要跟著他們就行了。」

「謝謝。不過，轉移的原理究竟是什麼啊？」

「我哪知道啊。我只有聽說和那個叫什麼來著？保管庫？之類的東西是同個原理。不過就算這麼告訴我，我也只能回答：『喔，這樣啊。』

那個叫做轉移裝置的東西，也是總部的大人物們來這裡在一天之內設置好的。妳要是想知道詳情，就去總部問吧。」

男人非常自然地接受了轉移這個詞。感覺就像是，雖然他不懂那是什麼技術，反正想也想不通，所以就乾脆放著不管。

NPC似乎已經很習慣不去追究自己不了解的事情。

不過話說回來，原來傭兵公會有總部啊？

蕾亞對於他們是如何與總部聯繫，以及總部是如何和其他分店合作感到十分好奇，然而又覺得查了好像也是白費工夫。

有可能總部實際上並不存在，而是由營運方準備的專用AI操控專用虛擬化身，自稱「我是總部派來的」負責聯繫，或是像這次一樣直接來分店進行升級。感覺好像詐騙還是什麼別的耶。

總之，轉移裝置在深處的房間裡。

蕾亞決定立刻過去瞧瞧。

打開門之後是一條走廊，走廊的另一頭似乎是後院，然後那座後院裡蓋了像是石碑的東西。從玩家聚集在那個石碑旁來看，那應該就是轉移裝置了。

「根本就不是房間嘛……不對，好像沒有人說是房間？」

朝石碑走近後，周圍玩家們的說話聲傳入耳中。

「如何？」

「等一下……還是1顆☆耶。從那之後我就在定期確認，可是始終都是1顆☆。」

「這麼說來，變成5顆☆是只有一瞬間的事情了。這是怎麼回事啊？」

「可是我們被副本頭目痛打時好像是1顆☆耶。就是在你發文的那個時候。不過也因為這樣，結果你的發文被認定是在洗版、釣魚就是了。」

◆◆◆

「後來有一瞬間上升為5顆☆是事實，而且依照驗證討論串的見解，活動頭目應該是去侵略地下城，然後因為侵略完畢了才會變成5顆☆。」

「啊啊，也就是說，因為活動頭目也是侵略方，和我們遇見時地下城的難度本身才會沒有變化啊？」

「……抱歉，可以請你解釋這是什麼意思嗎？」

「真拿你沒辦法。聽好了，意思就是說——」

才在想怎麼感覺似曾相識，原來是上午被史佳爾擊退的那群人。

根據偷聽到的內容，他們的想法似乎大致和蕾亞計劃的一樣。

不過與其說和計劃的一樣，實際上完全就是事實。

玩家們最後似乎決定親自走一趟。

蕾亞由衷希望他們可以好好加油。

能夠不顧一切前往可能會喪命的地方，也只有剛開始遊戲沒多久的現在。

等賺到更多經驗值之後，就會慢慢不敢這麼胡來了。

大概是受到一開始轉移的團隊激勵吧，其他玩家們也陸續轉移。

後院一下子變得安靜無聲。

蕾亞伸手觸摸四周空無一人的石碑。現在的她因為是NPC凱莉的虛擬化身，萬一要是出現和玩家不同的反應就傷腦筋了，所以此刻正是嘗試的好機會。

『請選擇轉移地點。』

✦◆✦

『啟動裝置的角色和認證玩家不一致。』

『警告：能夠轉移的只有觸碰石碑的角色【凱莉】，角色【蕾亞】將無法轉移。請問這樣可以嗎？』

「當然，沒關係。」

『請選擇轉移地點。』

由於出現錯誤訊息，蕾亞原本以為會被判定用法不正確而遭到拒絕，結果好像還是可以直接轉移。

可是，訊息中一下說裝置、一下說石碑，沒有一個固定的稱呼。

說不定這是出乎意料的情況。

今天是轉移服務上線的第二天，可能多少還殘留一些程式漏洞或沒有確認到的部分吧。

蕾亞選擇謝普王國的「3顆☆高爾夫球桿坑道」作為轉移地點。

可能是因為名字的關係吧，雖然不知道是不是一座優秀的地下城，總之作為謝普王國的3顆☆地下城，這裡似乎還挺受玩家們歡迎。

◆◆◆

蕾亞上一次轉移是第一屆活動的時候。視野和當時一樣瞬間切換，感覺上和她自己發動「召喚施術者」到某處時無異。

眼前有幾名玩家，他們好像正在安全區域等待團隊成員到齊。

和先前的「召喚施術者」一樣，這次也成功連同體內的蕾亞精神一起移動。這下可以說除了背包外，其餘都和一般玩家沒有兩樣。

一名和蕾亞對到眼的獸人玩家友善地向她攀談。

「啊，妳一個人嗎？我們還可以招收成員，不介意的話要不要加入我們？」

「不好意思，我的同伴在裡面等我。」

「啊，是這樣啊。我知道了，那妳小心喔。」

蕾亞隨便敷衍之後便前往坑道。

那個似乎是安全區域的地方，看起來總覺得像是登山步道的休息區。可能是坑道蓋在半山腰上的關係吧。

離開安全區域後，還得經過一小段距離才會抵達坑道。話雖如此，因為途中沒有障礙物，用走的也很快就能抵達。

「……說什麼同伴在裡面等我，又不是到家庭餐廳用餐，怎麼可能會有那種事。」

這樣的敷衍說詞好像有點太隨便了，幸好那個搭訕男沒想那麼多。

坑道內涼意陣陣，四處都很昏暗。

仔細觀察牆壁，可以看見像是魔法照明的殘骸。

雖然不知道玩家們喜歡的隱藏劇情是什麼，出現的魔物是哥布林類。

可能是因為遭到大量哥布林占據才不得不放棄這裡，又或者是哥布林定居在廢棄坑道內吧。

沿著牆壁往前走一會兒，蕾亞找了一個適當的地點將控制權還給凱莉。

◆◆◆

之後她隨即透過好友聊天功能吩咐凱莉保持警戒，然後在原地待命。等到凱莉確定周圍沒有任何人之後，她才連同本體一起來到凱莉所在之處。

「……很好，感謝妳的幫忙。這下條件都齊全了。」

「您太客氣了，首領。」

既然是蕾亞自己的身體，就能用「魔眼」看清楚周圍。

在可確認的範圍內沒有任何玩家。

縱然遠遠可以看見前方有疑似哥布林的集團，蕾亞沒有事情要找牠們。雖說坑道筆直延伸，卻仍然有段距離，因此對方並沒有注意到蕾亞二人。

「那麼凱莉，妳先幫忙在這裡警戒四周。『召喚：戈斯拉克』。」

在蕾亞的「召喚」下，精悍的哥布林將軍現身。

「……哦哦？是陛下啊。這裡是……」

「這裡是你們預計要執行勤務的坑道。」

「……知道了。我們已做好準備，隨時都能供陛下差遣。」

「很好。接下來我打算將這個地下城作為我們的牧場來經營，業務的啟動和管理工作就交給你來處理。要是有什麼問題，可以隨時和我聯絡。」

「在下必定會克盡牧場管理之責。」

戈斯拉克恭敬地單膝跪地。

「我們的目的主要是得到經驗值，簡單來說就是攻擊敵對勢力。基本上，你可以把這座坑道內除了我們以外的陣營，都想成即使被殺死還是會復活。換句話說，就是會有殺不完的獵物。

不過要是殺死地下城的主人，那麼一切就結束了，這一點必須留意。」

「我明白了。」

「還有，這一點也同樣可以套用在我方身上，所以你也千萬不能死。」

「是！」

「既然被認定為3顆☆，就表示這裡的哥布林們應該至少擁有高於捕鳥蛛們的實力。對我方處於正常狀態的普通哥布林來說負擔可能會很重，所以你們要特別當心。」

儘管哥布林們應該已經利用蕾亞給予的經驗值進行一定程度的強化，蕾亞還是吩咐將軍不夠就再申請追加。

「這裡將成為今後經營牧場的一個範本，因此目前沒有可以用來參考的指南。那個指南就由你來製作。畢竟現在一切都還在摸索階段，即使失敗了也無妨。」

戈斯拉克對此沒有回應。

他的意思大概是不打算失敗吧。

「那麼接下來就拜託你了。如果想在哪裡打造你們的據點就儘管跟我說，我會派工兵蟻過來施工。因為牠們是我所知道最會挖洞的種族。那麼就祝你們一切順利嘍。」

「請儘管交給我！」

將之後的工作交給戈斯拉克，蕾亞返回前希爾斯王都。

她讓凱莉自己發動「召喚施術者」回到里夫雷城。雖然覺得有領主在就大可不用再管那邊的

◆◆◆

事情，她還是希望凱莉能夠再多習慣城裡的生活一些。況且或許也能透過觀察玩家們，得到正向的刺激。

這下總算可以鬆一口氣了。

雖然今天四處奔波忙了一整天，偶爾這樣也不賴。

接下來只要放著不管，事情應該就會自己進行下去。

隔天，蕾亞把之後的工作交給生出大量螞蟻的女王蜂，將史佳爾從圖爾草原叫回王都。

鎧坂先生也一樣。要是牠沒有坐在寶座上，只有蕾亞一人就會顯得太大很難坐。

只要照現在這樣觀察個幾天，應該不久後也會有客人前來這個前希爾斯王都。

◆◆◆

第七章　偽造身分

【5顆☆】前希爾斯王都地下城個別討論串

001：阿隆森

包括推測和臆測在內的發文越來越多，就姑且先開討論串了。
由於在綜合討論串那邊討論會妨礙到其他人，麻煩大家以後都在這邊討論。

以下是其他討論串的連結：
>地下城綜合討論串
>【前希爾斯】地下城攻略報告討論串【其他】

……

251：orinki

這麼說，韋恩你們不會來吧？

252：明太清單
因為連在3顆☆的艾倫塔爾都全滅了，對我們來說可能還太早了。

253：無名精靈
我們應該也是。我們正在3顆☆的科拉利努森林修行。
就算要去王都，也得等到不管這邊出現什麼都有辦法應付之後再說。

254：鄉村流行樂
科拉利努是那個難度會改變的地方嗎？
我記得敵人的強度好像會隨玩家的強度而異？這一點很不錯耶。
因為要是像某款復古遊戲一樣有戰鬥次數的限制，那些只靠狩獵小怪賺取經驗值的人就會全部死光光了。

255：堅固且不易脫落
拉科利努在王都旁邊對吧？
既然這樣，就算在王都完全打不贏，也可以改去那邊。決定了，我也要參加。
>>240　請讓堅固且不易脫落加入！

◆◆◆

256：藏灰汁
>>255　核准堅固且不易脫落加入。
這麼一來就有二十六人了。
那麼我差不多要關團了，可以嗎？

257：藏灰汁
好像已經沒有人要報名了，
那我要關團了。
這次是第一次前往地下城，而且還是災厄的所在地，所以不曉得會發生什麼事。
即使攻打失敗，大家也不要氣餒。
雖然這次災厄好像不在，要是她中途回來就會攻略失敗，到時我們就放棄吧。

258：堅固且不易脫落
話雖如此，畢竟我們已經打倒過災厄一次，可以說游刃有餘啦（）

259：orinki
>>258　那>>255那個預留退路的發言究竟是……w

260：藏灰汁
集合時間是──

◆◆◆

「陛下，好像來了。」
「哎呀，這樣啊。」
蕾亞讓視線回到在上空待命的歐米納斯身上。
「一、二……有二十六人啊？既然和社群平臺上寫的一樣，就表示只有表明希望參加的人來了吧。」
雖說如此，二十六人以團隊來說真是個破天荒的數字。更何況他們幾乎都自認是高階玩家。社群平臺上，有團隊回報自己已經挑戰過其他國家的4顆☆地下城。
而那些團隊個個不是全滅，就是只到了外圍就撤退，全都沒有得到像樣的戰果。
其中好像也有高階玩家及頗具知名度的團隊去挑戰，可是都沒有聽說獲得好的結果。
這個玩家集團說不定是破解那種高難度地下城的一種解答。
既然由寥寥數人組成的團隊無法攻陷，那就採取人海戰術。由於這款遊戲不存在組隊系統，無論幾個人同行都沒關係。
這的確是相當合理的判斷，若是蕾亞恐怕也會這麼做。假如她有辦法和別人協調合作。

「還是說我不要潛入地下城，等結束工作的他們疲倦歸來後再一一將他們殺死呢？這個做法最合理，況且他們的情報也已經公開在社群平臺上。」

可是現在的蕾亞有一群可靠的夥伴，不需要做那種小家子氣的事情。

蕾亞打算一如往常地借用歐米納斯的眼睛來監視，然而森林貓頭鷹不是本來應該出現在都市的魔物，在這裡會太過顯眼。

因此只能從不會被察覺的上空偷偷窺視。

反正應該也聽不見玩家們的聲音，不用「召喚施術者：精神」而使用「召喚視覺」應該就可以。唯獨這一點無計可施。

儘管營運方再三強調怪物和ＮＰＣ沒有差別，他們還是有輕忽敵人ＡＩ的傾向。他們恐怕會大聲嚷嚷，向周圍洩漏自己的作戰計畫和指示吧。

「沒能聽見他們說話固然有些可惜，可是就當成看默片欣賞好了。」

好了，入侵者們要進場了。

◆◆◆

這個領域不像拉科利努、圖爾草原或從前的里伯大森林那樣沒有明確的界線。

這座前希爾斯王都是受到堅固外牆保護的都市。

城門當然已經開啟。

與其說是為了他們，其實是蕾亞不希望緊閉的城門遭到破壞。

城牆充滿了機能美，而且美得毫無瑕疵。蕾亞希望今後還能繼續維持這個狀態。

玩家集團穿越城門後，成群結隊沿著大馬路前進。感覺好像蕾亞在從前現實中的歷史還是什麼資料中見過的校外教學。那副邊走邊警戒地四處張望的模樣，簡直就像第一次進城沒見過世面的鄉巴佬。

「──既然你們是為了學習才來這裡旅行，我當然得讓你們學到東西才行。」

不過玩家們當然聽不見蕾亞在寶座上的嘟噥。

好幾具殭屍從左右兩旁的建築之間、小巷裡衝出來，撲向玩家們。

可是大馬路太過寬敞，導致這番突襲沒有發揮太大的效果。殭屍在抵達隊伍之前就被似乎是偵察兵的弓兵察覺，遭對方放箭射穿頭部。與此同時火焰類的魔法傾盆而下，殭屍因此全部化為灰燼。

「也是啦，派出殭屍就是會有這樣的結果嘛。以4顆☆地下城的小怪來說，普通殭屍大概太弱了吧。」

由於蕾亞讓幾乎所有居民在死後一小時內還新鮮的狀態下變成活屍，他們在殭屍之中算是相對較強，但是還是只有連新手也能打贏的程度。

「有必要對殭屍進行強化嗎……可是讓所有殭屍轉生好麻煩喔，真佩服布朗有毅力那麼做。再說這邊的人口比艾倫塔爾多，應該怎麼辦才好呢？」

可是既然被系統判定為4顆☆，而殭屍只有1顆☆的強度，那麼殭屍應該對難度的判定沒有任何貢獻吧。

這樣感覺好浪費。

◆◆◆

「……還是強化一下好了。反正實際執行的人應該也是齊格。」

由於蕾亞正忙著觀察城市，忘了自己的身體在寶座之間裡。齊格當然也在旁邊，而他好像聽到了。

「咦？」

「因為我們沒有像吸血鬼的血那麼方便的東西，雖然很浪費，也只能使用賢者之石了。我希望至少每幾具殭屍之中就有一具比較高階的個體，等事情告一段落後就再麻煩你嘍。」

「……我明白了。」

要是殭屍完全打不贏敵人，那麼讓他們去攻擊對方也沒意義。玩家們同樣也無法獲得多少經驗值，說不定就連剝取素材也不願意。這對彼此而言都是在浪費時間。

接著現身的是骷髏騎士。牠們原本是齊格的下屬，如果骷髏和殭屍同等級，那麼身為骷髏騎士的牠們就在其之上。

骷髏騎士們排成一列，以有條不紊的動作對玩家們展開攻擊。

可是這次依舊沒有太大變化。

玩家們輕而易舉地將牠們一一打倒。

此時，玩家突然停止進擊。

這是由於有無法一擊打倒的骷髏混在其中。

不對，那不是骷髏，而是碳騎士。是以神奇超硬合金構成的魔法生物。

✦✦✦

因為全身都是魔法金屬，碳騎士比前鋒玩家所持有的武器更加堅硬。前鋒對身後的魔法師做出請求支援的動作之後，魔法師們立刻降下火焰。

光憑如此依然打不倒碳騎士。牠們對火屬性的耐性很高。

魔法師們一見到火焰無效，便立即切換成冰魔法。

蕾亞見狀十分訝異。按常理來思考，玩家們應該知道寒氣傷害對活屍的效果很差。他們可能是基於「既然火無效，那就改用冰」的想法採取這種行動，然而為何偏偏選擇冰呢？

可是好巧不巧，這正是對付碳騎士最有效的方法。由於牠們原本是金屬，性質上對於溫度變化的承受度很低。

在遭受火焰屬性攻擊之後，會暫時失去對寒氣的耐性。這一點反之亦然。

可憐的碳騎士們在魔法師集團的「冰魔法」飽和攻擊之下，悲慘地四處飛散，只剩下金屬塊遺留下來。

明明才剛開始，就給人一種用力過猛的感覺。玩家們可能就是這麼幹勁十足吧。還是說，前鋒的攻擊不管用這一點令他們十分氣憤呢？

◆◆◆

後來，骷髏騎士和碳騎士依舊交錯攻擊玩家們。

碳騎士在正常狀態下對寒氣的耐性也很強。魔法師玩家們似乎是一開始有了以冰屬性打倒敵人的成功經驗，於是後來就一直使出冰屬性攻擊，不過發覺無效後，就立刻切換成火焰和冰的波段式攻擊。

從那之後戰況就變得一面倒。玩家們發現弱點之後，甚至變得有辦法在碳騎士接近之前進行狩獵。

情況已然變成只是在提供玩家們經驗值和金屬塊了。

「……魔法師人數眾多這一點帶來的威脅比想像中還要大呢。最重要的一點是，他們可以不在意再次使用時間持續進攻。就好比分成好幾支十字弓隊或滑膛槍隊，輪流填彈和發射一樣。要是記得沒錯，最初這麼做的人好像是荷蘭親王毛里茨。」

這不是一場和小小團隊，而是與更多人交手的戰爭。其可怕之處已清楚顯現出一角。

在此之前的對多人數戰，我方都是憑強大的一員獨自應戰。

無論是之前蕾亞在王都作戰時，還是史佳爾在圖爾草原作戰時都是如此。

當時不管敵人使出何種攻勢，都完全沒有對我方造成任何威脅，甚至不覺得對方有連續擊發魔法。

可是一旦雙方的實力像現在這樣相差無幾，情況就會截然不同。

假如對手只有前鋒或偵察兵之類的物理攻擊職，或許還能夠憑藉裝備的品質打贏，然而一旦魔法師的人數眾多，再加上我方的弱點曝光，就無法只靠碳騎士與之抗衡。

「真是受益良多呢。我本來還打算教導他們，沒想到受教的居然是我方。

前幾天和那支戰隊的戰爭也一樣，玩家們有時會展現出不單單只依靠經驗值的強大。然後他們的強大，也為我的眷屬們帶來了成長。」

玩家戰隊是採取集中使用的魔法種類、澈底分工的制度，以提升隊伍整體的應對能力為目標進行團隊合作。能夠生出多種下屬的史佳爾應該可以從他們身上學到很多。

相對之下，在這裡的他們則因為個個都是通才，能夠展開綿密的攻勢。戰力一致的精金系列應該比較適合這種作戰方式。

玩家們繼續快速進擊，不斷往王城的大門逼近。

王城內的難度設定不同。由於不需要手下留情，戰力方面沒有什麼好煩惱，只不過王城的正門並未開啟，而蕾亞不希望門遭到破壞。

「我看找一些精金偵察兵過來好了。如果只有少數幾具，難度應該不會產生太大地變化。牠們既沒有碳騎士的弱點，又有很出色的隱密性，想必不會被輕易打倒。派魔法師去對付魔法師只會淪為角力賽。既然魔法師這麼難纏，從後面偷偷接近加以暗殺，是最快速的方法。」

「倘若能夠商借兵力，還請務必幫忙。」

「今天各位玩家們應該也已經賺了不少。

初回特典差不多該結束了。就請他們支付費用，然後回去吧。」

這裡是王城，無論要找多少人手過來都不成問題。

為了謹慎起見，蕾亞從里伯大森林「召喚」一支大隊，並且交代齊格和屍妖們有事時可以自由使喚。

齊格從精金偵察兵中挑選出需要的數量，對牠們下達指示後釋放到王都內。

被投入戰場的精金偵察兵們聽從齊格的指示，無聲無息地從背後接近，砍掉魔法師們的頭。

也就是所謂的暴擊。由於人類型種族的弱點就像這樣顯而易見，可以說背負著很大的不利條件。相對地，也容易利用武器、護具等裝備進行強化就是了。

他們明明是一群人在敵人地盤的正中央往前進攻，卻幾乎沒有提防身後。這是因為我方為了淡化他們對身後的警戒心，從王都正門開始到這裡為止一直都是從前方，要不然就是只從側面發動攻擊。

精金偵察兵們好比採收高麗菜一般，一一砍下玩家們的腦袋。

為了不讓難度上升，蕾亞只有投入最少，也就是和對手的魔法師人數相當的數量。就這樣，偵察兵隊才使出首發攻擊便成功將魔法師全滅。

當敵人的前鋒和偵察兵察覺時，精金偵察兵已經消失在小巷裡。儘管不清楚牠們身為偵察兵的能力是否比玩家來得優秀，至少能夠輕易避開只警戒前方的對手耳目。

失去魔法師的玩家們十分脆弱。

只憑前鋒手中的武器無法對碳騎士進行有效攻擊。

蕾亞命令碳騎士如有餘裕，要以破壞倖存前鋒們的裝備為優先。

這其實沒有戰術上的意義。

她只是對以王都為目標轉移過來的玩家們，在失去裝備之後打算以何種方式修復感興趣而已。畢竟之前也說過好幾次，這附近沒有城市。

「……雖然無法採取敵對行動，目前已經確認玩家的眷屬可以入侵安全區域。不曉得能不能讓眷屬潛入前往王都轉移地點的安全區域，打造出簡易的城市加以發展耶？」

在王都附近的安全區域打造類似驛站的城市，引誘玩家。

如果要交付這項計畫，最適合的人選應該是凱莉。正確來說是凱莉的下屬古斯塔夫。

既然他在向主人的主人自我介紹時，甚至會特地加上自己的商會名稱，那個商會想必具有一定的規模。

如果可以把里夫雷城的事業交給家人或部下，蕾亞想要讓古斯塔夫在這裡負責興建以及規劃城市。

倘若做出成果，屆時可以考慮讓他成為那座新城市的支配者，名實相符的貴族領主。

「陛下，剛才最後的入侵者已經死亡了。」

「哎呀，是這樣嗎？辛苦了。」

因為一直在想事情，沒有注意最後發展的蕾亞從歐米納斯的視野返回。

這次的對玩家戰同樣也讓她獲益良多。對齊格來說應該也是如此。

當前來攻打的敵人數量眾多時，對方有可能會採取以強大魔法發動波段式攻擊的可怕戰術，這一點必須儘早應對。

「話雖如此，要是強化碳騎士會讓難度上升，看來只能以少數的暗殺部隊或某種道具加以對抗吧。」

關於道具這方面，她決定找芮咪討論。不僅芮咪本身的技能和聰明才智值得信賴，如今她也已擁有許多工匠眷屬。只要也參考ＮＰＣ工匠們的意見，應該就能製造出更優良的道具。

「不過話說回來，我並不介意碳騎士被打倒，因為那本來就是要給玩家們的紅利。儘管會像這次一樣被大量且有效率地狩獵，確實出乎我的意料之外。」

說實話，蕾亞並沒有把問題看得那麼嚴重。

數量就是力量。即使玩家呼朋引伴、以幾十人的規模前來攻打，只要我方以比他們多出幾十倍的數量對抗，打倒他們並非難事。

「縱然要是出現幾十個數十人規模的集團就糟了，應該不會發生那種事。齊格，假使發生那種情況，你要迅速呼叫史佳爾。到時不用管難易度，盡全力殺敵就好。」

蕾亞已經讓史佳爾手下的運輸兵也駐紮在這個房間裡。由於她也已經讓齊格和史佳爾互相加入好友，可以立刻呼喚史佳爾。

蕾亞一邊將剛才想到的點子告訴凱莉和芮咪，一邊在社群平臺上觀看此次戰役的結果。

看樣子，他們似乎把這次的攻擊定位為成功。

最主要的原因在於他們獲得的金屬塊。

因為憑現有裝備無法對異常強大的活屍——應該是碳騎士吧——給予有效攻擊，再加上鋼鐵刀刃傷不了掉落物的金屬塊，於是他們認定那是高階素材，這一點並沒有錯。

有了這次的成功體驗，今後玩家以團體級規模的人數去挑戰高難度領域的可能性可以說大大增加。

不僅如此，高階玩家的裝備恐怕也會逐漸改用魔法超硬合金吧。

「雖然對其他領域的支配者們很不好意思，這也是沒辦法的事。為了儘量協助他們，我方也

◆◆◆

得增加兵力才行。」

所謂協助，指的當然是牧場化。

假使其他領域的支配者無法應對玩家的成長，那麼只要由蕾亞的眷屬取代該支配者進行管理就好。

忽然間，蕾亞回想起玩家瀏覽社群平臺時表情呆滯的模樣，於是趕緊調整好坐姿。

蕾亞一直都很小心不讓周圍的其他人覺得自己很奇怪，不過她本來就都是閉著眼睛，假如露出呆滯的表情，應該頂多只會嘴巴半開。

可是蕾亞原本就被嚴格教導，沒事不可以張開嘴巴，因此外表看起來應該不至於失了體面。

她小時候經常和姊姊一起，被母親用薙刀的木刀用力打手背。

母親的敲打方式非常巧妙，既不會受傷也完全不會留下傷痕，就只會覺得痛而已。感覺就像是用薙刀打巴掌一樣。

蕾亞也學會了那種絕妙的敲打方式。雖然不曉得能否在這款遊戲中重現，在現實中她可以精準地只帶給對方痛感。她沒有實際嘗試過，但是用真劍應該也辦得到。

「……薙刀啊……試著用精金製作看看好了。」

只要請里伯大森林的鍛冶場或里夫雷的工匠區幫忙，應該不是不可能辦到的事。

話雖如此，被認為是NPC副本頭目的蕾亞揮舞日本傳統的薙刀作戰實在不恰當。因為這樣簡直就像在告訴別人，我是日本人一樣。

可是難得玩遊戲，她還是想照自己的意思使用喜歡的薙刀。

想要揮舞真劍親身作戰。

為此，她必須有新的偽造身分（秘密身分）。

借用凱莉的身體也可以，可是凱莉有她個人最方便使用單手劍和短劍的動作習慣。其他親信諸如萊莉她們也一樣。

換句話說，已經具備一定程度戰鬥力的傭兵們並不適合。

「……我記得領主艾伯特有女兒的樣子。去稍微問問看，能否借用她的身體好了。」

◆◆◆

蕾亞先去芮咪的工匠區訂製薙刀的形狀，之後前往領主館。

由於領主一族是蕾亞的直屬眷屬，對蕾亞全然地信任。

她本來打算姑且徵求身為父親的艾伯特同意，豈料他反而對蕾亞說：「我女兒就請您多多關照了。」一他似乎誤會蕾亞要求他把女兒的身體借給自己的意思了。

「打擾了。」

敲門後，被允許進入室內的蕾亞來到領主女兒的房間。

她所要找的女孩就在室內。

「把頭抬起來吧。我今天來是有點事情想要拜託妳。」

「說什麼拜託，您太客氣了。無論什麼事情都請您儘管吩咐——」

「因為這是一份比較長期的工作，我已經取得妳父親的同意了。」

這時女孩抬起頭。

因為是尊貴人類的關係，她長得非常美麗。

艾伯特是棕髮，他的妻子和女兒則是鮮豔的金髮。

女孩的年紀應該和蕾亞差不多，身高體型也相近。可能是家教嚴格吧，她的儀態非常好。

「我想請妳幫忙的事情是——」

蕾亞向女孩大致說明自己想做什麼。

簡單來說，就是希望她一如字面地成為蕾亞的手腳，做類似傭兵的工作，不過這樣的內容照理說貴族千金不可能會接受。

可是不知是受到「使役」還是家教的影響，女孩並未面露不悅，反而恭敬地點頭答應。

「您願意選擇我擔負此大任，我實在感到萬分榮幸。」

「我希望沒事的時候，妳也能儘量待在我身邊，所以應該算是我的侍女吧。」

「我居然搶先我父親，有幸隨侍在陛下身旁……」

「呃，畢竟讓你父親待在我身邊也沒用……」

他還有好好治理這座城市的工作要做。

貴族千金侍奉身分更加高貴的女性這種事情並不稀奇。因為在這個世界似乎也是如此，如果這麼說，對方應該就不會那麼抗拒了。

「既然妳願意接受，那麼今後就拜託妳了。呃，妳叫——」

「我叫阿瑪莉耶，陛下。全名是阿瑪莉耶・澤巴赫。請您多多指教。」
「請多指教，阿瑪莉耶。那麼妳的暱稱是瑪蕾嘍？」
「雖然沒有人那樣叫過我，應該是吧。」
「那麼妳以後在這棟屋子外面就自稱瑪蕾吧。儘管不知道會不會和NPC和玩家撞名，倘若是暱稱，應該不會有問題。」
既然已經取得同意，首先要做的就是強化。
今後她將成為蕾亞的手腳揮舞薙刀，劈砍魔物或人類等所有映入眼簾的東西。
因此需要相應的實力。

蕾亞決定主要只強化瑪蕾的能力值。
當然也會取得「精神魔法」、「死靈」、「召喚」、來自「調教」的「使役」、「空間魔法」，以及好幾種攻擊用魔法等感覺會用到的技能，但是不會取得「長槍術」或「刀術」這些武器類技能。
那些技能的優點是會在裝備對應武器進行攻擊時，對命中和傷害產生增加紅利的效果，以及可以從技能樹取得主動技能。
可是命中紅利可以憑藉真實技能來填補，而且蕾亞也不需要主動技能。
至於傷害紅利也只要提升STR就沒差。比方以長槍為例，取得技能「長槍術」後會以很少的經驗值預期很大的傷害增加，因此效率會變差。但是蕾亞預計使用的薙刀是精金材質，攻擊力應該比現在所有玩家都還要高，所以不需要傷害紅利。

那個薙刀目前已陸續製造出幾把試作品，可是全都因為有缺陷而被蕾亞下令重做。每次重做都有慢慢接近理想中的樣子，讓蕾亞興奮不已。

另外蕾亞同時也吩咐工匠們試作短刀。這是副武器，可於無法揮舞薙刀，或是薙刀在戰鬥過程中被打落時使用。

在薙刀完成之前，蕾亞也利用這段時間對瑪蕾進行教育。

蕾亞除了帶她去拜會身為前輩的凱莉她們，也帶她一同前往視察各領域，以及從上空實際觀察玩家們前來攻打的情況。

最近由於野生的鳥群也在人工森林拉科利努住了下來，蕾亞便隨便抓了一隻野鳥讓瑪蕾「使役」。她也讓凱莉等人這麼做，因為擁有獨特的偵察手段能夠帶來很大的助益。雖然芮咪好像已經利用老鼠眷屬，在里夫雷城內建構起監視網了。

和之前的管理職眷屬及她的父親艾伯特一樣，蕾亞也以ＩＮＴ為主對她投入了經驗值。

光是在蕾亞身旁觀看打倒玩家們的樣子，瑪蕾應該就能學到不少。

另外當然也進行了主要目的，也就是在使用「召喚施術者：精神」的情況下戰鬥的訓練。

這方面實際進行訓練的人其實是蕾亞，總之大概是訓練有了成果吧，現在的她已經可以活動自如。

瑪蕾好像原本不太會運動，沒有特殊習慣，所以很好操控。

陪蕾亞進行幾天密集紮實的訓練之後，瑪蕾明明沒有技能，卻已經能夠做出和蕾亞相似的動作，這一點讓人十分驚訝。

當然現在還只是在模仿而已，不過所有的學習都是從模仿開始。只要這麼持續下去，說不定有朝一日她也能成為大師級的人物。

「……這麼說來即使是ＮＰＣ，也能在沒有技能的情況下成長吧。換言之，ＡＩ連非陳述性記憶也重現了嗎？到底為什麼要用到這種技術啊？」

雖然發動「召喚施術者：精神」時，只能使用該眷屬的技能，由於實際活動身體的人是施術者，能夠順利做出不依靠技能的動作。這也就是說，非陳述性記憶應該是存在於ＡＩ方，系統上的技能則是存在於虛擬化身這一邊。

若真如此，就表示借用他人身體時感受到的習慣，是來自於那副身體所學會的技能了。

「說起來好像真的是這麼回事耶。我之前之所以能夠用凱莉的身體輕鬆地走在森林裡，說不定也是基於獸人的種族特性。」

假如是這樣，那麼借用凱莉身體時和借用鎧坂先生身體時的使用感差異就無關自我的強弱，而單純是種族間的差異所造成。

「但是不曉得是否有那種區別就是了。」

「陛下，芮咪大人來了。」

「謝謝妳，瑪蕾。」

這幾天蕾亞都在里夫雷的領主館裡生活。

他們改裝原本是酒窖的地下室，搬來家具和日用品當作蕾亞的個人房間。

雖然只要不長時間直接曝曬陽光就不會受到傷害，待在明亮的地方總讓蕾亞感到心緒不寧。不過她平常都是閉著眼睛生活，因此亮不亮其實都無所謂。

「首領，您覺得這次的作品如何？」

被帶到地下室的芮咪從背包取出一把薙刀。

神色緊張地交給蕾亞。

「謝謝妳，芮咪……唔嗯。」

地下室對揮舞長刀來說太狹小了。

如果砍到石頭做成的牆壁和天花板，到時薙刀可能會沒事，反倒是整個房間傷痕累累。

拿起薙刀稍微確認重量的平衡之後，蕾亞決定出去外面一趟。

「瑪蕾。」

「隨時聽候陛下差遣。」

她讓瑪蕾拿著薙刀後躺在地下室的床上，將精神轉移到瑪蕾身上。

「那麼我就到外面稍微試揮一下吧。芮咪，我們走。」

「是，首領。」

宅邸的中庭裡有一座不會過分華美的花壇，中央為了舉辦茶會設有桌椅的空間現在是空的。

不管怎麼樣，只要可以揮舞長刀的地方沒有東西就好。

蕾亞以各種方式揮舞薙刀，偶爾也加入短刀獨自演練武藝。

雖然早就知道了，以精金打造的薙刀實在異常沉重。刀柄為木製，使用的是從世界樹砍下來

◆◆◆

的樹枝。這個樹枝也比普通木材重上許多。

儘管如此，能力值經過強化的蕾亞仍能將其如小樹枝一般揮舞。在現實中不可能做到，可是在這裡她甚至只用單手手指就能讓薙刀像風車一樣轉動。

因為她覺得這把精金薙刀就像空心的木刀，才想到要那麼做。

經過她這麼邊試邊練習武藝將近一小時，這把薙刀的品質算是還不錯。

雖然感覺比木刀還輕，實際上非常重，因此不會受到空氣阻力的影響。

縱然得等到實際作戰之後才能確定，這件作品應該足以應付前幾天出現在王都的玩家們。倘若玩家們也一併使出遠距離攻擊就會陷入苦戰，或許還是可以設法獨自壓制敵人。

不過話說回來，蕾亞會做這樣的鍛鍊，並不是為了和玩家作戰。她主要預設的場景是攻陷某個地下城。

「……首領，您覺得如何？」

「哎呀，我試得太忘我了。謝謝妳，芮咪，妳做得非常好。麻煩妳也幫忙向妳在工匠區的眷屬們道謝。」

芮咪喜孜孜地低頭致意，之後便回工匠區去了。

說是回去，其實蕾亞一直沒有特別思考，芮咪現在住在哪裡。

她看來已經取得一定的成果，所以無所謂，而且最近她好像即使沒有接到蕾亞的指示，也會自動自發地努力開發新道具，真的非常能幹。

另外她也已經讓幾名工匠取得「煉金」等必要的魔法技能，使他們成長到能夠製造出賢者之石。在芮咪的指揮下，工匠們應該正忙於生產賢者之石和改良配方。

另一方面，凱莉從那之後便和古斯塔夫一同前往王都近郊的安全區域。

古斯塔夫熟識的業者似乎已經進駐，正在著手興建簡易的住宿設施。由於這個遊戲世界也有和建築相關的技能，能夠以比現實中快得驚人的速度進行建設。

要是認得凱莉的韋恩來了就會很麻煩，然而從社群平臺來看，他好像正在艾倫塔爾和布朗打鬧，暫時還不需要擔心。

萊莉則負責這座里夫雷城內部的保全。

她「使役」所有原本就有的巡邏隊，以隊長身分施展本領。

雖然完全沒有「使役」由有志之士組成的自警團，那原本就是巡邏隊的下層組織。他們本來就會遵從巡邏隊成員的指示，再加上知道隊長萊莉和領主認識，所以大家都很聽她的話。

瑪莉詠從火山地帶帶回大量石頭魔像後，現在正在幫忙興建第二外牆。

雖然石頭魔像和毬藻一樣會隨著時間慢慢變大，變大靠的似乎是經驗值。牠們並未具備專用技能，而是擁有得到多少經驗值，體型就會隨之變大的種族特性。

也就是說眷屬化之後，只要蕾亞沒有給予經驗值，牠們的體型就不會改變。

為此蕾亞給了瑪莉詠一筆經驗值，讓她用來調整石頭魔像的大小。儘管石頭魔像的大小因個體而異，既然大小會隨經驗值改變，那麼只要給予經驗值讓規格全部一致就好。

◆◆◆

「好了，既然各地的部署看起來暫時都能自行運作下去，而且我也已經做好準備，那就出去玩吧。」

這下即使蕾亞正在遊玩，甚至是沒有登入，經驗值想必也會自動入袋。

「我記得那個由我和布朗以外的存在支配的都市型地下城，好像叫做諾伊修羅吧？既然那裡的頭目是哥布林，說不定可以當作戈斯拉克的技能配點參考。我就過去玩一趟吧。」

◆◆◆

平常蕾亞只要獨自外出，眷屬們就會很嘮叨，如果不是蕾亞自己的身體，就不會碎碎念。

因為在這個狀態下即使死亡，死的也是瑪蕾的身體，蕾亞並不會死去。

話雖如此，還是會根據施術者和眷屬的MND值產生背後傷害。眷屬和施術者的MND越相近，受到的傷害就越大，不過因為蕾亞本身的MND超級高，並不需要在意背後傷害。

可是在這個狀態下死亡仍存在其他風險。

那就是重生時間。蕾亞只是讓精神回到原本的身體，因此瑪蕾的屍體會遺留在現場，整整一小時無法重生。

要是這件事被其他玩家撞見就麻煩了。如果要假扮玩家，最好避免和陌生人一起行動。

蕾亞從里夫雷的傭兵公會前往諾伊修羅。

一路上並沒有受到擦身而過的玩家們太大的注意。瑪蕾確實很美，可是那種程度的美貌在玩家之中並不稀奇。背上揹著長刀這點固然醒目了一點，但是也有不少玩家並沒有把武器收進背包。由於NPC的傭兵本來就沒辦法做到這一點，這大概是某種角色扮演吧。要是蕾亞也被人問起，她打算這麼回答對方。

至於護具這方面，因為她討厭身體的活動受到阻礙，說起來算是輕裝。

雖說如此，布料是由蜘蛛女王特別縫製而成，金屬部分則是精金材質，因此比起一般盔甲更具防禦力。衣領上則附帶部分綴有金屬的兜帽，現在因為身在城內而沒有戴上帽子，不過戰鬥時會戴起來以保護頭部。

距離諾伊修羅最近的安全區域是草原。雖然草原上設有像是作為標記的岩石，卻也僅止如此而已。

周圍零星排放著宛如帳篷的東西，那似乎是玩家睡覺的地方。

這個諾伊修羅的難度為4顆☆，而就蕾亞所知，已在4顆☆地下城取得豐碩成果的，就只有出現在王都的多人數團隊。而且他們每一個人都是高手級的玩家。

也許是因為這樣，很少有玩家會以少人數正式挑戰4顆☆地下城。即使有，也是在外圍區域打打小怪，或者只是來看看而已。

無論如何，人不多是件好事。

蕾亞姑且沿著街道往諾伊修羅走去。

◆◆◆

諾伊修羅城位在從安全區域走路約十幾分鐘的位置。
說到城市的外觀，看起來相當荒涼。
外牆被砸毀，無論從哪裡都可以進入。
位於城市另一頭的森林恐怕原本是魔物的領域。從那座森林沒有出現在清單上來看，應該是和諾伊修羅城被整合在一起了吧。就像艾倫塔爾和盧爾德分別被整合到里伯和托雷裡面一樣。
不管怎麼樣，她決定先進去看看。
內部的荒涼程度和外牆一樣，不對，說不定比外牆還要嚴重。
如果目的是殺害居民，會這樣也很理所當然。
活動期間攻擊這裡的魔物們，恐怕是帶著對居民下手的明確目的而來吧。不知是因為非常飢餓，抑或殺人本身就是目的。
假使目的是填飽肚子，那麼牠們應該是野生的魔物，然而如果是以殺人為目的，這個地下城的頭目是玩家的可能性就很高。因為以殺人為目的這件事，換句話說就是以經驗值為目的。
蕾亞邊走邊四處張望，結果某個東西突然從半毀的房子後面衝出來。
是哥布林。不對，那真的是哥布林嗎？
外表看起來的確是哥布林，體型卻比里伯大森林的哥布林大上許多，甚至比人類的平均體型還要壯碩。
蕾亞立刻拔出短刀，一面閃躲哥布林的衝撞，同時在錯身之際砍向牠的膝蓋後側。雖然幾乎沒有感覺，她很確定自己砍到了。看來以砍哥布林來說，精金短刀似乎有點過於鋒利。對方恐怕已經站不起來了。

她迅速逼上前將腦袋砍下，哥布林立刻噴出大量鮮血倒地。

蕾亞大大地跳開以免血濺到身上，並且迅速取下背上的薙刀，從薙刀袋中將薙刀拔出。

大哥布林不止一具，其他敵人陸續朝蕾亞襲來。

「喝！」

她一邊單手揮舞薙刀，一邊將短刀收回鞘中。其實她很想把血擦乾淨再收起來，只可惜沒有那個時間。

只要收起短刀，就能用雙手盡情揮舞薙刀。

她就像要展現鍛鍊成果一般揮刀，時而只用右手，時而只用左手不斷使出風車、水車、突刺或上舉等招式。

精金材質的薙刀極為鋒利，接連將大哥布林的手腳乾淨俐落地斬斷，簡直就和獨自演練武藝沒有兩樣。由於被敵人包圍，她不時也會將薙刀的石突往後戳，但是因為速度和硬度的關係，威力和突刺攻擊一模一樣，也就是會貫穿敵人的身體。這種時候，蕾亞會乾脆將敵人的屍體舉起來一起甩動。

雖然這樣的薙刀使用方式要是被祖母看見應該會被罰跪，即使是蕾亞，也不會用現實中以鋼和木頭製作的薙刀那麼做。因為這把薙刀是以精金和世界樹打造，她才會做出這種野蠻的行為。

這種程度的特技，對於這個不會斷裂、彎曲、欠損或缺角的神奇金屬根本不算什麼。世界樹材質的刀柄部分也是如此。

她愉快地揮舞武器一陣子之後，沒多久獵物全都消失了。

蕾亞當然不會犯下讓敵人逃跑的差錯，哥布林們全都化為屍體倒在地上。

她取出懷紙想要拭去血和油脂，可是量大到用那種東西擦不乾淨。此時她靈機一動，從瑪蕾的技能取得清單中使其取得「水魔法」的「洗淨」。本來用水清洗薙刀是非常荒唐的事情，既然是魔法，應該就不會有問題。

一如她所料，「洗淨」的效果與其說用水清洗，更像是讓對象變乾淨，鮮血和油脂全都被清理得一乾二淨。

她也試著對短刀和短刀的刀鞘發動技能，結果也一樣。仔細想想，真的讓人在遊戲中做清掃工作對誰都沒有好處。

「……要是我早點知道這件事，封閉測試時就不用做那種麻煩的保養工作了。」

蕾亞不打算從大哥布林身上剝取素材。應該說，她連肢解用的刀子都沒有準備。雖然她取得了「解體」技能，那只是為了取得「治療」而已，並沒有打算使用。

反正這是別人的院子，她決定就這麼把屍體擱著，繼續探索。

「剛才那是4顆☆的小怪啊？感覺上確實比碳騎士來得柔軟……但是綜合起來何者比較強，還很難說。」

蕾亞會來這裡，一方面也是為了調查難度4顆☆的地下城。雖然系統判定是4顆☆，目前已知難度就算相同，還是會有程度上的差異。既然這裡是4顆☆地下城，那麼和前希爾斯王都就是互搶客人的競爭關係，有必要仔細調查。

雖然目前只進行過一次戰鬥，如果是這樣的內容，應該任誰都會選擇王都吧。

攻略王都需要好幾名魔法師，可是只要在打團體戰時讓近戰職也稍微當一下擋箭牌，就能獲得經驗值或掉落道具。

身為經營者，蕾亞會適時收取經驗值作為使用費，而既然她提供了品質良好的服務，收費高昂也是理所當然，這一點玩家們也能夠理解。

證據就是攻打前希爾斯王都的玩家日益增加了。

大概是為了能夠獲得的經驗值和掉落物吧，如今他們已經不把那當作一回事。他們似乎是以全滅為前提，抱著在死去之前盡可能多賺一點的心態在攻打。

在遊戲的高難度關卡也經常可以見到這種攻打方式，而現在的希爾斯王都應該就是這樣，真是太好了。

從諾伊修羅的安全區域裡的帳篷很少來看，很顯然作為地下城，現階段前希爾斯王都更受到玩家們喜愛。

可是不曉得之後是否會發生變化讓情況改變。

比方說，當徹底攻陷諾伊修羅的玩家出現時會發生什麼事？

如果領域是由受到一名頭目「使役」的眷屬所構成，只要那名頭目被打倒，領域內所有魔物都會死亡。

那瞬間，雖然該勢力會失去對領域的支配力，當下卻不會連支配權也失去。這一點從蕾亞死亡時，里伯大森林和托雷森林依舊是蕾亞的支配地可以清楚得知。

領域的支配權產生轉移，是發生在其他單一勢力重新壓制該領域的時候。

從前蕾亞打倒史佳爾、支配洞窟時就是這樣。那瞬間，只有洞窟內活著的存在都成為了蕾亞的勢力。

在圖爾草原時，蕾亞的出現使得所有玩家死亡或是逃跑，之後好一陣子都沒有任何人敢接近草原。

因為這樣，蕾亞可以說支配了草原。

然而若是由好幾名玩家組成的團隊，就無法成為單一勢力。

也就是說，只要以正常方式攻打地下城，玩家即使成功討伐地下城頭目也應該不會特別產生變化。如果頭目的條件規範和玩家的領域支配者一樣，那麼恐怕三小時後就會重生，然後再過一小時小怪也會跟著復活。

若真如此，假使諾伊修羅的頭目比希爾斯王都的頭目容易打倒，而且打倒時獲得的好處很大，可能就會變成這裡比較受歡迎，吸引玩家反覆前來打頭目戰。

儘管不確定打倒時能得到多少好處，可以確定的是這裡的頭目應該比較容易打倒。畢竟希爾斯王都的頭目可是災厄級的齊格，假使發生連齊格也可能被打倒的狀況，屆時史佳爾和迪亞斯也會加入支援。就連蕾亞也不曉得自己打不打得贏那三人。

（不過話說回來，假如這裡的頭目是玩家，又是另外一回事了。反正這種程度的小怪不需要警戒，機會難得，我就去會會頭目吧。）

◆◆◆

◆◆◆

「——是我多心了嗎？剛才的哥布林好像穿著盔甲耶。」

自從進入諾伊修羅城之後，蕾亞完全就是見敵就殺，將視野中所有會動的物體都瞬間斬斃。就在她反覆進行與其說是戰鬥，已經變成像枯燥作業的殺戮一陣子後，她感受到和之前的大哥布林略為不同的手感。

那個手感不同的敵人一被切成絲，屍體很快就化為光線消失。

「……那傢伙果然是玩家嗎？」

因為是蕾亞先發現對方，應該沒有被對方看見長相才對。

即使遭人目擊到什麼，應該也頂多是看見自己被一個戴著兜帽的人以長刀揮砍而已。

反正戴兜帽的玩家比比皆是，況且在現今幾乎和現實無異的ＶＲ遊戲中，選擇攻擊距離要比劍來得長的長槍玩家也很多。儘管隨著慢慢習慣，劍士的數量也增加了，長槍使的人口並未急遽減少。

要憑藉外表來鎖定瑪蕾這個人應該很困難。

不過說到底，蕾亞對於對方完全沒有認出自己這一點很有信心。

「誰教他突然冒出來嘛。只能算那傢伙運氣不好了。」

可能是已經習慣死亡的玩家吧，他們一確定死亡就立刻化作光線消失，速度快到可能系統訊息才說到一半就選擇重生了。

「……」

見到這個情況，蕾亞忽然想到一件事。

蕾亞在王都被打倒後，屍體也是像這樣很快就消失。

當時在場的玩家們完全沒有懷疑災厄或許也是玩家。

明明只有玩家會在死亡後立刻化為光線消失，究竟是什麼蒙蔽了他們的雙眼呢？

也許是因為他們堅信「活動頭目很特別」吧。還是因為附近留下了鎧坂先生的掉落道具呢？

（算了，反正事情已經過去，現在也沒必要追究了。）

總之現在離目的地，也就是位於城市中央的領主館還有一小段距離。

多虧武器的性能和蕾亞的本領，即使她一邊作戰，行進速度依然和徒步相差無幾。和一般攻打地下城的速度相比，這樣應該算快得驚人吧。

要是這裡的頭目有利用某種手段監視入侵者的動向，蕾亞想必會成為重點監視對象。

可是即使接近領主館，出現的小怪集團還是和剛才沒有兩樣。

依然只有體型比人類大一點的哥布林。

雖然也有會使用魔法的對手混在其中，只是直線飛過來的攻擊就算速度再快也不難閃躲。從飛過來的魔法等級來看，對方就算能夠使用範圍魔法也不奇怪，卻不知為何只有使出單一魔法。

莫非是蕾亞獨自一人的關係？

✦◆✦

（比起這個，說原因是因為被上位者命令不可以浪費ＭＰ還比較自然吧。）

作戰名稱是「節省魔法」。

依照蕾亞的想法和方針，她認為應該節省的是整體資源，並且其中也包括時間在內。如果要快點結束戰鬥，就應該不吝惜使用範圍魔法或是其他技能，可是要求基層士兵每一個人都擁有這種判斷力實在太嚴苛了。

以蕾亞的下屬來說，最基層的步兵蟻和殭屍本來能夠做的事情就很少，因此牠們不需要思考，永遠都只做自己能夠做的事情。

應該動腦思考的，是如何配置士兵們和人數比例。換言之，這是管理者的工作。蕾亞會賦予管理者較多的經驗值，訓練他們自行作出一定程度的高度判斷。

「……這個問題很難解耶。我們家是以大企業作為參考的金字塔結構，中間也設有許多像史佳爾、女王們這樣的中階主管。即使同樣採取由上而下管理法，假如全部都是必須由高層領導人進行判斷的獨裁組織，作戰計畫和命令想必都會很粗糙吧。」

如果組成人員很少，那麼採取獨裁體制就很合理，因為這樣整個組織能夠以非常快的速度作出決斷。

可是這麼一來可以說，這個領域的頭目是玩家的可能性就更高了。

如果是野生的頭目，應該就不會考慮戰鬥成本的效能表現，下令以殺人為優先。

蕾亞一邊剁碎襲來的大哥布林們，慢慢朝領主館接近。

明明這座城市最重要的建築就近在咫尺，蕾亞卻已經因為太無趣而感到有些厭倦了。

◆◆◆

說起來，現實中的武道是以揮舞木頭或鐵材質的武器為前提進行磨練的技術。並沒有預設以絕對不會斷裂、彎曲、欠損或缺角的魔法武器作戰的情況。要是有那種武器，就只需要鍛鍊臂力而不需要技術了。

（應該是武器太強了吧。看來我或許不應該使用和自身能力不相符的高階裝備。）

不久蕾亞抵達領主館前方。

雖然門關著，感覺並沒有上鎖的樣子。

應該說，看起來就只是姑且把破壞過的門關上而已。

從門的鐵格柵縫隙望去，本館的玄關門也是一樣。

沒有其他玩家團隊在此進出的跡象。

蕾亞從門口稍微往旁邊走後，便跳起來把手搭在圍牆上，利用臂力讓身體騰空跳越過去。這件事即使不是蕾亞，只要是能夠來到這裡的玩家應該都能輕鬆辦到。

跳越圍牆後來到的庭院同樣十分荒涼，和里夫雷的領主館完全無法相比。

玄關的門一推就打開了。不，應該說倒下了才對。鉸鏈似乎也遭到破壞，已經失去門該有的形狀。

「……頭目是怎麼進出的啊？」

難道說頭目不會去城裡？又或者這裡有其他出入口？

如果是這樣，就有可能會被對方逃掉，可是蕾亞並沒有無論如何都想抓到對方並取其性命。

◆◆◆

假如她有這個打算，就不會自己單獨前來了。這只是用來放鬆、歇口氣的遊戲。她頂多只是覺得有機會就順便拜見一下頭目，看看殺死頭目時領域會發生什麼事而已。

（等等，我好想知道會發生什麼事喔。既然如此，果然還是把討伐頭目當成優先事項吧。）

她決定從一樓開始依序巡視。

玄關大廳十分寬敞，左右各有一座階梯。頭頂上方則有巨大的枝型吊燈型魔法照明——要是有就好了，只可惜現在沒有。不知是被哥布林帶走了還是遭到破壞，總之現在只剩下顯示原本有東西吊在那裡的鏈條垂掛著。

會客室、餐廳、廚房。像是傭人房的地方、布巾室。面對後院的洗衣房。

一樓不要說頭目了，連小怪的大哥布林也沒有。

「小怪全都到城裡了嗎？連在緊急時刻保護自己的肉盾也沒有？這是怎麼回事啊？」

既然都來到這裡了還沒有敵人來襲，那麼應該可以當作對方沒有監視入侵者動向的手段。可是這麼一來，就表示對方對於不知何時會打過來的入侵者完全沒有採取防衛據點的措施，這一點實在有點不太自然。

蕾亞決定姑且回到玄關大廳，上樓探索二樓。

二樓只有客房和像是領主家人所有的個人房間，依舊沒有哥布林。

剩下唯一還沒查看的，就只有位於二樓西側最深處的房間。到目前為止，應該存在卻始終沒看見的房間只有辦公室。那裡恐怕就是辦公室吧。

然後，那裡也是唯一隱約可以感應到生物氣息的地方。

◆◆◆

蕾亞緩緩朝門走近，然後一口氣往那道門連砍三刀。第一刀是砍鉸鏈，接著是在門上畫出大大的叉。

門遲了半拍才一分為四，掉落在地板上。

結果魔法隨即從房內飛出來。

蕾亞以為自己的攻擊大出敵人所料，結果對方似乎早已等候多時。幸好沒有在破壞門的同時闖進去。

可是就算要抵消，這樣的距離也太近，完全來不及。然後要閃躲的話，走廊也過於狹窄。

「唔！」

這是她來到這裡第一次受到的傷害。

為了降低損害，她用手臂遮住臉，側著身體盡可能減少中彈面積。

蜘蛛女王的絲似乎比蕾亞想像中還要優秀，她並沒有受到太大的傷害。

（幸好優秀的裝備救了我。）

在此之前她並不是很在意身上的配備，不過這下看來似乎有其必要。

應該以精金和蜘蛛女王的絲為基本素材打造裝備，並且幫所有需要裝備的角色更新才對。

蜘蛛絲的魔法抵抗力十分驚人。只要做成長袍進行防禦，就完全不需要把低等級的魔法放在心上。

蕾亞一面這麼心想，同時趕在下一波攻擊到來之前衝進房間。

這裡果然是一間辦公室的樣子，裡面有書架、沙發，以及厚重的辦公桌和椅子。

半躺著坐在椅子上的依然是哥布林。牠剛才好像是坐著擊發魔法，真是瞧不起人。

蕾亞以一記超快速的突刺，砍斷哥布林舉起來準備再次擊發魔法的右手。

雖然她一不小心踢飛了腳邊的茶几，可能是託高ＳＴＲ的福吧，結果並沒有對她造成任何妨礙。被踢飛的茶几撞上書架，然後和書架一起倒下。

「咕呀嗚！」

「……好奇怪的吶喊聲耶？」

蕾亞維持伸長手臂的姿勢讓薙刀旋轉，並且將左手也砍下來。因為力道太猛把桌子也砍到裂開了，不過沒關係。她一副順便似的將桌子四分五裂，因為坐在椅子上的哥布林的腿露出來了，她也將其砍斷。

儘管天花板和地板也被砍出許多刀痕，反正不是自己的房間所以無所謂。誰教這裡的空間那麼小。

「呀、呀啊啊嗚！」

「原來這不是吶喊聲，而是叫聲啊？看來你只是普通的哥布林吧。」

雖然眼前的哥布林體型比之前砍殺的大哥布林還要壯碩，身上的裝備也比較高級，但是也僅此而已。

如果牠是玩家又或者具備某種程度的智慧，應該就能像戈斯拉克一樣交談，也就是說眼前這傢伙是不聰明的ＮＰＣ小怪。

「如此說來你不是頭目了？你的老大在哪裡？」

◆◆◆

即使問了，牠也不可能回答。就算牠回答了，也沒辦法從那奇怪的叫聲判斷牠在說什麼。

（還是殺了這傢伙，然後回城裡去好了。這麼一來要是城裡還有哥布林，就表示這傢伙不是頭目。）

蕾亞本來心想要是領主館中有小怪就能省去麻煩，可是那個時候她可能已經將所有小怪都殺光了，到頭來還是一樣。

她將哥布林剁碎到可以確定牠徹底死亡之後，用「洗淨」清理鮮血，之後便離開領主館。

◆◆◆

回到城裡後，蕾亞隨即又殺死了一群大哥布林。

她依然遭到哥布林攻擊。這就是說，剛才在宅邸裡的傢伙果然不是頭目。

蕾亞從一開始進入這座城市，就一直覺得遇見魔物的機率以這裡的難度來說偏低。也許是因為要發現單獨行動的蕾亞很困難吧。

同為都市型領域的王都和布朗的艾倫塔爾也有可能會遇到相同的問題。像前幾天那樣遭到大批玩家攻打固然麻煩，不過被擁有出色隱匿技能的少人數玩家悄悄潛入的情況也相當棘手。

果然以顧客的立場觀察遊樂園可以學到很多。

先不說那個了，現在最重要的是哥布林頭目的所在地。

（既然不是城市，那就是森林了。雖然我被諾伊修羅城這個名字所迷惑，仔細想想，頭目根本沒必要老實地待在醒目又容易被攻擊的地方等待。）
要是對方像蕾亞一樣支配多個地下城，只要在正遭受攻擊的地下城以外的地方等候就好。
「那就去森林吧。」
蕾亞「召喚」瑪蕾的野鳥下屬，讓牠在頭頂上方飛翔替自己引路。她請野鳥確認森林的方向，並且在前方滯空以便自己朝著該處前進。
她穿過傾圮殘破的北側外牆來到城外，發現那裡被層層濃霧所籠罩。霧的另一頭可以隱約看見像是森林的地方。
「森林離城市也太近了。居然把城市蓋在這種地方，簡直是瘋了。
……該不會是興建好城市之後，森林才擴大吧？」
也有可能是先興建外牆作為防波堤，以防魔物來到街道等重要設施，之後外牆的內側才有了城市。
然而這不是值得花時間弄清楚的事情。
蕾亞謹慎地走在瀰漫霧氣中。她已經讓野鳥回去了，因為空中偵察在這團霧中的效果很差。
這是一片沒有特別之處的荒地。也許是霧氣太濃導致缺乏日照的關係，偶爾見到的雜草長得也很低矮。
由於這裡沒有可以躲藏的地方，就連一隻小怪也沒看到。
可是蕾亞並沒有放下戒心。
忽然間，「啵」的一聲響起。

✦◆✦

才剛聽見那個聲音，蕾亞立刻用薙刀的石突往發出聲音的地面戳刺。

果不其然，那裡冒出只有骨頭的手，而手在石突的撞擊下粉碎飛散。

之後骨頭手便接二連三從地面冒出來。

「只對手玩打地鼠的遊戲也沒用。『地震』。」

既然對方那麼想出來，她決定把地面掀開，方便對方出來。

雖說是地震，這其實是攻擊魔法，不是普通的地震。

大地起伏，彷彿有生命似的產生脈動，斷斷續續地形成好幾塊如岩石般堅硬且尖銳的巨大突起。突起從地面突出約兩公尺後，恢復成普通的土壤崩散落下，之後又成為下一個突起的材料。

變化持續約莫五秒後同時停止，回復到像原本的地面一樣平坦。

被埋在地面下的骷髏們當然無法閃避。牠們和土一起被搖晃，七零八落地分散後和土混雜在一起。

「一口氣解決了耶。只不過因為是小怪，一點都不值錢。以收支來看根本就是浪費ＭＰ。」

考慮到時間效率的問題，這也是沒辦法的事。如果想及早解決，就應該多少消費一些ＭＰ。

之後蕾亞一樣只要感應到骷髏的氣息就發動「地震」，繼續走在荒地上。

（可是該怎麼說呢，那些骷髏好醜喔。儘管可能是我偏心，我們家的骷髏長得要帥多了。）

儘管蕾亞只有看到散落的殘骸，不曉得全身長什麼樣子，但是光從偶爾見到的頭部便能清楚看出長相不同。其形狀近似以前在歷史課本上看到的直立猿人頭骨。

難道是人種不同嗎？不曉得骷髏是否也有人種的差異。

◆◆◆

「啊，哥布林……這些該不會是剛才的大哥布林的骨頭吧？」

如此心想的她仔細一瞧，發現的確有幾分相似。這恐怕是哥布林骷髏。

根據社群平臺上的留言，活動一開始曾經發生活屍攻打城市的事件。

看來敵人雖然以哥布林為主力，手下仍有不少其他勢力，而且還有著讓骷髏代替自己去城裡的小聰明，是個不可輕忽的對手。

森林已近在眼前，骷髏也有一陣子沒有再出現，看來已經不須施展「地震」了。

此時明明是白天，森林卻一片昏暗，散發出陰森的氛圍。雖然不像荒地一樣起霧，視野卻依舊不佳。

「『地獄火焰』。」

蕾亞姑且先用魔法燒光周邊的樹木。

森林大範圍地起火燃燒，化為灰燼紛紛散落。之後只剩下焦黑的大地，以及少許燒剩的黑炭矗立在地面上。

她朝那個黑炭一踢，黑炭輕易就崩散，隨風而逝。

看樣子似乎不是樹人。

既然如此就不需要高度警戒了。

蕾亞走在澈底化為焦土的路上。

然後在來到「地獄火焰」效果範圍的邊緣，即將再次進入森林時，她感應到好幾股氣息。

「『閃……』。」

◆◆◆

「等、等等！請等一下！」

心想反正遇到的應該全是敵人，正當她準備施展雷系範圍魔法時，一道慌張的說話聲傳來。

她感應到的好幾股氣息似乎是玩家團隊。

蕾亞依舊保持戒心，暫時停止發動魔法。

她看著那群人，用動作催促對方主動開口。

「啊，啊啊。呃……我們是正在攻略這座森林的玩家。妳也是嗎？」

有必要回答嗎？

可是對方已經看見我方的模樣，若是面對面交談，之後再次遇見時恐怕馬上就會被認出來。

如果之後沒打算讓瑪蕾當ＰＫ，現在胡亂殺死這群人就不是明智之舉。

「……我也是玩家。只不過我是單獨行動，沒有加入團隊。」

雖然只是大概做個樣子，蕾亞決定像個貴族千金以敬語說話。儘管不到角色扮演的程度，假使之後讓瑪蕾單獨行動，就有必要請她反過來模仿現在的蕾亞。客氣的語氣應該比較容易複製。

再說遊戲內有很多玩家經常都使用敬語，因此這麼做遭人起疑的可能性應該會降低。

「妳獨自來到這裡嗎！妳是魔法師嗎？不對，妳身上帶著像是長槍？的武器吧。這麼說來是魔法戰士嗎？如果是這樣，妳應該是相當高階的玩家……我可以請問妳叫什麼名字嗎？啊，我叫做坦仁。」

「……請叫我瑪蕾。朋友都這麼稱呼我。」

雖然蕾亞報上了名字，這只是暱稱，不會有問題。

◆◆◆

名叫坦克人？的玩家是獸人，似乎一如其名地是肉盾職。他身上配備著氣派的盔甲和盾牌。盔甲上滿是傷痕，盾牌也到處都是凹陷。雖然不記得是什麼，只要用生產類技能修繕，應該就能將小傷痕和凹陷澈底消除。從他沒有那麼做來看，可見這支團隊有一陣子沒有回去城裡了。

「今天妳的那位朋友不在嗎？話說我沒有在這附近見過妳，這麼說來妳是今天一天就抵達森林了？妳也太猛了吧？啊，我叫香菇，請多指教。」

香菇是一名精靈。外表和名字的反差好大。

揹著短弓像是輕戰士的香菇，應該是這支團隊的偵察兵吧。蕾亞覺得在學習感覺類技能上比較有利的獸人更適合當偵察兵，不過這種事情輪不到旁人說三道四。

「我是柯奇。剛才的火魔法好厲害耶。妳有多少ＩＮＴ啊？」

這種事情怎麼可能告訴他。這個男人看起來最親切，實際上卻最沒禮貌。

從耳朵的形狀來看，他似乎也是精靈，不過長相和身材都是人類的樣子。他或許也和蕾亞一樣是完整掃描自己現實中的身體。

「喂，這是應該對初次見面的人問的問題嗎？對不起喔，我的名字叫做蜻蛉，是擔任攻擊手的長槍兵。」

男人有著好像會被名槍砍的名字（註：日本天下三名槍之一為蜻蛉切，因武將本多忠勝揮舞此長槍時將飛舞的蜻蛉砍成兩半而得名）。

蜻蛉是一名身材魁梧的人類。雖然態度彬彬有禮，外表卻很粗獷，從鬢角到嘴巴、下巴都蓄滿了鬍鬚。

「……我叫蓬萊。」

第五名沉默寡言的男性身材矮小到讓人以為他是小孩子，身上卻揹著巨大的鐵鎚。如果他從最初就以這種風格進行遊戲，應該從創建角色時開始就需要相當多STR。

他恐怕是矮人吧。也就是所謂的正太角色。

「妳能夠獨自來到這裡實在很厲害，再加上剛才的魔法威力，看來妳的實力毋庸置疑。不過老實說，這個森林區域的難度和城市區域完全沒法相比。這裡的4顆☆，可能是城市和森林的每單位面積的難度平均值吧。」

「……這樣啊。」

明明沒開口問，坦克人就自己告訴蕾亞了。

其實蕾亞也曾想過，城市那邊可能被刻意配置了較少的戰力。

既然正在森林活動的他們這麼說，那麼戰力配置可能真的不平均吧。

「即使妳能夠一個人來到這裡，接下來是否還能獨自行動實在很難說。如何？妳要不要和我們臨時組隊呢？有妳這樣實力堅強的人加入對我方也有好處，再說我們隊上的柯奇會使用『回復魔法』，至於警戒周圍的工作則可以交給香菇，這樣應該會比獨自行動要來得悠哉一些。」

所謂悠哉是一種心情放鬆的狀態，而不是工作很輕鬆的意思。然而蕾亞可以篤定地說，和初次見面的五名男性組隊，她的心情絕對不可能放鬆。

現在殺死他們所有人是很簡單沒錯，可是這麼一來就枉費她故作乖巧地自我介紹了。

答應加入倒也不是完全沒有好處。

精靈偵察兵的行動，普通長槍使的實力。使用的技能、合作方式，以及裝備的性能。這是能夠近距離觀察這些的大好機會。

「……說得也是呢。

那麼，雖然時間短暫，還請各位多多指教了。」

假如到時真的覺得麻煩，只要把他們所有人殺掉就好。

只有現在動手和之後動手的差別。

既然這樣，稍微觀望一下再動手也不遲。

在城裡ＰＫ時要是被其他人看見我方的模樣會有點棘手，不過就到時候再說吧。

✦◆✦

第八章　死靈復活

「瑪蕾小姐，妳的那把武器是長槍嗎？剛才的魔法好厲害，莫非妳也能以長槍戰士的身分進行作戰？」

「……這個嘛，大概就是那樣。」

在諾伊修羅北邊的森林中遇見、自稱瑪蕾的玩家，這麼回答蜻蛉的問題。

她不僅使出威力強大的魔法，還能以長槍使身分作戰，實力相當驚人。

非但如此，她的腰際還插著像是短刀的東西。那個以肢解用的刀子來說太長了，應該是副武器吧。只是她應該不會把自己不會用的武器準備好放在身上，如此說來，她有可能也對短劍術投入了和香菇相當的經驗值。

從以上幾點來思考，這位名叫瑪蕾的玩家恐怕擁有，即使在目前的高階玩家中也屬於頂尖的實力。

（我可能多管閒事了。）

由於坦仁等人自詡為頂尖的玩家團隊，沒有意識到對方是實力遠比自己更強的玩家。他原本是基於好意邀請瑪蕾加入，說不定其實造成了對方的困擾。

雖然頭上的兜帽讓人看不清她的表情，從語氣聽來她似乎也不是很樂意。

可是既然她還是姑且答應了，就表示至少這件事應該也能夠為她帶來某種好處。

儘管只是暫時合作，總之現在最重要的就是正面思考，將以團隊成員身分互相支援這點擺在第一位。

「呃……那麼，因為我們隊上的近戰物理攻擊手已經有蜻蛉和蓬萊這兩位了，我想請瑪蕾小姐暫時和柯奇一起擔任魔法攻擊手，可以嗎？」

「好的，我知道了。」

雖然很遺憾沒能見到她的長槍和短刀實力，由於魔法有再次使用時間，魔法師的人數越多越有利。

他們一行以坦仁、香菇、蓬萊在前，中間是蜻蛉，後方則是柯奇和瑪蕾的陣形，重新開始探索森林。

「……哎呀，不過森林突然燒起來時，真是嚇我一大跳耶。」

坦仁身後傳來蜻蛉向瑪蕾攀談的聲音。

他很想責備蜻蛉，可是他必須警戒前方。

蜻蛉似乎對瑪蕾的長槍很感興趣。早知道應該先警告他才對。

「啊啊，不好意思，因為有許多骷髏從荒地的地面冒出來，我想確認森林是不是也一樣，於是就……」

「先不說那個了，妳剛才擊發的魔法是什麼啊？不僅範圍廣，火力居然還大到能把4顆☆的森林燒光！就我所知並沒有威力那麼強大的『火魔法』，難道妳發現傳說中的複合魔法了？」

「複合魔法？」

「奇怪，我搞錯了嗎？哎呀，其實有那種傳言喔。就是啊，魔法的再次使用時間不是每個魔法都分開計算嗎？所以聽說只要巧妙調整好射出速度和發動速度，幾乎同時擊發不同魔法並非不可能的事。然後在這種情況之下，還有可能利用特定組合發揮協同作用喔。」

「……我還是第一次聽說耶。是喔，原來有那種傳聞……」

柯奇也向她搭話。

就算戰力比平時來得多，這裡可是連坦仁等人也無法鬆懈、位於攻略最前線的地下城。事實上，坦仁等人從來沒能抵達這座森林的最深處。現在不是可以悠然自得地聊天的時候。

「喂，你們——」

「前方！是骷髏！可能也有哥布林！」

看不下去的坦仁才剛開口，香菇的警告聲隨即打斷所有對話。

靜靜地警戒前方的蓬萊已經進入戰鬥模式。他緊握鐵鎚，瞪著香菇所指的樹木後方。

香菇射出用來牽制的箭。

由於箭對骷髏幾乎無效，不會有什麼反應，假使一如香菇所言也有哥布林，對方應該會被這支箭引誘出來。

「——」

魔法從樹後方飛出。看來很不幸地敵人之中有魔法師。

這座森林的哥布林比其他地方的哥布林更加巨大，體型大概和人類差不多，甚至還要更壯碩。魔法師的魔法威力也和稍有程度的玩家不相上下。

能否打贏還得視敵方集團的組成和數量而定。

「『雷電』。」

一道清亮的說話聲從背後響起，接著就見到電擊鑽過隊伍的縫隙飛過來，迎擊哥布林所施展的魔法。

雙方的魔法迸裂、散落四周，不過並沒有造成太大的傷害。

一見到魔法遭到擊落，骷髏立刻從樹縫間衝出來。

可是牠們被等候已久的蓬萊以鐵鎚一舉打飛，猛力撞上別棵樹。骷髏對打擊的耐性很弱，剛才的一擊和撞上樹的衝擊力道，應該已經使其瀕死了。

接著出現的哥布林則被香菇用箭加以牽制。減少這種情況發生是坦仁的工作。

他舉著盾牌走上前。確定注意到這一點的香菇放下弓之後，他隨即朝哥布林發動「盾擊」。「盾擊」是可以在取消之前，一直舉著盾牌直線奔跑的技能。他就這麼持續往敵人現身的樹木衝刺推進，將哥布林壓在樹上。

他取消技能，而且立刻以「後退」往後跳開。

坦仁斜眼看著癱坐在樹底下的哥布林被柯奇的魔法命中，一邊再次舉起盾牌發動「挑釁」，準備應付下一個來自魔物的攻擊。

「『火焰長槍』！……這應該是最後了吧。」

◆◆◆

柯奇以「火魔法」將哥布林魔法師燃燒殆盡後，暫時解除警戒。香菇則繼續仔細留意四周一會兒，之後才將短劍收回鞘中。

「這次的數量稍微比較多耶。有瑪蕾小姐在，真是幫了大忙。一開始的魔法是瑪蕾小姐使出的吧？」

「……是啊。不過我真的沒有幫什麼忙。」

「不，雖然我們隊上的柯奇魔法威力很強，他不會為了妨礙使用魔法。真是幸虧有妳，我們才能免於遭受首發攻擊。」

「……因為比起為了不受攻擊而擊發魔法，在戰鬥後進行幾次『治療』所消費的MP比較少吧？我只是在做自己認為合理的事情罷了。」

柯奇的行為與其說合理，根本就只是偷懶又吝嗇。不過，反正現在也還沒有到會因此感到困擾的程度，就不苛責他了。

「好了，那麼我們剝取完畢後，就繼續前進吧。蜻蛉、柯奇，麻煩你們了。」

儘管從哥布林身上沒辦法取得什麼好東西，牠們額頭上像是肉瘤的突起物裡面有暗紅色的半透明石頭。

這個半透明石頭可以高價賣給城裡的NPC，大概是某種素材吧。只不過，由於沒有聽說玩家的生產職有在收集，目前可能還沒有人發現配方。

「能夠從哥布林身上取得的有價值道具就只有這個石頭，所以還是先把這個石頭收集起來，之後再將討伐數量除以人數進行分配吧。」

雖然哥布林的皮膚和骨頭也有一定的強度，他們心理上對於肢解還是有些抗拒。
坦仁等人在剛來這裡時也曾剝取那些素材拿去賣，不過現在並沒有那麼為資金發愁。
況且從瑪蕾的服裝來看，她似乎比坦仁他們更加富裕，這次不那麼做應該也沒關係。
「好的，我沒有意見。」
得到瑪蕾的同意之後，一行人繼續展開探索。

之後他們也一再遇到哥布林和骷髏集團，不過每次都順利完成討伐。雖然數量感覺比平常多一些，卻反而比以往來得輕鬆。
原因不用說當然就是瑪蕾。
雖然她沒有使出像初次見面時那樣威力強大的魔法，應該說行事低調內斂嗎？她會時而像一開始遇敵那樣抵消魔法，時而讓敵人陷入泥濘、阻礙行動，表現出和兜帽底下堪稱華麗的外表不相符的細心工作態度。
有時她也會展現本領，以魔法擊落哥布林弓箭手所射出的箭。據她本人所言，因為雷系魔法的發動速度和彈速都很快，只要習慣了就很容易，然而至少坦仁至今從未見過那種技術。
儘管如此，她依然不著痕跡地將給敵人致命一擊的工作讓給柯奇，不忘保護他的自尊。
看來她果然是相當高階的玩家，縱使人數增加了，考慮到戰鬥的效率，整體收入反而有所增長了。
「……增加一名魔法師的效率果然不一樣耶。」

香菇也以他的方式婉轉說道。坦仁等人並未對柯奇感到不滿，只是畢竟雙方的實力差距如此明顯，會有這種想法也是無可奈何的事。

坦仁很希望之後蕾亞這名人才能夠繼續留在隊上，可是她說過自己平常有和其他成員一起行動這樣的話，因此恐怕不太可能。

「坦仁，如何？難得有這個機會，今天要不要挑戰看看森林最深處啊？」

一如蜻蛉所言，假如可以，坦仁也想挑戰看看。

在此之前，坦仁等人的團隊從未抵達這座森林的最深處。

他們本來打算再多賺一點經驗值、提升團隊整體的實力，之後先回到某個城市修理裝備，然後再重新回來挑戰。

坦仁並不打算改變大致的計畫，不過在那之前先確認一下這裡的頭目也不壞。當然，這必須得到同行的瑪蕾同意才行。

「……說得也是耶。瑪蕾小姐，妳覺得如何？如果可以，要不要就這麼到最深處探索，確認這裡的頭目呢？當然，因為到時也有可能會全滅，假使妳不想去，我們就在這裡折返……」

「……沒關係，我也很感興趣。不過很抱歉，假如你們要和頭目作戰，到時請容我以自衛為優先考量。」

「那當然！謝謝妳！」

身為臨時成員的她以自身為優先考量是理所當然的事情。她不太可能在這麼短的時間內和坦仁等人建立起深厚的信賴關係，今後也不會和他們結伴行動。要她現在為了坦仁等人賭上性命、賭上經驗值，實在太對不起她了。

「那我們就不回頭，直接往最深處前進吧。」

雖說以一句話說是森林的最深處，他們其實並不曉得那在哪裡。

可是透過之前的探索，他們已大致掌握住方向。

香菇有運用技能和道具製作這座森林的地圖，在外圍到中層這個區域大致加上註記。話雖如此，畢竟這裡只有森林，又不會出現固定的敵人，所以也只是全部塗滿而已。那份地圖上，從中層以後是一片未經註記的弧形區域。

這是因為魔物的密度太高，導致坦仁等人至今未能踏足的場所，也是平常他們當成折返點的地方。然後頭目恐怕就身在那個圓弧的中央。

從那裡開始，難度又比先前提升了一級。

應該可以說，即使有瑪蕾加入，也依然很勉強。

困難到每次稍作休息，都必須喝用來消除疲勞和回復MP的藥水不可。雖然沒有準備瑪蕾的份，因為她說不需要，就只有坦仁等人使用。

敵人的強度其實並未提高，只不過數量增加這一點實在令人吃不消。這是因為敵人太多，坦仁就無法用挑釁類技能完全掩護過去。

儘管如此仍勉強能夠應付，都是拜這支團隊的組成所賜。

完全無法進行近距戰鬥的玩家只有柯奇，其他所有人都擁有某種戰鬥手段。假使柯奇被盯上，香菇就會去保護他，然後蜻蛉和蓬萊會在香菇設法撐住時發動攻擊，替兩人解圍。

瑪蕾則會單獨對付哥布林們。由於是混戰，她沒有使用長槍，而是以行雲流水般的動作閃避攻擊，並不時將敵人扔飛，用腰際的短刀準確地刺穿要害。過程中，她似乎也會抓住空檔施展魔法，藉此抵消敵人的魔法並阻礙對方的行動。

明明這支強行軍幾乎算是在坦仁等人的任性要求下組成，她的鼎力相助實在令人感激不盡。

尤其當襲擊來自毫無防備的身後時更是讓人吃驚。

之前敵人之所以沒有從背後襲擊，可能是打算在疲勞累積到一定程度的這個時間點，一舉突襲成功吧。把大部分注意力放在前方的香菇沒能發現敵人，結果遭對方偷偷接近身後。

可是瑪蕾幫忙化解了這個危機。

才見到和柯奇一起殿後的她突然在背後施展範圍魔法，好幾具哥布林旋即遭到電擊貫穿，然後化為焦屍。由於前方同時也有敵人來襲，以至於坦仁等人無法支援後衛，然而其實也沒有那個必要。

也許是因為在不可能失敗的時間點發動突襲，卻反而遭受像是突襲的攻擊吧，身後的敵人慌了手腳，甚至連前方的戰鬥也在蕾亞的支援下成為無關痛癢的消化比賽。

坦仁等人深深體會到，和有實力差距的玩家組隊是怎麼回事。只要有一名那樣的玩家，就能挑戰難度高一級、兩級的地下城。

◆◆◆

可是這麼一來，就算不上是在攻打地下城，單純只是請瑪蕾帶他們去遊樂園而已。

「……瑪蕾小姐，我有一個不情之請。」

「什麼事？」

「那個……不好意思，假如之後我們和頭目打起來，希望妳可以旁觀就好，不要出手。」

「喂，坦仁！……不，你說得對。要是瑪蕾小姐願意這麼做，那就太感激妳了。」

蜻蛉似乎也有相同的想法。香菇也看著這邊點點頭。雖然蓬萊閉著眼睛默不作聲，他表示贊成時一向都是如此。至於柯奇看起來有些不滿，可是要是真的反對，他應該會立刻開口。既然他選擇沉默，就表示他應該也深感自己能力不足吧。

「……只要你們承諾讓我將自身安全擺在第一位，那我就無所謂。」

坦仁希望即使會輸，至少在和頭目作戰時，也要只靠自己這群人努力看看。

既然瑪蕾尊重眾人的意見點頭答應了，就必須給予她相應的謝禮才行。

只靠坦仁等人自己作戰想必會全滅吧。這麼一來，屆時她就得獨自和頭目對峙。即使瑪蕾再強，她應該也贏不了頭目。

雖然不曉得是否有瑪蕾一成經驗值的價值，坦仁仍然決定將之前得到的所有掉落道具都送給她，而成員們也都沒有反對。

「啊啊，那個，謝謝？呃，請等一下。

……啊！

……好，那我收下了。謝謝。

……呃，謝謝你們。」

儘管瑪蕾瞬間露出像在發呆的表情，仍舊收下了道具。她在收進背包時，也像是很猶豫一般

✦✦✦

動作慢吞吞的。她可能很意外會收到禮物吧。瑪蕾不僅有實力，人品也很好，能夠認識她真是太幸運了。

可以的話，坦仁很想和她成為好友，可是香菇之前在路上就已經邀約失敗。假如現在又提起這件事，她說不定會以為坦仁是拿掉落道具來當誘餌，看來這次只能放棄了。

於是他們又繼續向前探索。

「這是什麼……房子？前面有房子耶。」

「原來哥布林會蓋房子嗎？我還是第一次見到。」

這裡恐怕就是最深處，是可能有頭目出沒的地方。

那裡有一座像是將周邊樹木砍倒而形成的廣場，廣場上矗立著宛如木屋的建築。

木屋的規模相當大，可能有兩層樓吧。

沒有看見門，也許是位在另一側。

頭目恐怕就在裡面沒錯。

「啊，喂，出來了！」

巨大的哥布林從木屋後方慢吞吞地現身。

目測身高大約有三公尺。既然是以這副巨軀在此生活，就表示這棟木屋不是兩層樓，而是平房了。

其服裝比起其他哥布林來得講究，是以將色彩繽紛的布拼接縫合的奇妙布料製成。

不，不對。

那恐怕是城裡居民的衣服。牠將那些衣服縫合，做成自己的衣服。

由於很難想像怪物會有裝飾、服裝的概念，這或許是像狩獵戰利品的東西吧。代表牠進攻城市，殺死了這麼多人。

「好強大的氣勢啊。我們應該打不贏這傢伙吧？」

「4顆☆的程度是這樣……？還是說頭目的標準不同？」

「先別管那個了，敵人要來了！瑪蕾小姐，妳快退下！」

頭目高舉手中看起來只是把附近樹木拔起來的粗大棍棒，朝這邊發動攻擊。

◆◆◆

用不著他們提醒，蕾亞早就退開躲在樹後了。

身為肉盾的坦克人似乎無法擋下巨大哥布林的一擊，整個人被打扁貼在地面上。

如果有意作戰，就不應該悠哉地觀察，而是先發制人將對手連同木屋一起摧毀。在給實力較強的對手時間採取行動的當下，他們的命運就已經注定好了。

失去肉盾的他們完全束手無策。

他們同樣接連遭棍棒一擊打扁，變成像是魷魚乾一樣黏在地上。一開始遭到攻擊的坦克人和蓬萊似乎還沒有死亡，可是巨大哥布林發現之後又立刻補上好幾棍。

凹陷成棍棒形狀的地面陸續流瀉出光線。是死亡回歸。

一開始先以魔法給予敵人伴隨某種狀態異常的傷害，至於那個棍棒的攻擊則應該以閃避為優先而非防禦，等到成功躲過首發攻擊後再集中攻擊其中一隻腳，先奪走敵人的行動力。

假如他們有這麼做，戰況或許就不會如此慘烈，不過這也是因為蕾亞在後面觀戰才有辦法這麼說。要一下子打贏發動這種即死攻擊的對手十分困難，所謂秒殺就是這麼回事。

無論如何，憑他們的實力就算能夠完美地執行戰術，最後能否打贏還是很難說。

巨大哥布林好像也注意到蕾亞了，只見牠正狠狠瞪著這邊。牠似乎不打算放過蕾亞，可是蕾亞也沒打算要逃。

既然礙事者都已經被牠全部收拾掉了，接下來只要毫不留情地殺死牠，確認領域會發生什麼事就好。

「『地獄火焰』。」

蕾亞以木屋和巨大哥布林的中間一帶為中心釋放魔法。

假如這隻哥布林也注意到蕾亞，明明可以直接發動攻擊，牠卻不知為何靜靜地等待。可能是想讓蕾亞先攻吧。

既然牠要讓蕾亞先攻，那麼她當然是恭敬不如從命了。

即使覺得打得贏也不能鬆懈。

✦◆✦

從前蕾亞從玩家們身上學到了這件事，而今天她決定教會眼前的頭目這個道理。

火焰吞噬四周，將廣場又稍微擴大了一些。木屋當然已化為灰燼，巨大哥布林也全身都受到燒傷。傷害本身似乎沒有很嚴重，然而幸運的話，應該可以使牠狀態異常。

燒傷會一直持續到接受治療為止，是一種可因應燒傷範圍和重傷程度給予持續傷害的狀態異常。假使具備高於持續傷害的自然回復力，那麼燒傷便會隨著時間過去而治癒，可是這個哥布林好像沒有那麼強的回復力。

哥布林轉頭望見木屋已化為灰燼，牠立刻拔腿朝蕾亞衝過來。

比起疼痛和傷害，牠似乎對於木屋遭到破壞更感到憤怒。

牠會在攸關性命的戰鬥中在意木屋，有可能是因為牠還不認為自己會輸，又或者是——

（因為牠不會真正地死去。換言之，牠可能是玩家。）

玩家即使死了還是可以復活，但是燒燬的木屋無法復原。假如那是牠的作品，那麼牠會大發雷霆也很正常。

蕾亞以些微差距躲過直衝而來的哥布林順勢使出的上踢。

她所躲藏的樹木連同周圍的地面被踢起來，飛上半空中。

蕾亞連看也不看一眼，迅速往哥布林的支撐腳移動。

在哥布林將往上踢的腳收回前一刻，朝支撐腳的阿基里斯腱連砍三刀。

「唔啊！」

哥布林忍受不了疼痛，一將往上踢的腳收回便蹲了下來。牠就像要保護剛才用來支撐的左腳一般不停四處張望，尋找蕾亞的身影。

倘若是和烏魯魯這樣身軀巨大的敵人交手，即使有精金薙刀恐怕還是會不曉得該如何應戰，不過只有三公尺左右的話，要殺死對方就很容易了。

只要讓牠像這樣蹲下來，弱點部位就會全部進到薙刀可及的範圍內。

從那個醜陋的骷髏來看，哥布林的身體構造十分酷似人類。

既然如此，那麼弱點應該也一樣。

哥布林的背部毫無防備地暴露在蕾亞面前。雖然上面覆滿厚實的肌肉，卻不可能比鐵製盔甲還要堅硬。

蕾亞瞄準應該是心臟所在的位置，將薙刀猛然插入哥布林體內。

「嘎……！」

她一邊拔出薙刀一邊蹲下，從哥布林像是反射性揮動的手臂底下鑽過去。

接著她抱著薙刀一個翻滾、遠離哥布林，等到拉開一定距離後才站起身並舉起薙刀。

哥布林停止揮動手臂，按著胸口蜷縮成一團，沒有打算追擊的樣子。剛才牠會揮動手臂似乎單純只是反射動作而已。

有機可乘。

「『火焰長槍』。」

可是蕾亞才不會隨便接近對方。她放下薙刀，並且施展魔法。

假如這個哥布林是玩家，那麼牠很有可能在演戲。

只要從對手的攻擊範圍外耐心地慢慢削減ＬＰ，不用多久便能將其打倒。況且還有燒傷的持續傷害，只要牠的身體構造和人類相同，現在應該已經很難再站起來才對。

從蕾亞明明從背後攻擊，牠卻按著胸口來看，剛才那一刀想必貫穿了哥布林的身體。人形生物的身體中央附近一旦被深深刺穿，不可能會安然無恙。

哥布林動也不動地蜷縮著，看起來像在等待什麼似的。

或許是援兵吧。

縱使援兵來了，只要是來此之前遇到的那種小怪就沒問題。蕾亞可以一邊給巨大哥布林致命一擊，同時抽空處理援兵。

之後她反覆以攻擊魔法直擊哥布林，對方卻都沒什麼反應。

難道說已經死了？

不對，牠確實還活著。

牠不時會微微扭動身體，而且只要豎耳聆聽，就能聽見牠不知在嘟噥什麼。

然後——

「……『死靈復活』！」

「什麼！」

才聽見哥布林喊出某個詞，一團漆黑旋即噴發出來包覆牠的身體，滾滾翻騰。

那不是像「夜幕」一樣昏暗的夜色，而是彷彿將所有光線都吸收，完全伸手不見五指的真正黑暗。

面對出乎預料的發展，蕾亞好懊悔這不是自己原本的身體。要是有「魔眼」，或許就能更仔細地觀察了。

她定睛觀望眼前的狀況。

雖說被黑暗所籠罩，那個哥布林應該還在裡面沒錯。只要持續以魔法攻擊，說不定就能使其斃命。

然而好奇心奪走了那個機會。

黑暗很快便散去。應該說，是被吸進中心逐漸消失。

而在那個中心處，站著體型縮小了一號的哥布林。

肌肉發達的壯碩身體已不復存在。應該說精實嗎？牠的身體變得宛如由骨頭、皮，以及緊縮至極限的薄薄肌肉所構成的鐵絲一般，身高也縮水到只剩兩公尺左右。若是把臉遮住，倒是和精靈有幾分相似，只是皮膚比較黑就是了。

那張臉看起來也已經不像普通的哥布林。削瘦的臉頰、外露的獠牙，以及凹陷的眼窩散發出紅光，感覺起來更像是木乃伊。

蕾亞的，不，是瑪蕾所取得的「死靈」技能發出低喃。

這傢伙是活屍。

（之前好像有人說過頭目會兩段變身，沒想到居然是真的。）

對手的外表讓蕾亞遺忘了一件事，那就是這個頭目也會操控骷髏哥布林。

◆◆◆

這麼說來，儘管牠看起來像是肉體派，應該也兼具了死靈術師的身分。

然後兩者集大成之後，就演變成眼前的事態吧。

蕾亞沒有聽過「死靈復活」這項技能，不過這個技能看來肯定會因為滿足某種條件，在技能樹「死靈」中解鎖，而其效果恐怕就是讓自己轉生成為活屍。現在的牠說不定已經往上轉生一級或兩級了。

「──真沒想到使出這招的日子會這麼快來臨。究竟是我運氣好，還是妳的運氣很差呢？」

說話了。

考慮到迪亞斯和齊格的狀況，依眼前的哥布林木乃伊的外表來看，牠會說話其實並不奇怪。

可是根據牠說話的內容，很顯然牠從以前就已經預料到，或者說策劃這樣的發展了。

假如ＮＰＣ有這麼聰明，即使是哥布林類可能也會說話吧。事實上，蕾亞的下屬戈斯拉克就能流暢地與人交談。也就是說牠之前是故意不說話，而那麼做至少對ＮＰＣ沒有好處。

這個諾伊修羅的頭目果然是玩家。

既然取得了攻陷諾伊修羅這項成果，這個男人恐怕是上屆活動侵略方第三名的玩家邦卜吧。

在這裡揭露瑪蕾的身分、向對方提議合作也可以，可是對方未必會答應。

比方說，如果是蕾亞遇到單槍匹馬攻進王都，完全不把碳騎士們當一回事地展開侵略，摧毀王城、打倒鎧坂先生，還把裡面的蕾亞拖上戰場的玩家向她提議合作，她會好好地回應對方嗎？

（應該不會。）

她肯定會覺得「最後要彼此合作可以，但是你得先讓我打一拳」。

再說現在表明自己的真實身分、請求合作，感覺就像害怕對方轉生後的模樣才來拍馬屁，這一點蕾亞實在無法忍受。

既然這樣也只能作戰了。然後除了打贏之外別無他法。

雖說如此，她很幸運地憑著出奇不意和契合度澈底打敗了第一型態的巨大哥布林，可是同一套方法對這個瘦瘦的木乃伊恐怕行不通。

這名玩家很顯然已經轉生，而他不可能會故意讓自己變弱吧。

他還是巨大哥布林時的能力值恐怕比瑪蕾高出許多。衝刺的速度也是，如果要比賽跑，憑瑪蕾的能力一定追不上他。

至於單手揮動一根原木的ＳＴＲ，以及心臟就算被刺一刀也還暫時死不了的ＶＩＴ就更不用說了。

既然他投入經驗值到「死靈」中，那麼很可能也提升了ＭＮＤ。

另外，對手的身體變小也是一個問題。對他而言，現在目標應該相對變大了。

雖然不清楚對手不使用棍棒的戰鬥技術，作為玩家技能的技術程度如何，一般在打格鬥戰時，體型在某種程度上相近的話，打起來應該會比較容易。

考慮到對手的ＡＧＩ（敏捷）和ＤＥＸ可能也上升了，蕾亞未必能夠像之前那樣輕鬆閃躲。

「……妳可真是個不懂分寸的淘氣鬼啊。之前妳或許能夠憑藉那個武器和技能恣意妄為，不過一切都到此為止了。去死吧。」

恕我拒絕。

如果對方是ＮＰＣ怪物，那麼就算死了也無所謂，把瑪蕾的屍體放在這裡不會有任何問題。可是如果眼前的頭目是玩家，那就另當別論了。

因為那樣就像在說：「我會把自己的屍體放著不管整整一小時，快來剝取我的裝備吧。」按常理來想，這是絕對要避免的事情。既然蕾亞讓瑪蕾假扮成玩家，就不能那麼做。

況且這名取得「使役」、擁有眾多眷屬的哥布林木乃伊，很有可能會從一小時這個單位聯想到瑪蕾是某人的眷屬ＮＰＣ。他現在應該是從狀況推測我方是玩家，然而要是屍體沒有消失，他應該馬上就會懷疑瑪蕾是ＮＰＣ。

話雖如此，現在讓精神復原，並且在里夫雷用「召喚」把瑪蕾叫回來也不行。人突然從眼前消失這種事情，和放著屍體不管一小時同樣不自然。

儘管蕾亞輸給好奇心，靜靜地旁觀敵人的變身場景，早知道應該阻止他才對。

她現在終於明白。

在古老Japanese Live-action，也就是特攝片中，敵人為什麼不會打擾英雄變身了。

那肯定是因為好奇心作祟吧。都是「不曉得對方會變身成何種帥氣模樣」的好奇心導致他們失敗。

然後如今，蕾亞自己也即將加入他們的行列。

「……我才不要哩。」

「嗯？我想也是呢。不想死很正常。」

雖然他會錯意了，他說的其實也沒錯，所以就不糾正他了。

◆◆◆

即使覺得打得贏也不能鬆懈。

她好想對不久前的自己大吼：「妳沒資格說這種話！」

對方也許是事到如今仍打算讓蕾亞先攻吧，只見他嘴巴上說要殺了蕾亞，但是沒有要攻擊的樣子。

可是蕾亞也和先前不同，不想在不了解對方身體能力的情況下率先攻擊。

對蕾亞來說，在以護身為宗旨的老家流派中，通常讓對手先出手會更容易應對。她只有在了解對手招數到某種程度上，或是能夠無視對手的招數、迅速使其斃命時才會先出手。

「……怎麼了，妳不是不想死嗎？怎麼不攻擊我？」

「……你不是要殺了我嗎？怎麼不攻擊我呢？」

對方也在提防蕾亞。既然他說自己的運氣好、蕾亞的運氣差，「死靈復活」想必讓他強化了不少。

儘管如此他還是充滿戒心。第一型態遭人完封一事似乎對他造成不小的陰影。

「……那好吧。如果是這個速度，妳不可能像剛才那樣躲掉！」

才見他擺出架式，剎那之後哥布林木乃伊就已來到蕾亞原本所在的位置。

可是蕾亞已經不在那裡。沒有哪個笨蛋會在對方好心宣布自己要發動躲不掉的攻擊之後，還乖乖地待在原地不逃。

蕾亞是從敵我的距離來思考，認為對方即使察覺我方的迴避行動也不容易修正軌道才動身閃躲，結果她的推測果然正確。

◆◆◆

「這次妳總躲不掉了吧！」

儘管很快，對方的速度還是比單一的「雷魔法」來得慢。

再加上對方為半裸狀態，沒有一絲多餘的脂肪，因此可以清楚看見肌肉的活動。在重現度高的這款遊戲裡，要有幸忝居流派中的師範代末席的蕾亞漏看對手的行動徵兆反而是件難事。

（幸好敵我的實力差距沒有大到連動作都看不見。）

話雖如此，假使對方採取徒手攻擊，那就不適合以薙刀應戰了。因為攻擊距離不一樣。不僅蕾亞無法以自己的攻擊距離玩弄對方，對方也沒有弱到可以被玩弄。

既然無法使用，那麼也只會造成妨礙，於是蕾亞將手裡的薙刀扔在腳邊。

「妳放棄了嗎？如果不使用！只要收起來！就好啊！」

哥布林木乃伊接連使出踢擊和直拳，一邊戳中蕾亞的痛處。要是辦得到，她早就那麼做了。

蕾亞一面驚險萬分地躲避攻擊，同時不斷尋找反擊的機會。

儘管哥布林木乃伊的攻擊單調，卻很精準。雖然動作看起來不像有學習武道，確實感覺十分習慣作戰。他似乎很常玩這類型的遊戲。

由於最近這種傢伙變多了，現在這個時代已經變成無論在現實還是VR中都無法鬆懈。不過也幸虧如此，讓老家的家業十分穩定。

「因為、我的本業、不是薙刀。」

縱然蕾亞喜歡揮舞薙刀，那不是她的本業只是嗜好罷了。

再說她的眼睛已經習慣對手的速度，也掌握住對手攻擊的習慣。然後她一向習慣徒手壓制身體能力和自己有顯著落差的強大對手。

「啥！」

站在對手的角度，他大概很想問：「為何妳動作這麼慢，還有辦法抓到我？」我明知道會發生什麼事，卻還是莫名按照對方的想法行動。他此時心裡應該是這麼想。

然而不是那樣。其實是蕾亞利用巧妙的手法，神不知鬼不覺地讓對手落入陷阱。她只不過是故意讓對方在一切結束後，產生「啊啊，我剛才明明應該有看到呀」的感覺。

以自己的方式磨練技術的人確實很強，但是也非常老實，因此比外行人還要更容易上當。

身體遭蕾亞巧妙扭轉的哥布林木乃伊，被自己的力量高高地拋上天空，不久後又墜落下來。

「好痛！該死！妳居然連投擲技能都有嗎！」

可是他所受的傷害並沒有想像中大。

儘管他擁有異常的肌力卻輕得出奇，那樣的身體特性使得蕾亞沒能對他造成太大的傷害。他的ＶＩＴ大概也很高吧。

不過憑蕾亞的能力值，要以單純的打擊給予足以將他澈底打倒的傷害也很困難。他可能光憑ＳＴＲ的差距，就能破解蕾亞的關節技了。

（原來如此，這下情況還真令人絕望。我也想要有減益道具了。）

她對勇敢對抗災厄的韋恩等人稍微刮目相看了。

在相差懸殊的能力面前，所有技術都沒有意義。雖然也有技能可以填補差距，蕾亞——瑪蕾沒有那種技能。光憑剛才那種沒有系統給予傷害紅利的普通技術，完全就是一籌莫展。

◆◆◆

蕾亞之前一直覺得近戰格鬥靠自己就可以，沒有必要特地取得技能，然而現在看來好像沒辦法這麼偷懶。

趁著哥布林木乃伊提防我方的投擲技不肯靠過來，蕾亞暫時和他拉開距離。

倘若是蕾亞原本的身體，她應該可以用「神聖魔法」將這種半吊子的活屍一擊斃命，可是現在說這些也無濟於事。

（不對，等等喔。未必會無濟於事吧。畢竟這是事實。）

◆◆◆

兜帽女確實很強。而且那個像長槍的裝備也是相當高階的道具。那恐怕是以祕銀，或是與其相近的金屬打造而成。

可是從她的速度可以看出，她的能力值和自己相比並不是很高。

之前身為大哥布林·偉大巫師時，她憑藉體型落差和靈巧的動作徹底擊敗了自己，但是這個屍鬼才不會那麼輕易落敗。

因為自己可是歷經千辛萬苦才變得這麼強。

邦卜回憶起遊戲服務剛開始的時候。

哥布林很弱。

弱到他覺得除了自己，應該不會有其他玩家選擇這麼弱小的種族。

可是也因為這樣，能夠獲得的初始經驗值最多。

經驗值多就表示選擇多，換言之就是自由度很高。哥布林是最自由的種族。

邦卜為了追求更多的自由，藉由取得先天特性的缺點「視力差」和「過度進食」來增加經驗值。雖然過度進食會讓飽足指數減少的速度加倍，卻會賦予各種族不同的效果。以哥布林來說，該效果是「即使處於飽足狀態，仍可透過進食讓飽足感上升超過最大值」。簡單來說就是能夠將食物儲存於體內。因此獲得的經驗值縱然只有區區五點，邦卜覺得這實際上不算壞處，於是就喜孜孜地取得了。

畢竟他也喜歡進食這項行為，所以認為這個特性簡直就像特地為自己安排的。

可是這個遊戲世界並沒有那麼好混。

哥布林幾乎沒有可以吃的東西。

不是食性的問題，而是自然界的排序問題。

邦卜沒能取得食物。

飽足指數一轉眼就見底，邦卜因此死亡。

枉費他抱著許多經驗值開啟遊戲，結果卻損失了一部分。這是因為他擁有的經驗值超過不會受到死亡懲罰的最低保證值。邦卜的手邊只剩下缺點。

邦卜選擇作為初始生成位置的地方是森林環境，可是那座森林裡也有進階種大哥布林的聚落。儘管不至於發生遭大哥布林殺害的情況，邦卜的食性和牠們相近，只要牠們吃飽，邦卜就會挨餓。

不僅如此。

森林附近還有人類的城市，而那座城市裡住了許多獸人。那裡似乎是獸人的國家。應該是官方網站上名為佩亞雷的國家吧。

人們有時會從那座城市進入森林，打倒哥布林之後再回去。

即使想逃進森林深處，那裡也已經被大哥布林占據。邦卜的處境可以說進退維谷。

邦卜就這麼過了一段靠著打倒小野獸取得食物和經驗值，然後又因為餓死而失去經驗值的日子。雖然沒聽說過有人會一天餓死好幾次，由於重生後飽足感並不會完全恢復，那種事在這裡可說是家常便飯。大概是營運方的好心安排吧，其中約有一成的機率會從已回復的狀態開始，不過不在失去經驗值之前吃點什麼就會死去。

事到如今，他確實曾經為自己在創建角色時所作的選擇感到後悔，然而他並不打算從頭來過。從頭來過又如何呢？他很想讓大哥布林和那座城市的獸人臣服於自己，可是重置之後未必還能在這座森林開始遊戲。

再說邦卜很常玩這類型的遊戲，身為高階玩家的自尊心無論如何都不允許他在這種地方夾著尾巴逃離獸人和大哥布林。

既然如此，也只能憑藉被賦予的這個條件一路破關斬將了。

這時，他有了「好想要有不會肚子餓的身體」的念頭。這話說起來簡單，可是什麼叫做不會肚子餓呢？人只要活著就一定會肚子餓，然後哥布林也是一樣。

那麼，假如失去生命會發生什麼事呢？只要變成屍體就再也不必吃東西。活屍應該不需要進食才對。

於是邦卜花費所剩無幾的經驗值，取得了「死靈」。

技能樹中除了「死靈」外，還有名為「死靈復活」的技能。突然就中獎了。可是他的經驗值不夠取得，必須努力賺取才行。

邦卜將剩餘經驗值全數投入到ＳＴＲ和ＡＧＩ中，憑著自己的格鬥技術襲擊進入森林的人類和玩家。

那些是來這座森林狩獵哥布林的菜鳥。只要特別強化ＳＴＲ，要打倒幾乎處於初始狀態的哥布林並非不可能的事。他趁著對方沒有防備時出奇不意地攻擊，假如沒能打倒，就憑藉自己的高ＡＧＩ逃走。

就這樣，他像是前進兩步又後退一步地不停賺取經驗值，後來因為不曉得滿足什麼條件而轉生了幾次，最後邦卜終於站上這座森林的頂點。

如今他的種族是大哥布林・偉大巫師。

本來偉大巫師說起來應該是魔法師類的種族，然而他在其他遊戲都是比較擅長在前線與人互毆的玩法，因此他在賺到經驗值後還是忍不住提升了肉體類的狀態。

話說回來，大哥布林本來就是肉體派的種族。以前還是哥布林時可作為飽足指數庫存的「過

◆◆◆

度進食」的效果，也在他進化成大哥布林後變得能夠透過另外消費經驗值，用多吃進去的部分讓體型變大。

如果是原始的衝突方式，當然是體型大的那一方比較強。他會差點忘了自己是偉大巫師，投入經驗值往肉體類發展也很合情合理。

然而他可以說都是多虧如此，才得以殲滅剛才的玩家團隊。假如是普通的大哥布林．偉大巫師，不太可能在沒有下屬的情況下好好作戰。

雖然他身邊值得信賴的下屬幾乎都被那支玩家團隊殺光了，眾多下屬在短時間內被殺死對邦卜而言卻是一件幸運的事。

因為技能樹「死靈」的特殊衍生技能「死靈復活」，需要藉此滿足發動條件。

這項技能需要利用其他技能進行事前準備才能發動，換言之就是連續技。

而那項事前準備，就是以名為「死靈術儀式」的技能，將一定數量受自己支配的靈魂聚集至同一處。

儘管沒有被明確要求使用「死靈術儀式」，除此之外沒有其他方法可以召集大量靈魂。不僅在技能樹「死靈」裡面找不到，也沒有其他看似可以操控靈魂的技能樹。「死靈術儀式」恐怕是偉大巫師的固有技能，換句話說這個「死靈復活」事實上是只有巫師類，或不確定是否存在的死靈法師類種族才能使用的技能。

雖然能夠藉由「死靈術儀式」召集靈魂，卻無法收集最重要的活祭品。

假如附近的城市安然無恙，就可以使用那座城裡的居民，不過也是因為那座城市毀滅了，他才有足夠的經驗值取得這些技能。

他放棄從外面收集活祭品，決定從一開始就利用手下的眷屬。

邦卜事先將眷屬們配置在「死靈術儀式」的範圍內，藉由讓牠們全部死亡來收集遊魂。儘管靈魂被用來發動「死靈復活」的眷屬會永久消失，卻是不得不作出的犧牲。

由於眷屬們會在死亡的一小時後重生，能夠將靈魂保留在「儀式」中的時限就是一小時。在那之前還必須準備好其他條件。

所謂其他條件是施術者本身，也就是邦卜死亡。然而不用說，要是他死了就無法發動技能。因此最理想的狀態是在臨死前一刻發動，並且在發動後確認條件的那瞬間死亡。

雖然實際上應該會有幾秒到幾分鐘的受理時間可以猶豫，這次那個兜帽女讓邦卜產生伴隨持續傷害的狀態異常，因此執行起來非常容易。他只要一邊算還剩下多少LP，一邊加入不時飛來的攻擊魔法傷害，調整時間點就好。

如果是有辦法在短時間內殺死範圍內所需數量的眷屬、抵達邦卜所在之處的玩家，應該就有能力殺死邦卜。

邦卜自從取得「死靈術儀式」，便抱著這種想法時常發動技能，不過他一直都認為玩家們還需要一些時間才能成長到那種程度。

計畫能夠這麼快達成真是太幸運了。

辛苦蓋好的木屋被燒成灰燼這件事固然不可原諒，可是這樣的結果仍然瑕不掩瑜。

◆◆◆

況且他也沒想到體型會改變這麼多，因此改建無論如何都勢在必行。

心想「憑這個屍鬼的狀態應該沒問題」的他正準備攻擊的前一刻。

他整個人被兜帽女扔了出去。

傷害本身並不嚴重。

可是因以狀態來說應該相當低階的玩家而受傷這件事，令他十分驚訝。邦卜非常清楚即使只有一點點，要徒手對實力高於自己的對手造成傷害有多困難。

受到傷害就表示只要持續下去，總有一天會被打倒。

如果是剛才那種程度的攻擊，傷害確實會隨著自然回復而消失沒錯，假使剛才的攻擊是用來判別投擲技是否有效的小測試，就無法否定她可能還暗藏更強大的技能。

邦卜原以為只有那支奇形怪狀的長槍需要小心，因此才採取近距離作戰不讓她使用武器，然而這名兜帽女的本事似乎不只有長槍和魔法。她果然並非等閒之輩。

隨便接近很危險。

雖然長槍還掉在地上，那也有可能是她為了讓邦卜以為自己不會使用而使出的騙人手段。她未必不會從背包再取出一支。

邦卜小心翼翼地注意女人的動向，忽然間女人的氛圍改變了。

心想這或許是某種前兆，他擺出備戰姿勢。

這時女人突然大喊：

「呃……啊，神、神聖重擊！」

那是沒聽過的技能。

說出發動關鍵字後不久，女人前方的空間忽然變得扭曲，可是很快又恢復原狀。

看樣子是發動失敗了。

掃興的邦卜解除戒心。

「原來是虛張聲勢啊。居然做那種──」

他才正要說「無謂的小動作」時，那瞬間純白色的刺眼光線包圍邦卜。

光線直入天際，不知延伸至何處。

可是邦卜沒有餘力在意那種事情。

「──！」

連聲音也發不出來。

傷害大到足以和剛才心臟受到的那一擊匹敵。

也就是說，只要再中一招恐怕就會喪命。

更慘的是，他還同時遭受到黑暗、燒傷、自失，以及僵硬的狀態異常。

兜帽女的魔法類技能很強這件事，他早在木屋被燒燬時就已經知道，然而他萬萬沒想到她竟然暗藏如此高階的魔法。

✦◆✦

她先前之所以沒有擊發，大概是從說出發動關鍵字到實際發動之間有時間差吧。要在作戰過程中讓這個魔法命中是不可能的事。邦卜提防女人、和她拉開距離的舉動反而害了自己。

可是，這是單單一擊便能造成嚴重傷害，使得多種狀態異常併發的魔法。再次使用時間肯定也很長，第二擊不會馬上就來。

話雖如此，邦卜也因為自失、僵硬和黑暗而無法動彈，完全搞不清楚周圍的狀況。

要是女人撿起那把長槍往他心臟刺入，這次就真的完蛋了。

接下來該怎麼辦？應該姑且朝女人可能的所在方向衝過去攻擊嗎？正當他這麼思考時，女人的說話聲再度響起：

「……啊，好的。呃，神聖爆裂！」

然後聽完那句話之後，所有感覺都消失了。

『根據特別契約條款，你在遊戲內的三小時內無法重生。』

第九章　STAND BY ME

「神聖爆裂」是「神聖魔法」中目前威力最強的魔法。

就單純的攻擊力而論，蕾亞手邊的魔法中威力最強大的恐怕是「黑暗內爆」，可是既然敵人是活屍，使用「神聖魔法」應該比較能對他造成傷害。

她原本以為只需要一發單一攻擊魔法「神聖重擊」就能收拾掉對方，結果她想得太天真了。決定ＬＰ總量的是ＶＩＴ和ＳＴＲ，看來他似乎也在這些能力值上投入了相當多經驗值。

原以為是肉體派，結果卻會使用「死靈」類技能；還以為是魔法職，沒想到竟然採取近距離作戰。而且ＬＰ也好多。這傢伙究竟是以什麼為目標在為角色進行技能配點啊？

可是蕾亞因此陷入困境是事實。

雖然這個狀況一如往常地算是蕾亞的輕忽大意所造成的結果，這名玩家的技能配點也確實很異常。

「……不過嘛，我想以後還是避免單獨行動好了……」

「我也覺得那樣比較好。剛才真是讓人捏一把冷汗。」

始終在搖滾區觀戰的瑪蕾點頭說道。

單獨行動有可能會像這次一樣，被強迫推銷自己不需要的好意。

今後就算要借用瑪蕾的身體到處遊玩，可能還是把凱莉她們當成團隊成員一起帶去比較好。雖然她們和蕾亞不同，大家各自都有工作要做，無法無時無刻自由行動。

將身體還給眷屬、讓原本的主人掌控那副身體時，好像會產生些許時間差。

似乎沒辦法在戰鬥過程中無縫切換。

這一點是在從坦克人他們手中收取道具時發現的。在此之前，蕾亞都是在達成目的之後才讓精神復原，所以沒有注意到這件事，不過這個時間差非常重要。

這次多虧敵人的哥布林木乃伊心存警戒、拉開距離暫停攻擊，蕾亞才得以擠出時間那麼做。警戒對方時，是會拉開距離重振旗鼓，還是繼續攻擊不給對方喘息時間，這點似乎依據那個人本身的性格而定。一切進行順利真是太幸運了。

總之，蕾亞就這樣暫時讓精神回到本體，在本體發動「迷彩」，並且透過好友聊天功能指示瑪蕾喊出技能名稱，然後以瑪蕾為目標對本體發動「召喚施術者」。

接著，她利用「魔眼」的「魔法合作」靜靜地發動魔法。

這樣的做法會使得從說出發動關鍵字到實際發動之間產生相當大的時間差，如果進行得不順利就有可能遭人起疑，不過依然堪稱能夠在緊急時刻扭轉局勢的密技。

由於現在可以自由設定發動關鍵字，能夠偽裝成普通對話，使出讓瑪蕾和對方閒聊，然後突然擊發魔法這樣的高等技術。

「問題是，在戰鬥過程中突然開始閒聊這項任務的難度實在太高了吧。不過畢竟是高等技術，這也是沒辦法的事。雖然我辦不到，身為貴族千金的瑪蕾想必可以做得很好。」

「……您究竟把貴族當成什麼了？我做不到。」

那是今後必須面對的課題，也是此次戰鬥的成果。

蕾亞讓瑪蕾把野鳥放到城裡，自己則「召喚」歐米納斯去探索森林。

領域內有很多大哥布林，不過好像全部都死亡了。

另外也能稀稀落落地看見其他玩家，而他們臉上都帶著困惑的表情。

剛才的哥布林木乃伊邦卜無疑正是這裡的頭目。

領域的支配權之所以沒有轉移到蕾亞手上，可能是這裡還有許多其他玩家，也就是其他勢力的角色吧。

不過，反正蕾亞這次的目的不是支配這座森林，所以無所謂。

反倒是她支配了，恐怕會被那個哥布林木乃伊執拗地窮追不捨。

從特地興建木屋在此生活來看，他很顯然對這座森林抱有很強烈的執念。

「……他會不會單純只是因為身軀太龐大，才無法在城裡生活呢？以他的體型，應該無法在領主的宅邸內舒適度日。」

「啊啊，說得也是。應該說，他根本連房子都進不去。」

如果是基於這樣的理由，現在體型縮小的他應該就能住在領主館裡了。

希望他重生之後能夠對蕾亞心存感激，在城裡安穩地生活。

另外或許哪一天，蕾亞會向他提議合作也說不定。

只不過要是他對這次的事情懷恨在心就麻煩了，所以到時不能讓他和瑪蕾見面。

◆◆◆

「對了，我來製造捷徑吧。」

想要迅速來到這裡只能利用轉移服務，可是那樣的話蕾亞本人就不能來了。

儘管也可以暫時封閉里夫雷城的傭兵公會，那麼做的缺點實在太大。無論蕾亞要去其他任何城市，恐怕都會引起大騷動。

她將瑪蕾留在原地，以烏魯魯為目標利用「召喚」前往火山，支配那裡的幾個石頭魔像。之前那片土地放眼望去全是岩石，十分荒涼，如今已經變成地表裸露的普通火山。可能是因為瑪莉詠帶走了相當多的魔像吧。

蕾亞回到森林「召喚」那些小魔像，將牠們放在頭目所在、被燒得焦黑的廣場邊緣。為了以防萬一，她其實很想對牠們進行一定程度的強化，可是這麼一來牠們就會巨大化，所以只能維持現狀。

接著她發動「植物魔法」，一口氣讓焦黑的廣場變得綠意盎然，恢復成戰鬥之前的模樣。

既然和戰鬥結束時相比，這裡發生了如此巨大的改變，那麼就算角落多一顆岩石，他應該也不會放在心上。

「好了，那我就把頭目的屍體撿回家吧。因為說不定之後會用到。」

說到這裡，蕾亞好久以前在拉科利努回收的騎士屍體還在背包裡。

在那之後，再次在拉科利努遇見的騎士不知為何打扮寒酸，不過想想那也是當然的。因為他的盔甲和屍體都在蕾亞手上。

之後有必要找個空閒時間，好好整理一下背包了。

◆◆◆

雖然蕾亞不是很想肢解、玩弄人類和木乃伊的屍體，如果是作為活屍的素材就沒問題。只是不曉得木乃伊的屍體是否還能當成活屍的素材就是了。話說在提到木乃伊屍體的當下，她總覺得有股強大的能量襲來讓頭好痛。

「對了，諾伊修羅會淪陷是佩亞雷和謝普之間的小衝突造成的吧？因為看起來不像有人幫忙，莫非那是偶然發生的事件？」

根據從上空偵察的結果，沒有玩家在頭目死亡後做出可疑舉動。每支團隊不是對突然死去的哥布林們屍體心生警戒，就是受到欲望驅使忙著剝取素材。

那個哥布林木乃伊也沒有要大肆宣傳自己是玩家的樣子。這麼一來，現階段或許不需要考慮魔物類玩家和非魔物類玩家合作的可能性。

仔細想想，像蕾亞和萊拉這樣處於合作關係的玩家，分別都具有國家級影響力的例子可說相當罕見。一般頂多就是小兵小將彼此合作，再說如果打算聯手開啟遊戲，彼此的種族相近應該也比較合理。

也許就和萊拉說的一樣，在意那麼多也無濟於事吧。

「不管怎樣，總之薙刀的試砍結果應該算是令人滿意。非但如此，甚至還因為性能有點太好以至於無法使用。我本來預計要打造幾把相同的薙刀，看來還是改用性能較弱的金屬好了。」

「如今里夫雷城已經在陛下的大力推動下有了長足發展。縱使旁邊的領域只能夠滿足低階傭兵們，陛下您想要以人為方式使其與全大陸的領域相連吧？

如果是這樣，那麼在那個名叫古斯塔夫的男人的商會裡販售中級程度的武器如何？我想需求量應該會相當充沛。

如此一來，之後就可以將在那裡取得的武器熔燬，做成薙刀了。」

瑪蕾說得頗有道理。

就算不熔燬，只要有取得武器的途徑應該就能採購那項素材。

「……說得也是，那就立刻派人著手進行吧。

又或者，目前興建於王都周邊安全區域的驛站——是以碳騎士素材為主啊。既然這樣，應該也可以在拉科利努的安全區域興建驛站，然後在那裡挑選平價的素材。」

蕾亞並未確認王都近郊的驛站建設進度，不過要是還沒完成，就得兩邊同時進行。

這件事應該也只能交給古斯塔夫去辦了。如果他也想成為貴族，就必須讓他學習如何更加善用人才。

蕾亞透過凱莉下令，將以王都和科拉利努為首的驛站建設工作全部交由古斯塔夫負責。

如果一切順利上了軌道，從位置關係來看，接下來應該可以在艾倫塔爾附近也興建相同的驛站。蕾亞並沒有打算賣人情，不過這樣應該會對布朗有所幫助。

◆◆◆

第十章　骷髏是什麼的骨頭？

『致各位玩家：

誠摯感謝您一直以來對敝公司《Boot hour, shoot curse》的支持。

此次新設置的限定轉移服務有幸受到許多玩家的喜愛，真的非常感謝各位。隨著新系統的安裝上線，官方社群平臺的留言上限已擴大至九萬九千九百九十九條，希望能為交換攻略情報帶來幫助。

另外也感謝各位對於販售道具的熱烈迴響，對此全體員工深表感激。未來我們將推出更加豐富優質的商品，敬請期待。

今後敝公司也將陸續規劃各種令玩家們滿意的精采活動。

請各位屆時務必踴躍參加。

今後還請繼續支持《Boot hour, shoot curse》。』

◆◆◆

『常見問題

以下收錄顧客提出的「常見問題」與「麻煩的解決方法」。因為有可能可以解決您的疑問和問題，還請在諮詢之前先確認一次。

另外，像是和遊戲內容相關的問題和部分規則相關的問題等，有些問題恕敝公司無法回答，這一點還請見諒。

此外，本頁面除了實際經常出現的問題外，也會刊登特殊的問題。

Q：轉移服務可以帶城裡的NPC同行嗎？

A：由於轉移服務會利用系統訊息確認使用者的意願，聽不見系統訊息的NPC原則上無法轉移。

Q：討伐地下城（經判定為本遊戲內有接受轉移服務支援的場域）的頭目之後，其他魔物會變得如何？

A：若是擁有該場域支配權的角色死亡，受其支配的所有角色將暫時死亡。此外，擁有支配權的角色會在死亡後三小時於既定位置重生。

Q：我提出了疑問卻沒有得到回覆，也沒有被刊登在常見問題頁面，這是為什麼？

A：如果是無法回答的問題，有可能會在負責人的判斷下作此處置。

Q：請說明能夠回答和無法回答的問題的定義。

A：有關規則的問題可以回答，但是和其他玩家、遊戲內的技能、道具，以及NPC相關的問題原則上無法回答。

Q：請問有預計進行升級，讓人可以看見道具、怪物的名稱和詳細資料嗎？

A：這個問題的內容本來無法回答，不過經過協議之後仍決定回答。問題中的功能其實從服務一開始，便以「技能」的形式安裝在遊戲內。另外因為該技能的取得率很低，敝公司正考慮以消費道具的形式設置收費服務。

Q：如果以哥布林或骷髏的角色開始遊戲，有辦法受僱於某個地下城嗎？

A：這點有可能在遊戲內透過交涉達成。只不過站在營運方的立場並不鼓勵這麼做，因為遊戲內不適用勞基法，敝公司的AI有可能會打造出惡劣的職場環境。

Q：請更詳細說明地下城的難度基準。是平均值嗎？頭目的討伐難易度有包含在內嗎？

A：轉移服務中的移動地點清單的難度，是透過預測與支配該冠名場域的勢力作戰情況所推算出來。

由於某些勢力會集中提高場域中樞（未必是中央地帶）的防衛力，而這時即使取平均值也無法得出正確數值，敝公司一律都是將所有場域的中樞地帶扣除之後再行計算。

Q：骷髏是什麼的骨頭？

A：「骷髏」天生就是骷髏，並未設定骨頭原本的種族。是為了成為骷髏，而被製造出來的骨頭。

至於名為「〇〇骷髏」的種族，則有設定骨頭的來源。

今後還請繼續支持《Boot hour, shoot curse》。』

◆◆◆

【3顆☆】前希爾斯　艾倫塔爾【個別地下城】

0324：堅固且不易脫落

結果首領你們後來有打贏徘徊頭目嗎？

0325：韋恩
>>0324 沒有。近戰職的攻擊打不到對方這一點真的好吃虧。
雖然我們隊上也沒有專精遠距離攻擊的玩家啦。
憑我的魔法無法給予關鍵一擊，明太的能力又主要是發揮減益效果。
話雖如此，如今才來專攻魔法也很微妙。

0326：堅固且不易脫落
這大概就是「樣樣通卻樣樣不精」的壞處吧～
這麼看來，團隊裡面還是需要一名專精遠距離的玩家了。

0327：基諾雷加美許
而且徘徊頭目也只有我們接近城市正中央的豪宅，又或者說小城堡？時才會出來。
就算只是闖進城市外圍的房子狩獵裡面的殭屍，還是可以得到相當多經驗值。

0328：無名精靈
>>0327 那真的是殭屍嗎？

0329：克朗普

>>0328　我認為絕對不是。

因為有時連中級玩家都打不贏，

而且必須破壞頭部或心臟才會死。

0330：豪斯托

那難道不是吸血鬼嗎？

0331：基諾雷加美許

應該不可能吧？他們都在城內的建築物裡耶？而且聽說有好幾千具。

再說有些就算玩家進到屋內也還是呈現死亡狀態不起來，所以不管怎麼樣，我覺得那肯定是會動的屍體沒錯。

0332：克朗普

>>0331　不起來會不會是因為已經被其他玩家打倒了啊？

0333：基諾雷加美許

因為完全沒有外傷，所以應該不是。

0334：豪斯托
這樣啊，那可能就不是了。
還有其他情報嗎？

0335：基諾雷加美許
那是叫做犬齒嗎？
牠們的獠牙很長喔。

0336：豪斯托
那不就是吸血鬼嗎？

0337：明太清單
原來是吸血鬼啊？
如果是這樣，說不定只要被吸血，就能滿足轉生條件喔。

0338：克朗普

真假，好想變成吸血鬼喔！
可是我沒受過吸血之類的攻擊耶。
雖然我在艾倫塔爾死掉過。

0339：豪斯托
既然如此，那果然和吸血鬼不一樣了。

0340：無名精靈
>>0339　你留言應該有什麼目的吧？

◆◆◆

【5顆☆】前希爾斯王都地下城個別討論串

1312：藏灰汁
對了，裝備遭到破壞的前鋒現在情況如何？應該沒辦法在這裡修理吧？

1313：堅固且不易脫落

我們和鍛冶類的生產職玩家交涉，然後請對方到王都的安全區域來了。
儘管被要求支付超多金幣，前鋒職的大家還是想辦法一起分攤了。

1314：鄉村流行樂
>>1313　啊，NPC商人有來安全區域喔。

1315：堅固且不易脫落
>>1314　真的假的？怎麼來的？
NPC可以轉移嗎？

1316：orinki
NPC無法轉移，他們好像是坐馬車過來的。
後來，那是玩家嗎？總之有個像護衛的獸人從背包取出資材，讓商人帶來的NPC工匠們蓋房子。

1317：堅固且不易脫落
原來那棟建築是這麼來的啊！
我之前登入時看到突然蓋了房子，還以為是沒有通知就自動更新了哩。

1318：orinki
而且仔細觀察可以發現，ＮＰＣ的工匠是以三班制在蓋房子。
技能的力量真厲害～w

1319：堅固且不易脫落
那是什麼建築？用來住的嗎？

1320：藏灰汁
>>1319　好像是旅館。另外還有生產設備之類的。
不過說是用來住的應該也沒錯。
那名像是老闆的商人ＮＰＣ好像會在這裡逗留，然後找來各種工匠，支援玩家或者說以奪回王都為目標的傭兵。不過當然會收錢就是了。
因為心想這下總算可以修理了，我才好奇發文問大家之前是怎麼處理的>>1312

1321：堅固且不易脫落
既然這樣，不曉得他願不願意收購我所擁有的新素材耶。

1322：orinki
他好像願意積極收購在王都掉落的金屬塊。

1323：藏灰汁
>>1322　這件事好像應該大肆宣傳比較好。
因為玩家一多，ＮＰＣ設備或許就會越來越充足。

1324：orinki
>>1323　感覺好像「解決支線任務，讓城市發展下去」的劇情耶！
第一件任務是「增加人流」。

1325：藏灰汁
還有另外一件事。
我聽護衛玩家說，從安全區域看過去的王都另一頭，好像出現了一座奇怪的森林。
搞不好是新區域喔。

1326：堅固且不易脫落
真的假的？

反正我很閒，不如去看看好了。
有人要一起去嗎？

1327：鄉村流行樂
>>1326　你這傢伙真是學不乖耶w
好吧，反正沒道理要在王都旁邊新設置一個難度比王都還高的區域，
我就陪你去好了。

1328：藏灰汁
>>1326　我也要去。因為我想到驗證討論串回報。

◆◆◆

【3顆☆】前希爾斯　拉科利努森林【個別地下城】

1512：白海藻
話說這款遊戲有時候還真講運氣耶。

1513：燈
啊～我懂你的意思。

1514：山葡萄
有時才剛看準時機準備撤退，以為這次應該可以安全脫身，就會慘遭突然出現的蜘蛛女王蹂躪耶。

1515：核桃
還有就是陷入無法逃脫的陷阱中吧。
才心想沒有陷阱耶，結果通常會被蜘蛛絲捕殺。

1516：無名精靈
儘管如此，畢竟能賺到不少經驗值，而且蜘蛛絲也能賣錢，應該還算是不錯的獵場吧？

1517：燃燒玻璃
姊，妳剛才是不是在艾倫塔爾討論串？

1518：無名精靈

◆◆◆

不准叫我姊。

我只是去看看情況啦。

因為就在附近，想說去看看、轉換一下心情也好。

1519：遙

話說安全區域好像有ＮＰＣ商人喔？

而且還蓋了房子。

1520：無名精靈

我好像有看到。

可以擅自在這種地方興建建築物嗎？

還是說，如果是ＮＰＣ就沒關係？那是誰的土地啊？

1521：燈

既然災厄篡奪了國家，應該就是災厄的土地吧？

1522：山葡萄

這麼說來，那名商人蓋房子有獲得災厄的許可嘍？

1523：核桃
如果沒有獲得許可，那還真有勇氣耶。

1524：無名精靈
就算有獲准也很有勇氣啊！
他是怎麼見到災厄的啊？
話說災厄現在人在哪裡？她現在外出不在王都對吧？

◆◆◆

【1顆☆】前希爾斯　圖爾草原【個別地下城】

0722：松笠元帥
如此說來，這裡果然是被上次活動的頭目壓制了？

0723：馬奇
沒有錯。

因為湧出來的怪物從大鼴鼠變成大螞蟻了。

0724：DYNA
也就是說這裡的頭目是災厄嗎？

0725：鼻電擊獸
不對啊，如果是這樣就不可能只有1顆☆，所以應該另有頭目吧？

0726：澤奇歐
雖然我忘了名字叫什麼，也有可能和希爾斯另一個只會出現殭屍的1顆☆廢墟城市一樣沒有頭目。

0727：林公司
你是說亞多利瓦嗎？
如果沒有頭目，要怎麼攻陷啊？

0728：松笠元帥
話說回來，有人說過地下城可以被攻陷嗎？

0729：綠帽男
好像沒有人這麼說耶。
這也就是說，雖然確實存在有頭目的地下城和沒有頭目的地下城，
可是打倒頭目未必就表示攻陷地下城了。

0730：林公司
不過我倒覺得，要是能夠由攻陷的玩家來經營被攻陷的地下城，應該會很有趣。

0731：澤奇歐
那樣會變成不同的遊戲吧？
再說地下城裡面的小怪要怎麼辦啊？

0732：林公司
>>0731　團隊成員。

0733：綠帽男
>>0732　這是黑心企業嗎w

◆◆◆

……

3006：澤奇歐

城市好像正以驚人之勢不斷發展耶？

蓋了這麼多房子，真的有人會去住嗎？

3007：林公司

你不知道嗎？

因為轉移是單向通行，一般來說轉移到地下城之後要回到城裡的話，就只能沿著街道之類的走回去。

可是因為圖爾草原旁邊就是里夫雷城，轉移之後馬上就可以再轉移到其他地方喔。

這麼一來，假如有其他類似的城市，就可以在那些城市之間互相轉移。

就是因為這個原因，這裡的玩家變超多，然後ＮＰＣ也跟著增加。

雖然聽說其他國家也有地理條件類似的城市，還是這邊的里夫雷和歐拉爾的菲利斯達城發展得特別迅速吧。

3008：澤奇歐

我完全不曉得耶。

✦✦✦

該不會是因為這樣，才開始實施居民登記吧？

3009：綠帽男

我好像看過海報上面寫著，這麼做是為了進行區域規畫。

你知道玩家也可以登記這件事嗎？

登記分為居住和居留兩種，即使只有進行居留登記，也能在幾乎所有商會享有消耗品的折扣優惠喔。

雖然旅館的住宿費也會變便宜，因為現在正值建築熱潮，考慮到將來，其實直接買房好像也不錯。

3010：澤奇歐

我沒有那麼多錢可以買房子啦～

這裡可是1顆☆地下城的討論串耶。

3011：DYNA

我看總討論串，應該說最先發現這個特殊地理條件的人所開的討論串，那些有錢的商人系玩家好像正忙著收購土地和建築喔。

儘管里夫雷和菲利斯達已經因為地價太高而只能借地，從發展速度來看，可以確定這兩座城市的領主正積極地投入資金，因此考慮到未來的發展前景，那些玩家似乎無論如何都想在里夫雷或菲利斯達擁有店面。

3012：澤奇歐
原來是因為這樣，城裡才會多了一些不像新手的玩家啊？
我就覺得奇怪，地下城裡明明只有菜鳥，為什麼會這樣啊。
不過為什麼只有里夫雷和菲利斯達發展得這麼好呢？

3013：林公司
可能因為前希爾斯是眾人注目的焦點吧。
畢竟在不好的方面受玩家注目也能吸引玩家前來，領主自然會看中這一點大力發展了。
至於菲利斯達，則可能是因為離希爾斯很近吧。畢竟是鄰國。

3014：松笠元帥
既然用轉移就能前往，應該和距離遠近沒關係吧？

3015：DYNA
玩家可以轉移，可是NPC不行吧？

畢竟讓城市發展的，最終還是住在當地的ＮＰＣ，所以地理位置很重要喔。

◆◆◆

【4顆☆】佩亞雷王國　諾伊修羅【個別地下城】

0258：克拉克
來了——！

0259：聖雷根
什麼東西來了？

0260：克拉克
特殊頭目敵人終於也來到諾伊修羅了！

0261：聖雷根
咦？真假？城市？森林？
是什麼樣的傢伙？

0262：克拉克
是城市！
我們在城裡閒逛時，不知不覺就全滅了。

0263：聖雷根
到底怎麼回事啊？
你沒看見對方嗎？

0264：克拉克
哎呀，因為我們全員四人幾乎瞬間就被殺死了啊。
不要說看見了，根本沒人知道究竟發生什麼事w

0265：薩莫斯
唉～真沒用。

0266：克拉克
不過我大概知道會有什麼徵兆嘍。

在城裡發現哥布林的散落屍塊時就要小心了。應該啦。

0267：聖雷根
那搞不好是其他團隊幹的啊～

0268：克拉克
屍體沒有被剝取素材喔。
而且那個皮膚和骨頭都硬梆梆的大哥布林，是被人以平滑的切口分屍喔。
那不是憑玩家手邊的武器和魔法能夠辦到的。
況且我們重生後也發現盔甲被整個切開，所以下手的肯定是同個傢伙。

0269：薩莫斯
意思是穿盔甲也沒用？破壞裝備？無視防禦攻擊？
不管哪個都很棘手耶……
出現條件是什麼啊？

0270：克拉克
我只有遇過一次，所以不知道。

0271：塔特
是因為你們接近城市的中央地帶嗎？
還是因為接近森林？

0272：克拉克
我沒有去過森林，可是現在好像已經出現以攻打森林為主的團隊，
既然如此，應該就和森林無關吧？
另外是因為接近領主館這一點則不無可能。
我記得攻打森林組好像無視領主館，直接去森林吧？

0273：聖雷根
好像是這樣沒錯。
那幾個人確實曾留言這麼說，不過他們現在可能正在攻打吧。

0274：薩莫斯
話說你明明意外身亡，為什麼感覺這麼開心啊>>258
而且之後也有可能因為不明原因死掉耶。

0275：克拉克
因為這裡人很少嘛！
我想說只要出現聳動的話題，應該就會有認真魔人來把氣氛炒熱。
…
…
0311：坦仁
瑪蕾小姐不好意思，
如果妳有在看請留言。
0312：聖雷根
啊，攻打森林組來了。
瑪蕾是誰啊？
0313：香菇
單獨行動的人，剛才臨時和我們組隊。
不對，她好像是今天剛好單獨行動？總之她超強的。
喲呼！瑪蕾小姐，妳有在看嗎？有的話請和我們聯絡！

0314：坦仁
我們幾乎完全是靠那位瑪蕾小姐幫忙，才進到森林的最深處。
頭目果然在森林裡喔。
領主館裡的恐怕是冒牌貨。

0315：克拉克
真的假的啊？
如果是冒牌貨，那麼開膛手傑克的出現條件就和領主館無關了吧。
還是說傑克住在領主館裡？

0316：柯奇
誰是傑克啊？
不過嘛，反正只要見過那座森林的頭目有多強，無論領主館裡有什麼，八成也只是用來陪襯的吧。

0317：聖雷根
所以那個頭目是什麼樣的角色？

0318：坦仁
是比小怪還要更大的哥布林。
手持原木大小的棍棒，將我們一如字面地打扁全滅。

0319：薩莫斯
光聽就覺得好痛喔。
那位超強的瑪蕾小姐也死亡回歸了嗎？

0320：蜻蛉
沒有，因為本來就是我們硬是要求她陪我們進到深處，
所以她沒有參與當時的戰鬥。

0321：聖雷根
也就是說你們在打頭目之前分開了？

0322：坦仁
如果是那樣就好了，可是我們還是讓她陪到最後了。

因為那個時間點不可能有辦法逃離頭目，她恐怕在我們重生之後落得獨自作戰的下場。
雖然這一點已經事先得到她的諒解，我們還是很想再次向她道歉和致謝。

0323：克拉克
先不說那個，坦仁你們沒有遇見開膛手傑克嗎？

0324：坦仁
那是誰？玩家嗎？

0325：克拉克
不，那傢伙感覺像是特殊敵人的徘徊頭目。
我們在城裡閒逛時見到許多被分屍的哥布林，結果回過神時，連我們自己也被大卸八塊了。

0326：薩莫斯
這個區域原本就不受歡迎，現在居然又出現蠻橫的頭目嗎……

0327：柯奇
我看過之前的討論串了，原來有那種東西啊？

◆◆◆

我們沒有遇到耶。那個時候我們應該在森林裡。
以時間上來說，如果是瑪蕾小姐就有可能遇到。
不對，那個時間點好像也有可能剛好錯過吧？

0328：香菇
應該是錯過了啦～
按照發文時間和我們遇到瑪蕾小姐的時間來看，她應該是從城裡小跑步到森林來。
要邊跑邊和那座森林的哥布林作戰不太可能吧？
再說瑪蕾小姐是魔法職，也需要再次使用時間啊。

0329：蜻蛉
可是瑪蕾小姐身上也揹著像是長槍的武器。

0330：柯奇
不過我們沒有見到她那方面的實力吧？雖然她的體術？和短劍確實很厲害。

0331：克拉克
什麼意思？難道這名玩家不僅是比坦仁你們更強的魔法職，同時還可以近戰？

根本是超認真魔人！而且還長得很可愛，簡直就是ＶＲ偶像嘛！

諾伊修羅的時代這下總算來臨了！

0332：坦仁

喂，等一下，又沒有人形容她的長相。

0333：克拉克

從你們的留言就感覺得出來了。

0334：香菇

這傢伙真敏銳。好噁心。

0335：聖雷根

吶，我現在人在城裡，可是沒有小怪耶？

應該說只有屍體？

0336：克拉克

哦，是散落的屍塊嗎？

◆◆◆

0337：聖雷根
屍體毫髮無傷，非常完整。
一開始我還以為牠們睡著了。

0338：薩莫斯
真假？我們也去看看好了。

0339：坦仁
雖然我也想去，我剛剛才受到死亡懲罰。

0340：蓬萊
坦仁，剛才取得的經驗值很多。明明有損失，還是比攻打之前增加了。

0341：香菇
啊，真的耶。
好，那我們也去看看吧。

0342：薩莫斯
屍體真的四處散落在地上耶。
可以盡情剝取真是太棒了～

0343：塔特
話說自從坦仁你們宣布出發之後就沒人留言了，
難道討論串上的人都來現場了？

0344：坦仁
因為路上完全沒有小怪，我用跑的來到森林。
森林裡也是空蕩蕩的。
不過有屍體就是了。

0345：克拉克
我探索完領主館了！裡面什麼也沒有喔！
辦公室有被破壞過的痕跡，可是屍體很完整。
我本來覺得奇怪，哥布林怎麼會坐在椅子上，仔細一看才發現死了。

✦◆✦

0346：柯奇
這是什麼怪談？那裡感覺好恐怖。

0347：坦仁
森林深處的頭目區域也什麼都沒有……
連屍體也沒看見。
原本在那裡的木屋也消失了。

0348：香菇
小怪之所以消失，會不會是瑪蕾小姐獨自討伐頭目了啊？
因為地下城被視為已遭攻陷，小怪才會同時消失？

0349：蜻蛉
那為什麼她本人不在呢？

0350：蓬萊
……比方說同歸於盡。

◆◆◆

0351：坦仁
不會吧……
瑪蕾小姐！妳如果有在看這則討論串，拜託請留言！

0352：聖雷根
那名玩家真的存在嗎？
整件事情太戲劇化，讓人不禁懷疑她是營運方安排的ＮＰＣ。
況且聽說有些國家的貴族階級強到不行，她該不會是偷偷周遊各國替天行道的公爵千金之類的吧？

0353：蜻蛉
不可能。
因為她有把我們送的掉落道具收進背包裡，我們在場所有人都看見了。

0354：克拉克
難道不是集體幻覺？

◆◆◆

0355：聖雷根
>>0354　你好意思說別人嗎？
我可先聲明，我也懷疑你見到的開膛手傑克是否存在喔？

0356：坦仁
瑪蕾小姐！
妳沒有在看嗎？瑪蕾小姐！

0357：塔特
話說回來，坦仁的PT成員明明都在現場，卻特地透過社群平臺對話嗎？w
莫非你們感情其實不太好？

0358：聖雷根
無論如何，假設坦仁他們的話屬實，這恐怕是第一個地下城攻略報告。
只可惜攻略的本人不在就是了。
至於被攻陷的地下城裡的所有魔物消失後，
會再回來嗎？還是就這樣消失下去？
…

◆◆◆

…

0381：蜻蛉
大概是瑪蕾小姐打倒頭目的三小時後？
下一個就冒出來了。

0382：香菇
這是可以冷靜敘述的事情嗎？
你這個人怎麼搞的啊。

0383：柯奇
那傢伙就是開膛手傑克？可是好像沒有武器耶？

0384：克拉克
發生什麼事了？

0385：坦仁
我們在頭目之前所在的廣場附近閒逛時，突然間沒見過的魔物出現把我們全滅了。
那傢伙感覺像是精瘦的木乃伊。雖然身高也偏高，勉強算是跟人類差不多，說不定是新的頭目。
不曉得和之前的頭目誰比較強，不過可以確定兩者都有單方面壓制的戰鬥力。

0386：聖雷根
總之地下城似乎不會消失，這下可以放心了。
這麼說來，機制是打倒頭目之後又會有新頭目誕生嘍？

◆◆◆

【3顆☆】謝普王國　高爾夫球桿坑道【個別地下城】

0892：國王J
你們不覺得最近魔物的出現率很好嗎？感覺效率提升了。

0893：壽甘
你說那個啊？應該是有經過調整吧？
一開始必須走到深處才會遇見，最近則是連外圍也會出現很弱的哥布林。

0894：藤王
有調整過嗎？這麼說來那果然是程式漏洞了吧。

0895：壽甘
你發現漏洞了嗎？
至今好像沒有人發現過，可是聽說只要提出漏洞報告就能獲得報酬喔。

0896：國王J
明明不曾有人發現，為什麼會出現那種傳言啦。

0897：藤王
不，是因為我看見哥布林在攻擊哥布林啦。
雖然我後來馬上就被其他同伴圍攻死掉了，
我在想那種舉動會不會是漏洞。

0898：壽甘
是喔～說是漏洞感覺也很微妙耶。
如果是其他洞窟的哥布林誤闖進來，就算發生那種事情好像也不奇怪？

畢竟真實世界的野生動物群好像偶爾也會這樣喔。

0899：國王J

有可能喔。因為這裡的營運方會在奇妙的地方很講求貼近現實。

0900：藤王

原來如此。聽你們這麼一說，那個哥布林或許有點不太一樣耶？

0901：壽甘

為了以防萬一，你要不要先去回報啊？

0902：藤王

算了，不要啦。畢竟我從那之後就沒見過，再說如果是遊戲內的安排，就只會讓自己丟臉。

0903：國王J

有這麼羞於啟齒嗎？

0904：壽甘

每個人對於羞恥心的標準不一樣嘛。

◆◆◆

【威爾斯】地下城攻略報告討論串

2011：法姆
你是說體型超巨大的狼群吧？我曾經見過牠們喔。
雖然沒有要攻擊人的樣子，要是我方主動攻擊肯定會反遭全滅。

2012：萌萌
那幾個傢伙也有在和地下城的怪物作戰呢。
只不過因為沒有分出勝負，說起來感覺更像是在地下城裡面狩獵。

2013：哈賽拉
是本來就有那種生態嗎？
好像就只有威爾斯傳出目擊情報。

2014：萌萌
目前應該是這樣吧。
因為牠們的顏色繽紛，而且外型又很帥氣，有好幾名玩家想摸摸牠們於是展開突襲，結果就遇害了。

2015：法姆
真要說起來，受害者應該是狼才對吧？

2016：光束醬
不管怎樣都是特殊敵人呢。
希爾斯聽說有很多特殊的地下城，如此說來，威爾斯的賣點就是那個徘徊型狼怪物了。

2017：萌萌
狗……徘徊型……傳說……色違……唔，我的頭！

2018：法姆
至少可以確認其中有火焰型喔。
我曾經被紅毛狼用火燒過。

◆◆◆

終章

等到地下城的經營上了軌道，各自想做的事情也都告一段落之後，蕾亞、布朗和萊拉三人聚集在歐拉爾王城的會議室裡。

「那個，萊拉小姐，請問我可以把一具殭屍留在這座城裡嗎？因為用飛的過來好辛苦。」

「啊啊，說得也是呢。我也想拜託妳喔。其實不管是螞蟻還是什麼都好，如果布朗要把僵屍留下來，那麼我也可以配合。」

「……我說啊，妳們兩個該不會討厭我吧？

妳們明明就有其他不會發出氣味的下屬！再說蕾亞，妳今天明明就是以總主教為目標瞬間移動過來吧！」

『抵抗成功。』

「——萊拉，妳剛才做了什麼？」

「……我什麼都沒做啊？」

「……算了，我待會兒再問妳。

先不說那個了，考慮到位置關係和地理條件，我認為我們三人今後還是到我所支配的里夫雷城聚會比較好。」

「里夫雷……那是希爾斯離歐拉爾最近的城市對吧？原來妳壓制那裡了啊。」

「我沒有壓制啦，只是以和平手段掌控了整座城市而已。我壓制的是隔壁的草原。」

「妳會刻意以和平手段支配那裡，莫非是打算從人類方掌控經濟？妳會不會太狡猾了？妳明明就已經在魔物方經營地下城了。」

「彼此彼此啦。萊拉妳應該也正計劃支配某個領域的頭目，然後打造地下城牧場吧？之前我提到牧場的事情時，妳一直問個不停。」

「……我完全跟不上妳們的話題耶～啊，這個鬆餅真好吃。」

布朗被拋在一旁，無法加入對話。

這時，茶點受到稱讚的萊拉有了反應。

「好吃吧？我做的是列日鬆餅喔。」

「鑄鐵烤盤要怎麼辦？妳自己做嗎？」

「是啊，畢竟不自己製作就沒辦法烤嘛。順帶一提，那是用活動報酬的祕銀打造的喔。既不會生銹，熱傳導率也高，使用起來超級方便，而且還很輕呢。因為和魔法的親和性也很好，假如能夠施展火屬性魔法，也許光是這樣就可以烹調了。雖然我沒試過啦。」

蕾亞還是第一次聽說祕銀的性質。萊拉是怎麼查到的呢？

「哦～是這樣啊，原來可以用祕銀烤。怎麼辦？我也收到了祕銀，可是我不下廚耶～」

蕾亞和她們兩人都分別收到祕銀鑄塊，作為特別報酬和獲得前三名的報酬。

都被冠上著名魔法金屬的名稱了，其效果應該不只有這樣而已，既然萊拉只將其用來做成廚具，也許不是多麼了不起的金屬吧。雖然蕾亞猜想祕銀應該具備媲美精金的性能。

「好了，既然已經享用過鬆餅，那麼就趕緊進入正題吧。轉移服務這項大規模更新實施至今已經三星期，我想我們最好『確實地』共享並統合彼此手中的情報。我之前進行的計畫已經告一段落，蕾亞你們那邊的情況應該也都穩定下來了吧？」

「唔噫？」

布朗不安地東張西望。萊拉好像又做什麼了。

雖然蕾亞很想問個清楚，因為不想妨礙會議進行，只好忍了下來。

這場茶會的目的是共享情報。既然她都刻意提起了，那麼她待會兒應該會解釋吧。

說起情況是否已經穩定下來，答案是肯定的。

蕾亞的支配領域中，有玩家上門光顧的是前希爾斯王都、拉科利努以及圖爾草原，而且每個領域的營業額都很平穩地不斷增長。

儘管流向玩家們的高階素材數量也相對增加了，蕾亞卻藉由讓眷屬的ＮＰＣ商人在旁邊的安全區域收購多餘的部分，將外流到地下城外的素材數量控制在最小。

里夫雷城的經濟也正順利活化當中。不僅增建了外牆，另外為求方便，現在是稱呼市心中為第一區，外廓側為第二區進行營運。

雖然沒有到商人和貴族階級的程度，幾乎所有玩家身上擁有的金幣都遠比一般ＮＰＣ來得多。大概是受到那些資產吸引吧，也有許多ＮＰＣ移居至里夫雷城。而且外來的ＮＰＣ也讓整座

◆◆◆

城市變得更有活力，那股活力又吸引更多移民前來。

儘管傳聞中的希爾斯王國滅亡一事令人不安，可能是覺得要是有個萬一，到時只要逃到歐拉爾國內就好吧，外來移民始終源源不絕地流入。

另外也有不少難民在里夫雷沒有任何依靠和展望，但是仍抱著「既然有這麼多人聚在這裡，那麼總會有辦法吧」的天真想法前來。

可是為了幫助那些人生存下去，蕾亞也已經做好了萬全準備。

那就是在隔壁的地下城，也就是圖爾草原的外圍開始栽種藥草。

一開始蕾亞讓從里伯大森林過來的工兵蟻去照顧，既然現在城裡的勞動力這麼多，當然就要好好利用了。

她請領主艾伯特發起號召，讓難民們從事栽培、收成、處理和販售的工作。

也許因為是地下城或是其他原因吧，各種藥草的生長速度非常迅速。

一般應該會遭遇許多蟲害、獸害，又或者說是魔物造成的損害，可是這個區域已經完全受到蕾亞支配，因此只要魔物不接近這一帶就沒問題。

話說回來那些所謂的難民，恐怕都是蕾亞和布朗摧毀的那幾座城市的倖存者。他們原本所在的城市已經遭到蕾亞支配，那裡的居民也多半都化為活屍受蕾亞掌控。既然如此，說他們也是蕾亞的財產應該不為過。就只有活著和死了的差別。無微不至地保護他們也很理所當然。

蕾亞大致說明了以上內容。

◆◆◆

「——總之，我這邊的情況大概就是這樣。雖然還有其他幾個案子正在進行，整體上應該算是進行得滿順利吧。」

「妳會掌控里夫雷，是因為那裡靠近轉移的出入口嗎？」

「是啊。畢竟，要是還有其他條件相同的城市，就可以進行長距離轉移了嘛。經濟價值不可估量。」

「其實我也在歐拉爾掌控了條件相同的城市喔。那座城市叫做菲利斯達，不過為求方便，我都稱之為門戶。既然希爾斯的門戶已經被蕾亞控制了，那麼今後舉辦類似聚會時到里夫雷集合應該比較好。」

「……說得也是。那我也稱之為門戶好了。」

「老師！我聽不懂！」

「所謂門戶就是玄關和出入口的意思啦。」

「我不是指字面上的意思！」

蕾亞向布朗說明里夫雷城所具備的特殊性，以及條件相同的城市在歐拉爾也有一座，另外可能也同樣存在於其他國家。

「是喔～轉移真有那麼方便嗎？因為我覺得只要巧妙利用『召喚』，就能瞬間移動到任何地方，再加上我也會飛，所以從沒思考過那種事情。」

「可是有很多玩家都無法靠自己瞬間移動，也不會飛啊。」

「這麼說也有道理。姑且不論瞬間移動，要是前來攻打的敵人會飛就傷腦筋了。」

「可是如果敵人會自己瞬間移動，也很讓人頭疼啦。
話說回來，萊拉，妳那邊的情況如何？像是模擬經營國家，還有牧場的進度等。」
「啊啊，這個嘛。
關於經營國家這方面，應該和妳們兩人的地下城大致相同。只不過我這邊還是有安全區域，死亡懲罰也一樣沒有改變。
本來經營國家的目的應該是為了替國民的生活和幸福著想，可是那種事情和身為玩家的我沒有關係。所以，雖然系統已經幫我準備好架構了，應該達成的目標卻很曖昧不明。
於是，我就決定先併吞周邊的都市了！
想得單純一點，憑藉壓倒性的軍事力量強行吞併是最快速且輕鬆的方法。
然而要是完全壓制了，母國應該會派兵前來掀起全面戰爭吧？
如果是打得贏的國家就算了，畢竟也有的國家比較棘手，所以我就決定以更加隱晦且和平的手段侵略了。
也就是發動經濟戰爭。
不過依照之前的世界情勢來看，各國都處於幾近鎖國的狀態，只在各個國家內部完成經濟活動。儘管也有進行部分貿易，卻沒有國家在認真計算收支，即使有，也讓人懷疑是否有領主真的在意整個都市的損益狀況。
所以——」
「好長。」

「啊，請再給我一杯紅茶。」

布朗已經完全聽膩，自顧自地在享用鬆餅和紅茶。

聽說她這陣子每天早餐都會吃水果塔和伯爵奶茶，真佩服她居然有辦法只吃那麼甜的食物。

「……總之，我花了大約半個月時間『使役』歐拉爾國內所有的領主，為了打造出團結穩固的國家費盡心力，然後強化與周邊國家的都市之間的貿易。

同時，我也有在進行修整街道或摧毀魔物領域，以降低交易風險之類的工作。

還有我也順便增加了魔物類眷屬，吩咐牠們有空時去入侵附近的地下城。我沒有打算壓制地下城，只有讓牠們殺死玩家以賺取經驗值，以及獵捕地下城裡的小怪而已。蕾亞所說的牧場應該就是指這個吧。

至於摧毀領域則是派出騎士團大肆宣傳，藉此展現歐拉爾有在為促進貿易做出努力。

修整街道其實也是為了表示這一點，而且我還幾乎等同免費地發送農產品給大家試吃。

其他的話，大概就是利用受我支配的魔物去襲擊周邊諸國的田地，還有讓沒事的騎士團變裝成強盜去搶奪糧食吧。由於之前摧毀了領域，使得有些都市不再需要騎士團，於是我就讓騎士轉職成為破壞人員。」

「儘管我不是很懂，直到中間都還是抱著敬佩的心在聽，可是最後那部分實在太過分了！」

「拜託妳不要在希爾斯那麼做喔。話說回來，妳怎麼不殺死他國人民，讓國力下降呢？」

「因為我們是農業大國啊。讓他國人民活下來購買我們的作物比較能夠賺到錢。

雖然令人難過的是，有時還是會有殘忍的強盜去攻擊人們，我有叮囑他們頂多只能讓對方受傷、不能致死。因為傷患只要還活著就需要糧食。」

萊拉可以說是憑著強大毅力，才能篤定地自稱歐拉爾是農業大國。

儘管要看是什麼地區，在農業這方面希爾斯也發展得相當好。而殺死希爾斯王族，給這個國家致命一擊的人就是萊拉。

「啊，既然妳說是農業大國，那麼請給我水果！我最近發現我手下的那些低階吸血鬼不知為何會定期死亡，後來才知道他們原來是餓死的。因為他們都沒在吸血。」

布朗明明老是批評萊拉沒人性，還說蕾亞和萊拉簡直一模一樣，然而從她的這番發言，卻可以窺見她的獵奇性。

看樣子，三人之中只有蕾亞是唯一的正常人。

「……布朗，妳那樣會不會太過分了？環境再怎麼惡劣也該有限度吧？妳小心會被告喔？」

「呃，因為殭屍村裡的孩子們好像不需要吃東西，我才以為吸血鬼也一樣。」

「妳不也是吸血鬼嗎？明明自己每天早餐都要享用水果塔和奶茶，這個理由說不通喔。」

活屍基本上不需要飲食，然而吸血鬼不同。從這一點來看，說不定吸血鬼嚴格來說並不算是活屍。

結果，最後布朗和萊拉談好以後會定期從歐拉爾進口水果到艾倫塔爾。

這段距離相當遠，不過只要先用馬車運到里夫雷，之後布朗就可以發動「召喚」從里夫雷帶回去。

◆◆◆

一方面基於這個原因，她們最後決定把布朗的眷屬留在里夫雷，下次同樣的聚會則改在里夫雷舉行。

至於萊拉則可以從歐拉爾的門戶菲利斯達轉移過來。

◇

「啊，說到這裡。妳們可能已經嘗試過了，不過當處於將精神轉移到自己眷屬身上行動的狀態時，可以直接使用轉移服務喔。就連ＮＰＣ也可以。」

「是這樣嗎？可是訊息裡面明明寫著ＮＰＣ原則上無法使用。」

「原則上是什麼意思……」

「哎呀，只要出現原則上這幾個字，基本上就等於是在暗示有可能會出現例外啦。要不然應該就會寫絕對無法使用了。」

「如果是這樣，必須隱藏長相行動的限制也沒必要存在了。因為去里夫雷的時候，只要向眷屬借用身體隱藏身分就好啦。不如我來借用塞西莉亞的身體好了。」

「麻煩妳更低調一點。」

「我開玩笑的啦，蕾亞。」

『抵抗成功。』

蕾亞決定暫時不去管萊拉，先告訴一臉「那是誰？」的布朗那是歐拉爾的現任女王。

「至於背包則是理所當然無法使用，所以假扮玩家時需要特別小心。因為那個好像會和本體相連。」

蕾亞對於布朗感到有些擔憂。

雖然她沒什麼資格說別人，實在很難斷言布朗不會因為疏忽犯錯而造成嚴重的後果。

聊到這裡，現狀應該已經都大致報告完畢了。

鬆餅也幾乎快被吃光。

儘管飽足感很滿，還是可以再繼續吃。

蕾亞默默地將空盤推往萊拉的方向。

「……知道了、知道了。」

萊拉將盤子交給女僕，女僕隨即退出房間。

「好了，現狀的報告應該到這裡就差不多了。

接下來是交換有益的情報，有人有那樣的情報嗎？」

「我剛才已經告訴妳們很重大的小情報了，應該不需要再說了吧。」

「妳是指眷屬利用轉移服務的方法嗎？所謂重大的小情報究竟是大還是小啊？」

「啊！對了！說到這裡，之前有硬度足以和蕾亞姊的機器人媲美的玩家來艾倫塔爾喔！雖然那是大約三星期前的事情了。」

「妳會不會太晚說了？我已經知道那件事了。」

「什麼機器人？蕾亞，妳有機器人嗎？這是怎麼回事？」

◆◆◆

◆◆◆

「妳下次一定要讓我看看機器人喔。」

「知道啦，妳很囉嗦耶。先不說那個了，萊拉，妳沒有情報要提供嗎？」

「咦？布朗的部分就這樣結束了嗎？」

「嗯，這個嘛，反正我也沒有抱什麼期待……」

「咦？」

布朗大受打擊。

畢竟布朗能夠得到的情報，從旁保護她的迪亞斯也有辦法取得，而這一點從剛才的報告也能清楚得知。

儘管布朗好像偶爾會去伯爵那裡玩，無論她在那裡獲得了什麼，既然迪亞斯不知情，就表示她並不打算將那個情報說出來。

蕾亞自己也是如此，她並不打算強迫他人坦白說出所有情報。因為即使她那麼做，先不說布朗了，萊拉也未必會聽她的話。

「唔嗯，我應該說什麼好呢。

坦白說，雖然蕾亞妳提供的情報沒有多大效果，卻是屬於極度需要保密、絕對不能讓其他人知道的等級。畢竟內容和營運方公開的規則互相牴觸。

如果是能夠與其匹敵的情報，唔嗯……

不過話說回來，故意用眷屬的虛擬化身去聽系統訊息這種事，應該是除非想那麼做才會去嘗試的實驗吧？這也就表示妳從以前就很好奇嘍？」

「嗯，是啊。因為營運方一直強調那是NPC和玩家的唯一差異，我才在想要是能夠反過來破解那一點，系統或許就無法判別出兩者了。」

「……那是唯一的差異啊。原來如此？是喔……」

萊拉以打探似的目光看著蕾亞。

NPC無法使用背包等系統相關功能一事，是所有玩家都知道的事實。然而玩家們應該都認為差異只有系統訊息這一點的說明，是營運方在刻意欺瞞大家。

萊拉可能對於蕾亞以那則欺瞞情報屬實為前提說出這番話，感到很可疑吧。

「……怎麼辦？這次蕾亞提供的資訊太有價值，害我拿不出相應的情報耶。」

「……可以請妳不要用那種感覺意有所指的方式說話嗎？」

「我倒是很想質問妳，妳這樣難道不會太大意了？不過也罷啦，反正茶會上只有自己人。」

「請問還有多的鬆餅機嗎？我可以用祕銀鑄塊跟妳交換嗎？」

「不好意思，我得向萊拉大人確認看看。」

已澈底放棄加入對話的布朗正在糾纏女僕。

按常理來看，這種以物易物的方式簡直是瘋了，但是鑄鐵烤盤也是以祕銀打造，所以一點都不奇怪。

◆◆◆

「說到這裡，雖然剛才我是說鑄鐵烤盤，冷靜想想這根本就不是鑄鐵呢。」
「因為是祕銀材質嘛。啊，可以把備用的烤盤給布朗喔。既然她要給我祕銀鑄塊，那就可以再做新的了。」
「……離題了。」
所以，萊拉，妳要為我們帶來什麼樣精采的情報呢？」
萊拉閉上眼睛，看似苦惱了片刻。
由於時間很短，她或許只是做做樣子而已，不過她平常真的很苦惱時也會在這麼短的時間內作出結論，所以很難分辨。與其說她腦筋動得快，她更像是靠直覺在下決定。這一點和蕾亞完全相反。
「……好，那就這個吧！
妳們看過系統訊息了吧？還有常見問題也是。」
「看過了。」
「我沒有看！」
「……那妳可以不用去看了。
那裡面有個問題提到，想要可以看見敵人和道具資料的手段對吧？」
「難道說……」
「我找到了！那項技能的名稱是『鑑定』！
必須先取得生產類的『鑑賞』和交涉類的『識破』以解鎖『真偽』，取得後再另外取得感覺類技能『真眼』，才總算能夠解鎖這項技能。不過一般還真不會這樣進行技能配點呢。

雖然營運方說這項技能的取得率很低，我倒懷疑真的有人取得嗎？通常應該不會同時發展生產類、交涉類和感覺類吧。」

蕾亞原本考慮之後要大肆花費手邊的經驗值去尋找，幸好她沒有那麼做。

要不然她可能會花掉比原本所需多出好幾倍的經驗值吧。

「萊拉，妳是怎麼找到的？」

「當然是花費比原本所需多出好幾倍的經驗值才找到的呀。只不過我用來實驗的眷屬是工匠，而他一開始就擁有『鑑賞』了，所以還是比從零開始好上許多。」

「那個名為鑑定？的技能有什麼用處啊？」

「喔喔，不會吧，布朗……妳還真是活在和平的世界裡耶……」

「比方說，當遇上初次交戰的對手，我們完全不知道對方會採取何種行動，也不知道對方和自己相比是強是弱對吧？如果這時能夠事先得知對手的技能、名字或是種族，就能讓戰況朝對我們有利的方向發展了。」

「原來如此！意思就是偷看對方手中的牌吧！然後事先擬好對策，可以的話就在對方出招之前加以破壞！要是兩者都行不通就趕緊溜之大吉！」

布朗平常可能也有在玩卡牌遊戲吧。

「……我還真搞不懂布朗的腦袋究竟好不好耶。」

「我覺得她腦袋很好喔。只是平常沒在用而已。

不過，莫非妳從剛才就一直對我發動的技能是這個嗎？」

看來萊拉剛才的沉思果然只是在做做樣子罷了。要是她什麼都不說，蕾亞不用多久就會主動追問。

蕾亞立刻取得前提技能，解鎖了「鑑定」。

「『鑑定』……布朗，妳什麼時候成為子爵的啊？」

「我被偷看了！哼，我豈能輸！

——很好，取得了！『鑑定』！」

『抵抗成功。』

「……奇怪？」

「既然我沒有收到任何訊息，就表示布朗是對蕾亞發動，然後還被抵抗了。

沒錯、沒錯，這項技能沒有明確表示是以什麼作為抵抗判定的基準。我嘗試過增益、提升和降低能力值等各種方法，結果都沒找出一個定論。

即使受到抵抗，有時還是能看見名字，有時則是連種族也能看見，每次結果都不一樣。

不過話說回來，我從剛才就一直不著痕跡地使用，卻完全看不見蕾亞的情報耶。

之前我們鬧著玩時，妳該不會有對我手下留情吧？」

「我才沒有放水哩，只是我的技能配點比較偏向魔法類而已。儘管我也有提升肉體類的狀態，應該沒有魔法那麼多。

還有，妳根本就沒有不著痕跡，我全都發現了。」

◆◆◆

「真的嗎？可是妳徒手作戰肯定比較強，為什麼要特地朝魔法類發展？」

「……徒手作戰這種事在道場也可以做吧？難得玩遊戲，我當然想做一些只能在這裡做的事情呀。像是施展魔法，還有揮舞真劍的薙刀之類的。」

「薙刀？妳做出來了嗎？

啊！攻陷諾伊修羅的玩家該不會是妳吧！之前聽人家說那好像是普通玩家，所以我才將妳完全排除在外！原來是這樣啊，如果剛才妳提供的情報可行，那名玩家是妳確實一點也不奇怪。

太好了，原來是認識的人。害我還以為出現新的高手，因此緊張兮兮呢。」

她指的應該是瑪蕾吧。這下背包的事情可以說澈底曝光了。因為在談論瑪蕾的討論串裡，眾人認為她是玩家的理由正是她有使用背包。

不過依照萊拉的個性，她應該不會公開此事，所以只要她不告訴其他玩家就無所謂。

「我順便問一下，妳應該沒有做其他事了吧？」

「其他事？唔嗯……

啊，常見問題裡面，問骷髏的骨頭是什麼骨頭的人是我喔。」

「那一點也不重要！」

「咦？不是原本那個魔物的骨頭嗎？就像我家的地生人原本是蜥蜴人一樣。」

「我是指天生的骷髏啦。也就是不是從某種魔物變成的骷髏。」

「等等，什麼叫做天生的骷髏？明明是活屍卻會被生出來，這是什麼意思啊……？」

「就是妳自己吧？妳不是說過自己原本是骷髏嗎？」

◆◆◆

「我總覺得只要布朗加入對話，就會一下子被拉進布朗時空耶。雖然我並不討厭這種閒散的氣氛啦。

啊，對了，我有件事情想問布朗。妳家不是有杜鵑紅那幾個吸血鬼類的下屬嗎？妳抓到她們時，她們原本就是吸血鬼嗎？還是說，她們是從什麼東西轉生而成的？

因為她們長得和人類一模一樣，又好像很好使喚，讓我也好想要有那樣的下屬喔。」

目前萊拉的手下都不具備飛行能力。

如果是野鳥或鳥類魔物，那麼隨便都可以抓到，可是高智慧且能夠飛行的人型下屬的戰略價值要高上好幾級。

「哎呀！妳終於想聽我的故事了嗎！妳是問杜鵑紅、洋紅和胭脂紅的事情對吧？她們原本是墓地裡的蝙蝠啦。當時我抓了很多回來，然後用我的血讓蝙蝠們轉生。」

「原來妳抓了很多啊。那其他的在哪裡？」

「其他的？」

「咦？妳不是抓了很多嗎？一般應該不會用很多來形容三人——三隻吧。」

「啊啊！原來妳是問那個。

我當時一共抓了九隻回來，後來三隻合體變成一名摩耳摩了。直到現在，她們只要變身成蝙蝠還是會變成三隻喔。好像是各自把原本的ＬＰ分成三等份——」

「啥！」

「那是什麼啊！」

◆◆◆

×9

生物合體這種事讓人無法置若罔聞。

蕾亞之前一直以為，轉生之類成為進階個體的變化是由單體進行，而她之前進行過的轉生也都是如此。

「……好奇怪喔，我原以為已經拿出自己的壓箱寶了，怎麼我的『鑑定』情報突然變得不起眼起來了呢。」

「我還只有拿出唯獨對萊拉而言有價值的情報哩。」

「出乎意料的反應！咦？這樣很奇怪嗎？」

「……不，一點都不奇怪。謝謝妳，布朗。」

「就是啊。我們的意思是妳的情報很厲害啦。」

假使魔物真的能夠合體，就有必要先考慮組合搭配，然後進行各種嘗試了。

當然不太可能所有種族都可以合體。比方說由好幾名人類和精靈結合成一體，沒有比這更令人毛骨悚然的事情了。

「不過布朗的下屬應該也有很多殭屍，而妳全部都讓牠們轉生成低階吸血鬼了對吧？這麼說來，難道殭屍無法合體嗎？還是說做法和蝙蝠不一樣呢？」

「咦～是怎麼樣呢？

雖然我不曉得和做法有沒有關係啦，杜鵑紅她們那個時候我是讓九隻全部一起轉生，結果突然就出現三名女孩，害我嚇一大跳呢。

至於殭屍們那時候則是排隊一個一個地轉生喔。因為用血進行轉生所消費的ＬＰ太多了～其實我本來打算全部一起來，只是後來被阻止了。」

也就是說對於特定的種族，只要幾乎同時使用道具並滿足條件，就有可能讓複數角色融合轉生為一體。

儘管那有可能是吸血鬼的血所帶來的效果，抑或是將血用在蝙蝠這種和吸血鬼有淵源的種族身上才發生的特殊案例，然而能夠用賢者之石取代的可能性並非全無。

可是這款遊戲有很多隱藏資料，需要滿足的條件未必只有道具。

舉例來說，也有可能設定了「由吸血鬼使用吸血鬼的血讓下屬轉生」這樣的條件。

關於其他有可能合體的種族，除了活屍外，魔法生物和魔像類也很值得考慮。

如果要以某種方法使其重現，那會是什麼呢？

從融合一詞給人的印象來看，「煉金」的「偉大創作」感覺最有可能。只要將那個——

「看妳想得那麼專心，妳該不會想到什麼點子了吧？」

「……沒有啊？」

「妳真的很不會說謊耶。」

「連我也看得出來妳在撒謊喔……如果妳有想到什麼點子，就讓我們瞧瞧啦。雖然我不是很懂，我的情報應該很不錯吧？妳就當作對我的回報嘛！」

「唔姆姆……」

雖然蕾亞覺得自己也提供了相當重要的情報。

可是那則情報對布朗不具價值，就沒有意義了。

◆◆◆

「……我只是有了一個想法而已，也不知道能否成功，再說就算到時產生某種反應，也未必能夠讓角色合體。」

「不過妳接下來打算進行驗證對吧？妳只要讓我們旁觀驗證過程就好。再說了，誰教妳今天的實質貢獻為零呢。」

所謂實質為零，實質上大多並非真的為零。

可是令人不甘心的是，那也的確是讓人覺得「好像勉強可以承認」的底線。

「要看可以，可是我不會解說喔。要是這樣妳們可以接受。」

「這倒無所謂。」

「啊，我知道。雖然妳嘴巴上這麼說，最後還是會告訴我們對吧？這種情況是不是叫傲什麼來著？」

蕾亞無視布朗的話繼續說下去。

讓她們旁觀是無妨，可是這麼一來重點就是地點了。

「應該在哪裡進行好呢？要在這裡也可以，可是我說不定也會叫出超大型下屬，在建築物內進行可能會很勉強。」

「大概有多大？如果只是稍微大一點，那就到中庭去吧。」

「可能有這座王城這麼大喔。一旦跌倒，搞不好還會壓壞王都。」

「妳給我克制一點！」

✦◆✦

結果，她們最後決定在托雷森林進行實驗。

雖然蕾亞可以直接移動到眷屬身邊，卻必須考慮其他兩人的移動方式。

「我記得托雷森林在轉移清單上應該被列為5顆☆，所以妳們可以從這座城市的傭兵公會轉移過去。儘管因為沒有人去那裡，我也還沒調查安全區域在什麼地方，反正可以的話，我會去接妳們啦。」

「會說『可以的話，我會去』這種話的人肯定不會出現。」

「老師！請問要怎麼轉移啊？」

「傭兵公會裡有轉移專用的石碑，妳去就知道了。

萊拉只要遮住臉就可以了，至於布朗……也只要遮住臉就好嗎？

雖然妳的臉色很差，眼睛又是紅色的，一般玩家也不是沒有像妳這樣的人，所以妳只要不開口應該就沒問題吧。」

「妳的意思是我只要說話就會破壞美貌？」

「我沒有說妳是美女，是因為妳一開口就會露出犬齒啦。我不是在說妳的內涵怎麼樣。」

「什麼嘛，太好了～」

但也只是現在而已，不表示以後不會說。

蕾亞早兩人一步來到托雷森林。

獨自思考在歐拉爾王城聚會時布朗所說的話，以及接下來準備進行的驗證。

她從未想過複數個體可以集結在一起，轉生成一個強大的個體。

儘管很難馬上作出想像，像是珊瑚或水母等，現實中也有生物擁有那種生態，這並非不可能的事情。

既然連蝙蝠也能辦到，那麼更大的生物也有可能成功。說不定在一番組合之下，還能生出超越既有災厄級存在的魔物。

感覺即使是製造出像魔法生物長老石頭魔像烏魯魯這樣的個體，也是輕而易舉。也許不只是單純使其轉生，甚至還能進行全新強化。

然後在充分驗證那些可能性之後，若是可以應用於強化自身——

「——呵呵，夢想要變得更大了呢。」

◆◆◆

後記

好久不見。距離第二集已經相隔五個月（註：本文所指皆為日本當地的發售狀況）沒有和大家見面了呢。非常感謝各位願意閱讀本作。在頁數隨著集數越來越多的情況下，仍堅持凍漲不加價的角川BOOKS實在教人感激不盡。

好了，我之前本來打算在第二集的後記聊聊我大學時代參加同人活動的事情，結果礙於頁數的關係只好作罷。這次第三集因為有多達五頁的版面可以發揮，我想說說自己在學生時代除了學業外，包括同人活動在內曾經做過哪些事。

沒興趣的人可以直接跳到最後一段的廣告&感謝詞沒有關係。

首先是我很喜歡輕小說的國中時期。當時我加入的是科學社，雖然沒有留下什麼特別的功績和實績，我們會定期接受自治體（我忘了是不是，總之是某種機關）的委託，幫忙調查生物的分布狀況一類的事情。由於也能獲得少量報酬，我便一直參加下去了。

後來我所就讀的高中沒有類似的社團，因此我決定往個人興趣發展，加入了美術社。由於我從當時開始就是一名阿宅，對畫畫很感興趣，只不過我並沒有很積極參與美術社的活動。如果那個時候問我為什麼，我大概會回答自己想畫漫畫和插畫，但是社團內制定的課題都是水彩畫和油畫，和我感興趣的方向不符。可是現在想想，那只是我不想承認自己無法努力認真地面對課題而找的理由罷了。

事實上，和我一起入社的朋友就用油畫成功畫出動畫角色。我和他高中畢業後一起成立同人社團、製作同人誌，還參加夏季和冬季的同人誌展售會。之前我提到的同人活動就是這個。而他居然在我正準備將本作出版成冊時結婚了。啊，不過我並沒有因為這件事情就覺得怎麼樣啦。

順帶一提，那個同人社團的成員共有三人，另外一個就是我在第一集的作者近況提到的章魚燒店老闆。正確來說，應該是也有賣章魚燒的鯛魚燒店老闆。這傢伙和我一樣單身，所以是個好人。目前為止啦。

進入大學後，我想要在從事同人活動的同時也參加大學的社團活動。而且還不是加入既有的社團，是自己從零開始成立社團。

我心想既然要自己成立社團，當然有必要調查一下這所大學的社團活動是什麼情況，以及有什麼樣的社團，於是我就參加了既有社團的說明會。我打算以此作為參考，訂定心中理想社團的藍圖。

在那場說明會上，我遇見了某位學長。儘管最後我打消自己成立社團的野心，加入當時舉辦那場說明會的社團，但是我想要是沒有那位學長，我應該就不會這麼做了。

那位學長若以一句話來形容，就是一個很糟糕的人。

從客觀的角度來看，像是他明明身為社團的社長卻把工作都丟給副社長和其他人去做，學業成績也不盡理想，遇到有可能被當掉的科目會把社團友人的筆記整本拷貝下來去應試等，總之他這個人很難稱得上有身而為人的魅力。外表也是頂著中分頭和高度數眼鏡，總是一身格子襯衫配牛仔褲這種符合宅男刻板印象的打扮，夏天還會戴迷彩圖案的頭巾。雖然沒有到素行不良的程度，比方說為了趕去宛如城堡的旅館（行話）打工而跨過中央分隔島，硬是從大馬路上沒有交通號誌的地方穿越等，他的個性卻是能夠若無其事地做出一般社會觀念中的不良行為。另外，他還有要別人叫他「隊長」，卻讓人完全搞不懂他究竟是什麼隊的老大，這種有點可笑的一面。

可是，他在社團裡擁有極高的人望。

就連被硬塞工作的副社長等人，也因為是他作出的指示，才儘管嘴巴上抱怨，卻還是欣然完成。甚至連借他筆記的朋友也是如此。而且他還受到大學裡部分教職員的信賴。

他擁有一點也不像大學生，極其罕見且出色的演說和表達能力。另外，他將工作全部丟給部下的行為乍看好像沒什麼，實際上分配工作給適當人選對學生而言卻不是一件簡單的事。他在活動當天處理緊急狀況的技巧也相當出類拔萃。

如果用遊戲的方式來說，他就是只有「統率」和「領導力」是S級，除此之外都是E級的極端角色。我很快就理解並接受隊長這個奇特的稱呼。

心想「居然有人和我年紀差不多卻這麼厲害」的我對隊長產生敬意，懷著總有一天要超越他的想法加入社團。在追逐他之中度過的這一年，對於形成我現在的人格帶來了莫大的影響。雖然越是和他相處，就有越多「這傢伙真糟糕耶」的新發現，我對他的敬意卻絲毫沒有消退。

他畢業之後，我當了三年社團的社長。由於我當時就讀的大學正好處於從短大改成四年制大學的過渡期，隊長讀了兩年就畢業，我則從第二年開始擔任社長到第四年。儘管我擔任社長的時間比隊長多三倍，再加上我是改為四年制大學之後的首批就職內定者，因此曾有幸在學弟妹面前演講，可是我實在不曉得自己是否有成功超越他。

現在的我唯一可以對當時的自己說的是，即使很早就拿到內定，也最好不要輕易決定進入那家公司。我現在是在和當時那家公司不一樣的地方工作。一開始任職的公司在我辭職之後，據說發生過公司遭到從外面找來擔任顧問的專務侵占，社長被趕到之前的男子更衣室辦公之類歡樂的事情，害我好後悔當初怎麼沒有多待一陣子。

大學時的社團學長姊之中，也有像是能夠在幾秒鐘內將棉手套捏得和男性生殖器一模一樣的人、雕塑氣球的功力強到可以賣錢的人、超級擅長模仿聲音的肌肉哥、畢業後成為賽車女郎的大姊等形形色色的人，但是不可否認和隊長相比，他們給我的印象還是沒那麼強烈。

由於已經失去聯絡方式，我不曉得隊長現在人在哪裡做些什麼，不過要是能夠讓他在某個地方拿起這本書，看了後記之後驚呼「這不是在說我嗎！」，屆時我應該就能自豪地說「我憑一樣本事超越隊長了」吧。

話雖如此，假如隊長是諸位作家前輩之一，那我就輸了。請麻煩和我對戰。

◆◆◆

啊，對了！（唐突）

之前在第二集的書腰曾經告知過大家，《黃金經驗值》已經確定要漫畫化了。將從十月十九日起，於ドラドラふらっと♭開始連載，也就是在本集發售後不久。

只有在ドラドラふらっとᵇ，才能讀到出自霜月汐老師之手，細膩且充滿震撼力的《黃金經驗值》！

最後，這次我也要感謝承蒙繪製插畫的fixro2n老師。吩咐要縮小特定災害角色胸部的人是我，請千萬不要怨恨責任編輯大人。

再來是校對人員。你們可能會覺得這次的修改次數好像比往常多一些，這都是因為從第三集開始，會以阿拉伯數字標示地下城等級的關係……啊，沒事，抱歉造成麻煩了。感謝你們平時的照顧。

以及所有曾經為本書的出版付出過心力的人，我在此向各位致上由衷的感謝。

原純

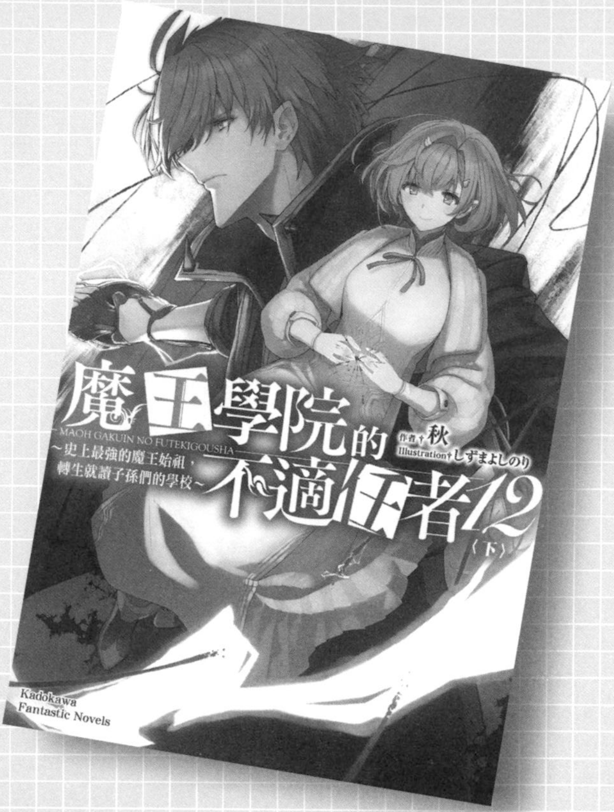

魔王學院的不適任者~史上最強的魔王始祖，轉生就讀子孫們的學校~ 1~12下 待續

Kadokawa **Fantastic** Novels

作者：秋　插畫：しずまよしのり

一切要追溯到格斯塔與伊莎貝拉在彼此轉生之前，兩人首次相遇的那一刻——

　　阿諾斯為了討伐疑似襲擊母親伊莎貝拉的犯人，於是進入到「災淵世界」。然而敵人早已遭到殺害，阿諾斯因為碰巧撞見其根源滅亡的瞬間，被懷疑是殺害他的凶手。阿諾斯識破假裝助他脫困的友人才是真正的幕後黑手，道出一連串事件的真相——！

各 **NT$250~320/HK$83~107**

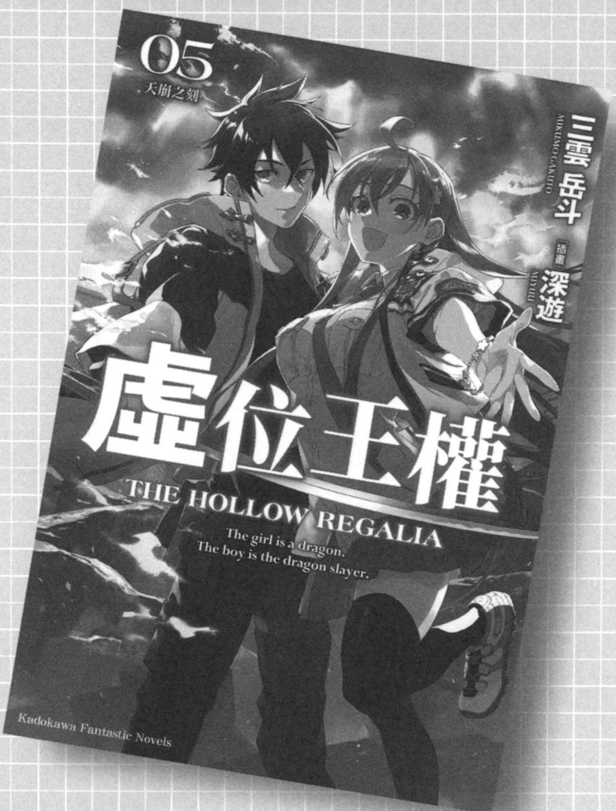

虛位王權 1~5 待續

作者：三雲岳斗　插畫：深遊

Kadokawa Fantastic Novels

八尋等人即將得知龍之巫女與世界的真相。
而一直沉睡的鳴澤珠依也終於醒來——

比利士侯爵優西比兀為搶奪妙翅院迦樓羅持有的遺存寶器，對天帝領展開侵略。八尋等人潛入天帝領要救迦樓羅，便在那裡得知了龍之巫女與世界的真相。為了阻止有意摧毀世界的珠依，八尋等人前往肇端之地，亦即二十三區的冥界門，不料——！

各 **NT$240~260/HK$80~87**

爆肝工程師的異世界狂想曲 1~27 待續

Kadokawa Fantastic Novels

作者：愛七ひろ　插畫：shri

從攻略迷宮的最前線救出莉薩的朋友們吧！
〈聖留伯爵領再訪篇〉開幕！

佐藤一行人久違地造訪了由於迷宮出現而熱鬧非凡的聖留市。莉薩在那裡前去跟自己過去的奴隸同伴見面，沒想到她們在伯爵的指示下，竟然被派往了攻略迷宮的最前線。為了拯救獸人奴隸們，佐藤建議伯爵創立大幅強化領軍士兵的訓練營——！

各 **NT$220~300/HK$68~100**

劍與魔法與學歷社會～前世是書呆子的我，今生要隨心所欲自由自在地活～ 1 待續

Kadokawa Fantastic Novels

作者：西浦真魚　插畫：まろ

上輩子是秀才＋這輩子是凡人＝無自覺系
超級天才隨之覺醒！

這個世界的貴族社會以畢業學校決定人生的好壞，鄉下貴族三子亞連卻是個「普通小孩」，空有一身超群資質，不念書也不修行魔法。某天他想起自己前世是為考試念書、考大小證照的書呆子上班族……於是他活用念書訣竅修文習武，挑戰最難的菁英學園！

NT$260/HK$87

異世界悠閒農家 1~15 待續

Kadokawa Fantastic Novels

作者：內藤騎之介　插畫：やすも

密探們帶來的麻煩將大樹村捲入其中……！
「夏沙多市」附近發生大爆炸！

與魔王國之間的經濟能力和軍事力量持續拉開距離，導致人類國家陷入焦慮，相繼派出密探前往魔王國。然而入侵魔王國的密探們陸續在各地引發問題，甚至在「五號村」大鬧！村長因為拉麵問題被找去「五號村」！總而言之，在海的另一端對拉麵呼喊愛！

各 **NT$280~300/HK$90~100**

哥布林千金與轉生貴族的幸福之路

為了未婚妻竭盡所能運用前世知識 1~2 待續

Kadokawa Fantastic Novels

作者：新天新地　插畫：とき間

探索地下城！在劍術大會取得優勝！
依舊為深愛的安娜全力以赴！

對外貌漸漸放下自卑的安娜決定和吉諾出門約會。此時吉諾再次確信自己前世的記憶和這個世界有關聯，決定為安娜開發治療藥物。為了尋找醫學書籍，他量產魔像鎖定醫院遺跡開挖……？另一方面安娜收到王太子的提親，吉諾卻採取了驚人的對策——？

各 **NT$260/HK$87**

怕痛的我，把防禦力點滿就對了 1~16 待續

Kadokawa Fantastic Novels

作者：夕蜜柑　插畫：狐印

對抗戰進入白熱化連頂尖玩家也退場！
敵軍將梅普露設為頭號目標還以顏色！

官方發布第十階地區的上線公告！那是集至今之大成的廣大地區，還有最強魔王潛伏其中。眾人勢在必得，鼓振士氣向前挺進！與莎莉一起行動的梅普露在第十階也照樣啃食到處埋伏的怪物！而新得到的技能，居然讓她能夠分裂了……？

各 **NT$200~230/HK$60~77**

異世界漫步 1~5 待續

Kadokawa Fantastic Novels

作者：あるくひと　插畫：ゆーにっと

系列作的異世界觀光故事！
和龍人一起擊退盜賊？目標是龍王所在之處！

為了尋找愛麗絲的下落，空一行人前往封閉的國家——路弗雷龍王國。他們想朝浮在廣闊湖面上的首都阿爾提亞前進，卻被告知需要有特別許可證方能進入。此時，他們在市場偶然幫助了龍王的孩子們，與他們一同處理困擾國家的盜賊問題？

各 NT$260~280/HK$87~93

國家圖書館出版品預行編目資料

黃金經驗值. 3：特定災害生物「魔王」迷宮升級大改造/原純作；曹如蘋譯. -- 初版. -- 臺北市：臺灣角川股份有限公司, 2024.07

面；　公分. -- (Kadokawa fantastic novels)

譯自：黄金の経験値. 3, 特定災害生物「魔王」迷宮魔改造アップデート

ISBN 978-626-400-224-0(平裝)

861.57　　113006553

Kadokawa
Fantastic
Novels

黃金經驗值 3
特定災害生物「魔王」迷宮升級大改造

（原著名：黄金の経験値 3 特定災害生物「魔王」迷宮魔改造アップデート）

2024年7月24日　初版第1刷發行

作　　者：原純
插　　畫：fixro2n
譯　　者：曹茹蘋

發 行 人：台灣角川股份有限公司
總　　監：呂慧君
總 編 輯：蔡佩芬
主　　編：林秀儒
編　　輯：彭曉凡
設計指導：陳晞叡
美術設計：周欣妮
印　　務：李明修（主任）、張加恩（主任）、張凱棋、潘尚琪

發 行 所：台灣角川股份有限公司
地　　址：104台北市中山區松江路223號3樓
電　　話：（02）2515-3000
傳　　真：（02）2515-0033
網　　址：www.kadokawa.com.tw
劃撥帳戶：台灣角川股份有限公司
劃撥帳號：19487412
法律顧問：有澤法律事務所
製　　版：尚騰印刷事業有限公司
ISBN：978-626-400-224-0